HARDWARE

MISHA BELL

♠ Mozaika Publications ♠

Copyright © 2021 Misha Bell
www.mishabell.com/nl/

Uitgegeven door Mozaika Publications, onderdeel van Mozaika LLC.
www.mozaikallc.com

Ontwerp cover: Najla Qamber Designs
www.najlaqamberdesigns.com

Vertaling: Missy Veerhuis

ISBN: 978-1-63142-724-4
Print ISBN: 978-1-63142-725-1

Hoofdstuk Een

*I*s dat een *beer*?

Ik heb het gevoel dat de kegelballen op het punt staan om uit mijn vagina te ontsnappen. Ik knijp in mijn goedgetrainde spieren om het speeltje erin te houden. De ballen zijn een ontwerp van mijzelf, dus ik weet dat als ik er nog een keer in knijp, de trilfunctie geactiveerd zal worden en dit is daar niet het goede moment voor.

De riem schokt in mijn hand.

"Bonaparte, gedraag je." De strengheid in mijn stem is zinloos. Mijn chihuahua blijft maar trekken, zijn blik is strak op de beer gericht en zijn staart kwispelt zo snel dat ik bijna verwacht dat hij als een helikopter de lucht in zal vliegen.

Tot mijn opluchting snuffelt de beer alleen maar aan de brandkraan, zich niet bewust van het heerlijke voorgerecht van twee kilo dat slechts een sprong verderop staat.

1

Ik zet mijn hakken in de grond en trek de riem terug. "Serieus, Boner. *wil* je opgegeten worden?"

Het trekken stopt en mijn hond kijkt naar me op, met in zijn groene ogen een mengeling van verdriet en verontwaardiging. Zoals gewoonlijk kan ik me voorstellen wat hij zou zeggen als ik een hondenfluisteraar was geweest:

"*Ma chérie*, die hond negeert me. *Moi*! Ondenkbaar."

Ik gooi een koekje naar hem toe. "Die beer heeft duidelijk geen manieren. Maar ter zijn verdediging, zou *jij* het hebben kunnen weerstaan om aan die brandkraan te snuffelen? We bevinden ons naast Central Park. Er hebben daar miljoenen honden geplast. De geur moet hemels zijn."

Met een sprong vangt Boner het lekkers op, slikt het zonder te kauwen door en richt zijn aandacht dan weer op zijn gigantische prooi.

Mijn eigen blik verschuift naar de man die de riem van het beest vasthoudt en mijn mond valt open als mijn interne spieren onwillekeurig in de kegelballen knijpen.

De trilling wordt geactiveerd, maar ik negeer het, mijn ogen dwalen hongerig over het lange, atletisch gebouwde mannelijke exemplaar dat voor me staat.

De eigenaar van de beer is lekker.

Verzengend, slipjes smeltend, baarmoeder-exploderend lekker.

Het soort lekker waar ik uiteindelijk op ga masturberen.

Wacht. Strikt genomen *ben* ik op hem aan het masturberen - de vibratie in mijn vagina bouwt met elke seconde mijn climax op. Gelukkig kijkt hij niet naar me, dus ik kan hem zonder schaamte met mijn ogen opeten.

De man vinkt al mijn vakjes af, zelfs de vakjes waarvan ik niet eens wist dat ik ze had.

Dik, zijdeachtig uitziend haar met de kleur van de vacht van een nerts. Korte, keurig getrimde donkere baard die zijn koninklijke neus en gebeeldhouwde gelaatstrekken benadrukt. Brede schouders met precies de juiste hoeveelheid spieren opgevuld en een borst om voor te sterven, allemaal taps toelopend naar een slanke taille en smalle heupen. Hij draagt zelfs een coltrui, in godsnaam - iedereen weet dat dat het equivalent van een sexy zwarte jurk is.

Oh en zijn lippen. Ik wil een mal van die lippen maken en die mal in een seksspeeltje omzetten.

Over seksspeeltjes gesproken, de ballen brengen me steeds dichter bij het randje. Hoewel ik ervan beschuldigd word dat ik wat dat soort dingen betreft ongeïnteresseerd over kan komen, erken ik zelfs dat hier, voor de neus van een vreemdeling, klaarkomen, niet de meest sociaal aanvaardbare zet van mijn kant is.

Ik moet de ballen uitschakelen, wat kan worden gedaan als ik nog drie keer in ze knijp. Het probleem is dat elke keer dat ik knijp ook de vibratiesnelheid zal veranderen, dus mijn situatie zal eerst erger worden voordat het beter wordt.

Daar is dan niets aan te doen.

Ik knijp.

De trilling wordt intenser.

Nog twee keer te gaan en-

Boner blaft.

De enorme snuit van de beer trekt zich los van de brandkraan en gigantische bruine ogen richten zich op het hondvormige hors-d'oeuvre dat aan mijn voeten staat.

Boner krijgt eindelijk de aandacht waar hij naar hunkert, hij kwispelt snel met zijn staart en probeert naar zijn ondergang te sprinten.

Ik knijp ongewild nog een keer in de ballen. Nog een keer en dan zijn ze uitgeschakeld. Het punt is alleen dat de vibratie nu op volle snelheid gaat en het voelt geweldig. Zo ontzettend geweldig...

Shit. Wat ben ik aan het doen?

Moet nog een laatste keer knijpen.

Het probleem is alleen dat de vereiste spieren in gelei zijn veranderd en ik moeite heb om te knijpen.

Is dit het?

Ga ik een orgasme krijgen op het moment dat mijn hond op wordt gegeten - en dat allemaal in het bijzijn van de waanzinnig lekkere vreemdeling?

Heel even vraag ik me af of ik de beer mijn beste vriend op moet laten eten om als afleiding voor mijn op handen zijnde implosie te dienen - en zodat de eigenaar van de beer later als compensatie voor mijn verlies met me naar bed zal gaan.

Nee, dat is waanzin.

Ik trek aan de riem en hou Boner in zijn nobele offer tegen.

De beer heeft hem alleen nu wel op zijn radar staan.

Het beest valt uit - en de snelle ruk van zijn riem overrompeld de lekkere vreemdeling. Tegen de tijd dat hij zich realiseert wat er aan de hand is en hij zijn hakken in de grond zet, is de muil van de beer slechts enkele centimeters van Boners kop verwijdert, die maar de grootte van een tennisbal heeft.

Ik hou mijn handtas stevig vast, loop achteruit en trek mijn opgewonden vriend met me mee. Niet dat ik zelf niet overdreven opgewonden ben. Mijn hart bonst en ik zweet van de inspanning om het orgasme tegen te houden terwijl de ballen op het maximale niveau blijven trillen.

Het knijpen werkt niet. Misschien moet ik het gewoon met een pokerface uitzingen?

De vreemdeling zegt iets tegen de beer in een taal die ik niet herken, hoewel het door de keelklank als een verre verwant van het Russisch klinkt. Dan vernauwt hij zijn ogen tot spleetjes naar Boner en nog steeds zonder me aan te kijken, gromt hij in volmaakt niet-geaccentueerd Engels, "Houd die rat uit de buurt van mijn hond."

Zijn stem is diep en net zo belachelijk sexy als de rest van hem, maar gelukkig maken zijn woorden me zo boos dat het naderende orgasme afneemt.

Zo jammer. Al deze geschenken verspilt aan een man die duidelijk een klootzak is.

Ik verstevig mijn greep op Boners riem en knijp mijn eigen ogen tot spleetjes naar de vreemdeling. "Ik zal mijn *hond* uit de buurt van jouw *beer* houden."

Zo. Gezien mijn situatie geen slecht weerwoord.

Eindelijk verwaardigt hij zich om me aan te kijken - en ik ben weer met stomheid geslagen.

Die ogen, gelegen onder een paar dikke, donkere wenkbrauwen, zijn de mooiste kleur die ik ooit heb gezien, een kwikachtige soort lichtbruin die tussen donkergroen en amberkleurig bruin lijkt te wisselen.

Diezelfde ogen worden groter terwijl ze over mijn lichaam gaan en even op mijn korte rokje en blote benen blijven hangen, maar dan krijgt zijn prachtige gezicht een dominante uitdrukking. "Oh alsjeblieft. Ze is meer hond dan de jouwe ooit zal zijn."

Zijn rijke, diepe stem zweert samen met de ballen die in me zitten om me nog dichter bij een plek te brengen waar ik niet wil zijn.

Misschien kan ik doen wat mannen in deze situatie doen - aan onsexy dingen denken.

Prut uit de ogen. Oorsmeer. Een pukkel uitknijpen. Stinkende oksels. Schilferende hoofdhuid. Grijs spul wat uit een navel afkomstig is. Nagelschimmel.

Nee. Het werkt allemaal niet.

Moeder?

Dat lijkt te werken.

Over haar gesproken, ik kanaliseer wat ze spottend mijn "Sneeuwkoningin-gedrag" noemt en vind eindelijk de woorden om de vreemdeling te antwoorden. "Hond zijn gaat niet over kwantiteit; het gaat om kwaliteit."

Zijn dikke wenkbrauwen komen een klein beetje omhoog. Er is duidelijk nog nooit iemand geweest die hem tegen heeft gesproken. "Waarom zit dat keffertje überhaupt niet in je tas?"

Ugh. Absoluut een klootzak. De ergernis houdt in ieder geval het orgasme op afstand. Ik haat dat stereotype van chihuahua's. Ondanks dat hij naar Napoleon is vernoemd, heeft Boner niet echt het complex dat zoveel van zijn broeders hebben en is hij helemaal geen keffertje. Hij is naar de hondenschool geweest, dus hij gedraagt zich goed. Meestal. Hij *is* een hond.

Prima. Ik ben nu officieel klaar met aardig doen.

Ik werp een koude blik naar het kruis van de spijkerbroek van de vreemdeling en kijk dan weer naar zijn gezicht, met één wenkbrauw boosaardig opgetrokken. "Laat me raden. Je hebt de grote hond om iets te compenseren?"

Wauw. Waar is mijn Oscar? Ik betwijfel of Angelina Jolie iemand op zijn plek kan zetten terwijl ze een orgasme tegenhoudt.

De rotzak grijnst alleen maar. Die kwikachtige ogen glanzen en hij zegt, "Wil je wedden?"

Oh nee.

Met het beeld van een gigantische piemel in mijn hoofd, verlies ik eindelijk het gevecht tegen mijn ballen en kom ik klaar.

Hoofdstuk Twee

*H*et is een wonder dat ik mijn gekreun kan onderdrukken - een wonder dat weer een Oscar verdient. Alle vrouwen die orgasmes faken, zouden het omgekeerde eens moeten proberen. Het is moeilijker dan ik had gedacht.

De grote vraag is: heeft hij het aan mijn gezicht gezien?

Het laatste spasme deactiveert de ballen, dus een herhaling van dit optreden blijft me tenminste bespaard.

Ergens in het park klinkt een luid geblaf.

We werpen allebei een blik op onze hond - gewoon voor het geval dat ze hebben geleerd om hun blaf op grote afstand te projecteren, een prestatie waar zelfs ik, een ervaren buikspreker, niet toe in staat ben.

Boners neus is in de richting van de verre blaf gericht, kwispelstaartend van opgewonden nieuwsgierigheid. "*Ma chérie*, ik denk dat die hond blafte omdat er een eekhoorn in bechamelsaus zit. Kunnen we alsjeblieft daarheen gaan? Alsjeblieft!"

In tegenstelling tot Boner, staat de beer jammerlijk ineengedoken, haar gigantische donzige oren hangen naar beneden en het lichaam van honderdvijftig kilo trilt als een rietje.

Shit. Nu heb ik medelijden met de beer, maar ik voel me ook in het gelijk gesteld.

Wie is nu de grotere hond?

De vreemdeling zegt in zijn taal iets rustgevends, aait over de kop van de beer en het beest is van haar paniek verlost.

Met een kleine kwispel van haar staart draait ze haar snuit naar Boner en snuffelt ze flink aan hem.

Boner vergeet de andere hond, kijkt op naar de beer en snuift haar lucht ook op.

Met een gnuif zegt de vreemdeling weer iets in die Russisch-achtige taal en sleept de beer weg zonder mij de kans te geven om de lafheid van zijn "echte hond" te bespotten.

Boner kijkt verlangend naar de achterkant van de beer. "*Ma chérie*, dat is veel kont om aan te snuffelen. Wat een *tragedie*."

"Ik voel je pijn," fluister ik, terwijl mijn ogen langs het strakke, gespierde achterwerk dwalen die door de spijkerbroek van de vervelende vreemdeling wordt omlijnd. Een achterwerk dat er in de nagloeiing van het orgasme extra verleidelijk uitziet. "Ik weet niet zeker of ik er per se aan wil ruiken, maar ik denk dat het een verlies voor het vrouwelijk geslacht is dat die kont aan dat brein vastzit."

We hervatten onze wandeling en elke keer dat Boner stopt om aan iets te ruiken, werp ik een stiekeme blik op de vervelende vreemdeling en zorg ik ervoor dat ik niet per ongeluk de kegelballen opnieuw aan knijp.

Hij neemt de beer mee naar Boners favoriete plek, een hondenspeeltuin - hoewel ik af en toe ook menselijke peuters op die hellingen heb gezien.

Geweldig. Nu kunnen we daar niet heen.

Tenzij we dat gewoon zouden moeten doen?

Nee. Vergeet die vent.

Terwijl we met onze wandeling verdergaan, merk ik helaas dat het moeilijk is om hem te vergeten, vooral in het licht van de warmte die nog steeds in mijn kern pulseert.

Waarom moet het universum zo oneerlijk zijn? Ik kom zo zelden mannen tegen waar ik me tot aangetrokken voel en als ik er dan eindelijk een vind, blijkt hij een klootzak te zijn. Aan de andere kant, gezien mijn vorige relaties, kan het simpele feit dat ik me tot iemand aangetrokken voel al een enorme waarschuwing zijn. Volgens mijn vriendin Xenia ben ik een magneet voor klootzakken. Voorbeeld: mijn meest recente ex.

Er is een reden waarom ik voor mijn seksspeeltjes in plaats van voor echte mannen kies.

Een zesde zintuig haalt me net op tijd uit mijn

dagdroom om te zien dat Boner aan een slak op de grond zit te snuffelen.

"Nee!" schreeuw ik als hij net - niet verrassend - de slak regelrecht in zijn muil schuift.

"Spuug dat uit."

Hij kijkt me onschuldig aan. "Waarom? Het is *escargot*."

Ik kanaliseer de alfa in onze kleine relatie. "Spuug uit. Je zou de Franse hartworm kunnen krijgen."

Boner kijkt berouwvol en spuugt het wezen uit en kijkt toe hoe het wegkruipt, zonder last te hebben van het kwijl van de hond. "Franse hartworm klinkt als mijn soort hartworm."

Ik gooi nog een traktatie naar hem toe. "Brave jongen. Ik wed dat die beer lang niet zo goed getraind is. Ze zou in een oogwenk een parasiet krijgen, maar jij niet."

"*Touché*." Met hangende oren gaat hij verder met wandelen.

Arme jongen. Eerst mocht hij niet aan een beer ruiken en nu mag hij geen slak eten. Ik begrijp het. Mij werd een heerlijke man geweigerd.

Terwijl ik Boner naar een brandkraan leid, kijk ik toe hoe hij al zijn zorgen vergeet terwijl hij zijn poot onmogelijk hoog optilt en op een niveau plast dat alleen een grote hond zou moeten kunnen bereiken.

Als mijn sleutel tot geluk maar zo eenvoudig was - dan zou ik in een tel mijn been optillen. Nou, niet op dit moment, want dan zouden mijn ballen eruit vallen.

Blij met zijn kunstwerk van urine hervat Boner zijn draf.

Niet voor het eerst vraag ik me af waarom hij zulke ambities heeft als het op zijn plas aankomt. Is het een onderdeel van een waanidee waarin hij denkt dat hij een veel, veel grotere hond is? Of zou het kunnen dat alle honden op de sterren richten en omdat hij klein en lenig is Boner het voordeel heeft dat hij niet omvalt als hij zijn poot hoger dan zijn hoofd optilt?

Boner stopt en kijkt weemoedig in de richting van de speeltuin.

Aangezien de beer er nog is, zeg ik, "Zullen we eerst John te eten geven?"

Bij Johns naam kwispelt Boner goedkeurend met zijn staart. John heeft geen huis of hij heeft een andere reden waarom hij nooit in bad gaat - wat hem voor een hond een leuk mens maakt om te ruiken.

Halverwege de bank van John kruist een zwarte kat ons pad. Aangezien de kat groter is dan Boner, doet hij alsof hij hem niet ziet. Aan de andere kant blijf ik stokstijf staan en knijp bijna weer te hard in de ballen.

Godzijdank zijn mijn broers hier niet om me te bespotten. Een zwarte kat die de weg oversteekt, is een groot Russisch bijgeloof dat ik moeilijk kan negeren. De MIT-getrainde ingenieur in mij kan niet bevatten hoe de pech van de kat überhaupt zou moeten werken, maar ik blijf daar staan, in de hoop dat iemand het pad van de kat kruist en daardoor het slechte voorteken met zich meeneemt.

Met de zakelijke onderneming waar ik mee wil beginnen, kan ik me geen pech riskeren.

Een eekhoorn rent plotseling recht over het besmette pad. Aangezien hij niet groter is dan Boner, probeert Boner hem te achtervolgen, maar ik houd hem net op tijd tegen.

Oef. De eekhoorn krijgt nu de pech in plaats van mij of een lief oud dametje.

Terwijl we de wandeling hervatten, komt er een koningspoedel op ons af.

Ik grijns. Met dat leeuwenkapsel ziet deze hond er veel Franser uit dan de mijne - niet dat Boner behalve zijn naam en zijn ziel ook maar iets Frans in zich heeft. Hij ziet er echt uit alsof hij in die "¡Yo quiero Taco Bell!" reclamespots zit en met zijn Mexicaanse afkomst, is het voor iedereen een raadsel waarom hij geen Spaans accent heeft als ik me voorstel dat hij tegen me praat.

Boner probeert vriendelijk tegen de poedel te zijn.

De grotere hond laat zijn tanden zien en gromt.

Boner blijft staan en kijkt me aan. "Hoe *onbeleefd*!"

Ik geef de eigenaresse een vuile blik.

Ze haalt schuldbewust haar schouders op en haast zich langs ons heen.

De rest van de weg naar John verloopt rustig en als we bij de bank komen, zit hij daar, zoals gewoonlijk, wezenloos in de verte te staren.

Ik stop Boners riem onder mijn oksel en haal de

boterham die ik voor John heb gemaakt uit mijn handtas. "Hoi."

"Geweldig. De communist is terug," bromt John voordat hij zich vooroverbuigt om Boners vacht te aaien.

Ik geef hem de boterham. "Ik ben geboren nadat de Sovjet-Unie uiteen was gevallen en ik ben naar dit land gekomen toen ik vijf jaar oud was, dus ik ben veel meer een Amerikaans kapitalistisch varken dan een communist."

John kijkt fronsend naar de boterham. "Eens een communist, altijd een communist."

Dat is wel terecht, denk ik. Van het weinige dat ik van Johns geschiedenis weet, is dat hij een Vietnam-veteraan is, dus zijn mening over communisten is gegrond.

Hij is ook te trots om liefdadigheid te aanvaarden, dus zoals gewoonlijk ga ik voorzichtig te werk. "Dit komt uit het restaurant van mijn ouders," zeg ik en knik naar de boterham. "Ze hebben me weer te veel eten gegeven en in de Russische cultuur brengt het weggooien van brood ongeluk."

Dat laatste gedeelte is echt waar, daarom koop ik alleen de diepvriesvariant.

John mompelt iets over dom communistisch bijgeloof, grist de boterham uit mijn handen en begint hem op te schrokken.

Zo. In de loop van de tijd heb ik geleerd hoe ik deze transactie vrij soepel kan laten verlopen. Toen ik hem voor het eerst leerde kennen, was John ongezond mager, maar nu is hij-

De riem ontsnapt onder mijn oksel vandaan terwijl Boner plotseling naar voren schiet.

Shit.

"Tot later, John," roep ik over mijn schouder terwijl ik ren. "Ik moet hem vangen!"

Ik hoor niet wat John zegt, maar ik zie wel waar Boner naartoe gaat.

Het speelveld.

"Boner, stop!" gil ik.

Dat doet hij niet. Tot zover de hondenschool.

Terwijl ik harder begin te rennen, vervloek ik mezelf vanwege mijn constante verlangen om te multitasken. Hoewel ik mezelf heb aangeleerd om mijn telefoon thuis te laten om niet door zakelijke e-mails te worden afgeleid, moest ik tijdens deze wandeling gewoon de kegelballen uitproberen.

Terwijl ik mijn bekkenspieren zo hard als ik kan samenknijp, versnel ik nog meer. Met ballen jongleren kan niet op tegen de poging om ze tijdens het sprinten binnen in iemands privégebied te houden.

Boner springt direct naast de beer op de helling.

Nee. Hij kan niet de bedoeling hebben om-

Maar hij doet het wel.

Met behulp van het hoogtevoordeel van de helling als hulpmiddel, gaat mijn chihuahua op de beer zitten en begint haar te berijden.

Hoofdstuk Drie

"*B*oner, stop!"

Die hondenschool is me een serieuze terugbetaling verschuldigd - dit scenario had een onderdeel van hun curriculum moeten zijn.

Mijn chihuahua is zich totaal niet bewust van de wereld en stoot zijn kleine kont richting het gigantische achterwerk van de beer. Van een afstand lijkt Boner op een vogel die op een nijlpaard meelift.

Verdomme. Gekke hond. Waarom zou je überhaupt proberen om seks te hebben met iets wat honderd keer groter is dan jij?

Het stoten versnelt.

Mijn longen branden terwijl ik ondanks het obstakel van mijn strakke rok sneller begin te rennen. Ik draag tenminste mijn leuke nieuwe sneakers in plaats van mijn gebruikelijke laarzen met hoge hakken - die zouden deze geïmproviseerde hardloop-sessie onmogelijk hebben gemaakt.

"Boner, stop daarmee!" hijg ik.

Hij doet het tegenovergestelde. Zijn gerij gaat als een gek, waardoor het lijkt alsof hij een seksaanval heeft.

Ik voer het tempo verder op en mijn string verschuift, waardoor er een onaangename tocht op mijn vrouwelijke delen ontstaat.

Waarom eet de beer hem hiervoor niet op? Niet dat ik klaag. Misschien zit het kleine worstje van Boner niet eens in die grotachtige vagina. Ik twijfel er niet aan dat als een beest dat zo groot is zich aangerand zou voelen, Boner nu een dode hond zou zijn.

Shit. Is dit een aanranding? Is mijn kleine vriendje een verkrachter?

Maar nee. De pluizige staart van de beer staat omhoog, waardoor Boner gemakkelijker toegang heeft. Dat moet haar manier zijn om hiermee in te stemmen - samen met het feit dat ze hem niet met haar enorme kaken verplettert. Wie weet zijn ze tijdens het snuffelen wel tot een overeenstemming gekomen.

Hij moet haar met zijn machtige Chihuahua-feromonen hebben verleid.

Dit alles zal Boner natuurlijk niet redden van de irritant lekkere zak hooi van een eigenaar van de beer. Als hij ziet wat er gebeurt, zal hij ongetwijfeld moorddadig worden. Gelukkig is zijn aandacht op de man gericht met wie hij momenteel praat - of beter gezegd tegen wie hij staat te gebaren en schreeuwen.

De man heeft een camera vast, waarvan ik hoop dat hij die niet zal gebruiken om een foto van Boners misdrijf te maken.

Mijn beenspieren branden terwijl ik sneller sprint. Ik ben er nu nog maar zes meter van verwijderd.

De cameraman verliest wat het argument ook was en druipt af.

Dit is het.

De vreemdeling draait zich om en zijn prachtige ogen worden groot als de situatie waarin de beer zich bevindt tot hem doordringt.

Ik spring naar de helling en pak eindelijk de riem van Boner. Voordat ik hem weg kan slepen, laat hij zich uit eigen vrije wil los en kijkt hij al kwispelend met mannelijke tevredenheid naar me op.

Zoals verwacht verstrakken de kaken van de vreemdeling en zijn koninklijke neusgaten trillen.

Met moeite weerhoud ik mezelf ervan om "stoute hond" tegen Boner te schreeuwen. Ik wil mijn kleine vriend geen sekscomplex geven, het soort dat mijn moeder me gaf toen ze me in mijn vroege tienerjaren op masturberen betrapte.

Honden verdienen het om seksuele wezens te zijn, net als mensen.

De ijzige blik van de eigenaar van de beer verschuift van Boner naar mij. "Heeft je rat net-"

"Mijn *hond* heeft spijt van wat hij heeft gedaan." Het vereist een enorme zelfbeheersing om kalm te klinken. "Net als ik. Ik werd afgeleid en toen is hij ontsnapt."

Boner kijkt me niet-begrijpend aan. "Waarom bied je je excuses aan, *ma chérie?* Dit is *le grand amour.*"

De vreemdeling kijkt me met een vernietigende blik aan. "Laat me raden. Je had het te druk met je telefoon?" Hij mompelt zachtjes iets over Amerikanen met hun onophoudelijke posts en tweets.

Mijn nekharen gaan officieel overeind staan en het kost me moeite om mezelf ervan te weerhouden om in ballen te knijpen - in die van hem en in die van mij. "Laat *mij* raden. Je houdt ervan om mensen zonder een greintje bewijs te veroordelen? Toevallig neem ik mijn telefoon niet mee als ik mijn hond uitlaat. Ik ben in de meest strikte zin van het woord ook geen Amerikaan. Ik gebruik trouwens ook geen social media."

Nieuwsgierigheid vervangt een deel van de woede op zijn gezicht. "Hoe heb je hem dan laten ontsnappen?"

Ik kijk hem met mijn kenmerkende ijzige blik aan. "Ik hoef mezelf niet aan je uit te leggen."

Ik was daar misschien iets te intens. De oren van de beer gaan hangen en ze verbergt zich achter de vreemdeling.

Zijn ogen vernauwen zich weer. "Jouw hond heeft de mijne aangerand. Het minste wat je kunt doen, is beleefd zijn."

Net als ik is Boner niet van de toon in zijn stem gediend. Hij gaat tussen ons in staan en gromt naar de vreemdeling.

"Rustig, jongen," mompel ik en haal diep adem

om mezelf te kalmeren. Soms win je door netjes te blijven. "Ik wil me verontschuldigen."

"Ik wil je verontschuldiging niet. Ik wil weten of je hond SOA's heeft."

Op de een of andere manier blijf ik kalm. "Dit is de eerste keer dat hij echt seks heeft gehad, dus ik betwijfel het ten zeerste."

Ik wil mezelf meteen een klap geven dat ik het woord "echt" heb benadrukt; het laatste waar ik op in wil gaan, is dat ik voor mijn hond een seksspeeltje heb gemaakt.

De vreemdeling ziet er nu wat rustiger uit, net als de beer achter hem. "Dat is mooi. Toch kan sperma een breed scala aan virussen bevatten. Hoe weten we of je hond niet ergens mee besmet is?"

Ik haal mijn schouders op. "Hij is niet ziek geweest? We weten bovendien niet eens of hij haar echt gepenetreerd heeft - of dat er sperma was."

Hondensperma. Toen ik vandaag mijn dag begon was dat niet een onderwerp waarvan ik dacht dat het aan de orde zou komen.

"Dat is niet goed genoeg," zegt de man. "Ik zou graag willen dat je met hem naar de dierenarts gaat om hem grondig na te laten kijken." Hij klopt op zijn zakken en haalt een portemonnee tevoorschijn. "Ik zal betalen."

Hoe kan hij zo gemakkelijk onder mijn huid kruipen? "Ik kan zelf voor mijn dierenarts betalen. Bedankt."

"Als je erop staat." De portemonnee verdwijnt.

Ik recht mijn rug. "Ik sta erop."

Hij kijkt me nog eens grondiger aan, zijn blik blijft weer op mijn benen hangen. "En laat je me de resultaten van de dierenarts weten?" Zijn stem is iets heser wanneer zijn lichtbruine ogen weer naar mijn gezicht terugkeren.

Mijn verraderlijke hart slaat een slag over. "Ik zal mijn nummer in je telefoon zetten. Zoals ik al zei, ik heb de mijne niet bij me."

Is dat een vleugje van een glimlach op zijn sexy lippen?

"Dat zou geweldig zijn, het probleem is alleen dat ik mijn telefoon ook niet meeneem als ik mijn hond uitlaat," zegt hij. Wrang voegt hij eraan toe: "Ik gebruik ook geen social media. En ik ben ook geen Amerikaan."

Dat laatste had ik kunnen raden, maar geen social media? Ik dacht dat mijn paranoïde broers en ik de enigen waren die zich er in deze tijd van onthielden. En geen telefoon tijdens een wandeling? De genoemde broers maken me zelfs belachelijk omdat ik *dat* doe.

"Heb je een visitekaartje?" vraag ik, terwijl ik de verleiding negeer om onze gelijkenissen op te sommen. Dat we een beschaafd gesprek voeren, wil nog niet zeggen dat hij geen zak hooi is.

Ik zou hem mijn eigen visitekaartje aan kunnen bieden, maar om de een of andere reden wil ik niet dat hij weet dat ik een bedrijf voor seksspeeltjes heb. Er is iets aan hem - misschien de ingetogen, maar overduidelijk dure snit van zijn kleren of de keizerlijke hoek van zijn kaak - dat me aan Fortune 500-directiekamers doet denken en aan tiengangendiners onder kristallen kroonluchters. Mannen als deze hebben de neiging om op niet-traditionele ondernemers zoals ik neer te kijken, hoewel het een mysterie is waarom het me überhaupt kan schelen wat hij denkt.

Normaal gesproken ben ik heel open en trots op wat ik doe.

Hij steekt zijn hand in zijn zak en haalt er een pen uit. "Ik heb geen kaartje." Hij kijkt om zich heen en ziet een paar koffiekopjes die iemand op een bankje in de buurt heeft laten liggen. Hij pakt degene die er het schoonst uitziet, schrijft er iets op en geeft het dan aan mij.

Dragomir, staat er in een dik geschreven, mannelijke handschrift naast een telefoonnummer met een netnummer van Manhattan.

Dragomir? Is dat in het kort Drago? Klinkt als een schurk uit Harry Potter.

"Ik ben Bella." Ik zet de beker neer en steek beleefd mijn hand uit.

Zijn ogen glinsteren als hij de begroeting aanvaardt, zijn veel grotere handpalm omsluit de mijne - en mijn adem stokt bij de opwindende warmte van zijn huid.

Het is een wonder dat de ballen die in me zitten niet geactiveerd worden.

"Dragomir." Hij spreekt de naam met een Russisch klinkend accent uit.

Ik neem met tegenzin mijn hand terug. "Waar kom je oorspronkelijk vandaan?"

"Ruskovia," zegt hij, opnieuw met dezelfde uitspraak.

Hmm. Ik heb van die plek gehoord. Als ik het me goed herinner, is het kleiner dan alle stadsdelen in New York en een beetje achtergebleven, althans in zoverre dat ze nog steeds een heersende monarchie hebben. Ik heb geen idee waar het op de kaart moet liggen, wat hun gebruiken zijn of dat het de inspiratie voor Sokovia in *The Avengers* is geweest.

Wat ik wel weet, is dat Ruskovia, te oordelen naar deze man, misschien wel de mooiste natie ter wereld is.

Ik moet er nogal blanco uitzien, want hij zegt met een lichte rol van zijn ogen: "Ruskovia is een land in Oost-Europa - voor het geval je kennis van aardrijkskunde die van een typische Amerikaan is."

Mijn broers zeggen altijd dat mijn aardrijkskunde beter zou kunnen, maar wie is deze Dragomir om mij of het Amerikaanse onderwijssysteem te bekritiseren?

"Ik weet waar Ruskovia ligt," jok ik. "Ik ben zelf in Rusland geboren. Dat ligt ook in Oost-Europa - voor het geval *jouw* kennis van aardrijkskunde ondermaats is."

Zijn ogen vernauwen zich bij het woord *Rusland* tot spleetjes en ik herinner me te laat dat veel Oost-Europese landen niet zo dol zijn op mijn moederland.

Dit is te danken aan de pogingen van de Sovjets om het communisme naar hen toe te brengen, waarbij ze meestal wapens gebruikten.

"Ik ben toen ik klein was hierheen verhuisd," voeg ik eraan toe, voordat ik mezelf af kan vragen waarom ik aan zijn goede kant probeer te komen.

Hij houdt zijn hoofd schuin. "Dat *zou* je perfecte Engels verklaren."

Was dat een compliment? Het voelt wel zo aan.

"En hoe zit het met jou?" vraag ik, terwijl ik besluit om het te nemen zoals het komt. "Hoe komt het dat je geen accent hebt?"

"Ik had geweldige leraren," zegt hij en kijkt fronsend naar beneden.

Ik volg zijn blik en onderdruk een snuif. Terwijl we aan het praten waren, zijn Boner en zijn beer bij elkaar gaan zitten en ze heeft hem net een lik gegeven - een grote lik vol met kwijl.

Boner lijkt de gelukkigste hond ter wereld te zijn.

Dragomir zegt iets tegen de beer in wat Ruskoviaans moet zijn. De enige woorden die ik kan onderscheiden zijn *Winnie* en zoiets als *Poeh*.

Of was het "poep"?

Schaapachtig schuift de beer van Boner weg.

Mijn goede humeur vervliegt. "Heb je mijn hond net weer beledigd?"

"Nee. Ik heb tegen Winnifred gezegd om hem niet te likken. Gebruiken Russen niet ook het commando 'fu'?"

Fu. Niet *poep.* En ja, mijn ouders schreeuwen altijd

'fu' naar Boner als ze hem dingen zien doen die ze niet prettig vinden. Voor mij klinkt het altijd alsof ze hem vechtsporten à la *Kung Fu Panda* proberen te leren.

Dan klikt er iets. "Heet je hond Winnifred? Als in, Winnie, in het kort?"

Hij knikt.

"Je realiseert je toch wel dat dat de naam van een beer is, hè? Zoals in, Winnie de P- "

"Ik heb haar die naam niet gegeven. Hoe heet die van jou?"

Wie bedenkt nou niet zelf de naam van zijn eigen hond? "Bonaparte."

Hij trekt zijn wenkbrauwen op. "Vind je dat niet een beetje te ambitieus voor een hond met hersenen die zo groot zijn als een erwt?"

Ik sla mijn armen op mijn borst over elkaar. "De verhouding tussen hersenen en lichaam is bij chihuahua's groter dan van welk ras dan ook."

"Maar toch." Hij kijkt Boner sceptisch aan. "Winnie's hersenen zijn misschien net zo groot als zijn hele lichaam."

"Of misschien is het heel klein en heeft ze gewoon een hele dikke schedel," zeg ik, er zachtjes, "zoals jij," aan toevoegend.

Hij kijkt me gebiedend aan. "Winnie is van het misha-ras. Ze hebben Ruskovia van wolven en beren ontdaan en ze zijn de slimste honden ter wereld."

"Heet dit ras echt *misha*?" Ik onderdruk de neiging om te vragen hoe Winnie precies op wolven zou moeten jagen als ze bang was voor een beetje hondengeblaf.

Hij zucht. "Zo worden ze genoemd. Dus?"

"Misha wordt met beren in Rusland geassocieerd. Je weet wel, Misha de mascotte van de Olympische Spelen... de beer?"

"Nou, in Ruskovia wordt misha alleen met majestueuze, zeer intelligente honden geassocieerd."

"Ik wed dat Boner intelligenter is dan Winnie." Zodra ik het zeg, zie ik een preek van mijn moeder voor me. Toen ik klein was, probeerde ze me ervan te overtuigen dat mannen er niet van houden om uitgedaagd te worden en dat ze niet in de buurt van een competitief meisje als ik willen komen.

Niet dat Dragomir überhaupt bij me in de buurt zou willen komen. Gezien de manier waarop deze ontmoeting tot nu toe is verlopen, is het onwaarschijnlijk dat mijn concurrentievermogen bovenaan zijn lijstje van tegens zal komen - ervan uitgaande dat hij een lijst met pro's heeft.

Hij kijkt naar Boner en dan naar mij. "Meen je dat nou serieus?"

Ik besluit het te verdubbelen. "Zo serieus als de belasting. Ik ken een goede intelligentietest voor honden en ik ben er zeker van dat Boner die vóór Winnie zal halen."

De glans van de strijd komt in zijn ogen. "Ik ken ook een test. En Winnie zal de vloer aanvegen met je Napoleon-wannabe."

"Het is dus officieel bevestigd." Ik wrijf mijn

handen tegen elkaar. "We hebben een onderlinge wedstrijd."

Is dat een eigenwijze glimlach op zijn lippen? "Wat krijgt de winnaar?"

De Grinch zou jaloers op mijn antwoordende grijns zijn als ik aan het perfecte ding denk. "Als ik win, wil ik dat je op je knieën gaat en-"

Ik stop als zijn ogen groot worden. Hij werpt een blik op de zoom van mijn rok en er verschijnt een hongerige uitdrukking op zijn gezicht.

Wauw.

Ik weet wat hij denkt, maar het is niet wat ik in gedachten had - tot op dit moment tenminste.

Hoofdstuk Vier

*H*ij komt zo dichtbij dat ik de kaneel in zijn sensuele eau de cologne kan ruiken. "Op mijn knieën ga en dan wat?"

Mijn eigen knieën voelen vreemd zwak aan. Ik schraap mijn keel, maar mijn stem klinkt nog steeds heser dan wijs is. "Dat je op je knieën gaat zitten, naar Boner kijkt en hem vertelt dat hij het slimste wezen is dat je ooit hebt ontmoet."

Is dat teleurstelling op zijn gezicht?

Is het op die van mij te zien?

Hij haalt zijn schouders op. "Hoe onaangenaam dat resultaat ook zou zijn, daar hoef ik me geen zorgen over te maken, want Winnie zal winnen."

"Oké dan, zou dat het geval mogen zijn, wat zou je dan willen dat *ik* doe?"

Hij wrijft over het korte, donkere haar van zijn baard. Het is eigenlijk meer een verwilderde stoppelbaard - iets wat hij misschien heeft gekregen door het een week of twee te laten staan, realiseer ik me als ik er beter naar kijk. Zijn haar is zo dik en weelderig dat het lijkt alsof er meer van is dan er in werkelijkheid is.

Wacht, waarom ben ik zo geobsedeerd door zijn haar? Ik heb hem net een belangrijke vraag gesteld en hij neemt de tijd om antwoord te geven. Betekent dit dat hij iets onfatsoenlijks gaat eisen? Ik kan zijn diepe stem bijna zijn antwoord horen grommen, "Ga op je knieën zitten, rits mijn broek open en haal dan mijn-"

"*Als* ik win," zegt hij, terwijl hij mijn onzedelijke fantasieën onderbreekt, "dan gaan we samen wandelen totdat Winnie poept en dan ruim jij het op."

Hij ziet er zelfvoldaan uit.

Verdorie. Dat zijn grote inzetten. Letterlijk.

Gebruikt hij vuilniszakken van vijfenveertig liter om al die poep in te bewaren? Heb ik dan een schep nodig?

Het enige deel van dat scenario dat ik leuk vind, is dat we samen zouden wandelen. En afhankelijk van de vezelconsumptie van Winnie, krijgen we misschien de kans om elkaar beter te leren kennen. Misschien dat we voor de verandering dan eens geen ruzie zouden hebben. Misschien zelfs-

"Ben je aan het terugkrabbelen?" De woorden dragen een duidelijke uitdaging.

Ik kijk hem boos aan. "Echt niet. Het staat. Wat is de test?"

Hij aait Winnie's hoofd. "Je legt een handdoek op

het hoofd van een hond en houdt bij hoelang het duurt voordat hij eronder vandaan komt."

Ik laat mijn vrolijkheid niet zien. Ik heb dat een keer bij Boner gedaan. Hij was in minder dan dertig seconden vrij, wat volgens het artikel dat ik aan het lezen was erg goed was. "Waar halen we handdoeken vandaan?"

Zeg alsjeblieft "bij jou thuis".

Er wordt weer over de stoppelbaard gewreven. "Onze kleding?"

Voordat ik antwoord kan geven, pakt hij de zoom van zijn coltrui vast, waardoor zijn gespierde buikspieren even zichtbaar worden, en trekt hem vervolgens over zijn hoofd.

Fuck. Mij.

Als in, *neuk me alsjeblieft.*

Ik activeer bijna weer mijn ballen.

Onder de coltrui draagt hij mijn tweede favoriete kledingstuk voor mannen, zij het een met een ongelukkige naam: tanktop. Wat nog belangrijker is, hij is gescheurd. Zijn schouders zijn perfect rond met spiermassa, zijn armen zijn waanzinnig gespierd en zijn borstspieren zijn van het soort dat kan dansen.

Ik wil mijn wens voor als ik win naar iets ongepasts veranderen. Zou het echt zo erg zijn als ik de ballen expres zou activeren en in het hier en nu nog een orgasme zou krijgen?

"Jij hoeft je top niet uit te doen," zegt hij, terwijl hij mijn verbijsterde uitdrukking verkeerd interpreteert. "Gezien de grootte van je chihuahua, zal het met mijn zakdoek wel lukken."

Een zakdoek? Wat is dit, de achttiende eeuw?

Ik bedank de modegoden voor mijn beslissing om een bralette onder mijn shirt te dragen en begin het los te knopen.

Terwijl zijn ogen weer groter worden, lijkt het lichtbruin erin in gesmolten goud te veranderen.

Ik ben niet verlegen, maar tegen de tijd dat ik mijn shirt uitdoe, sta ik op het punt om te gaan blozen door wat ik op zijn gezicht zie.

"Ik wil niet dat Boner verliest omdat hij de geur van je zakdoek niet herkent." Zo. Stem onverstoord. En dat ik me uitkleed, heeft er niets mee te maken dat ik probeer om iemand te verleiden. Nee. Alleen een echt sluwe vrouw zou *dat* doen.

Hij haalt de eerdergenoemde zakdoek tevoorschijn en dept zijn voorhoofd. "Heb je een horloge met een stopwatch?"

"Hoezo? We hebben het niet nodig om te zien wie het eerst vrij komt."

"Ik wil voor het nageslacht de tijd vastleggen. In minder dan dertig seconden wordt als een zeer goed resultaat beschouwd."

Betekent dit dat hij deze test ook met zijn hond heeft gedaan?

Ik denk dat ik me klaar moet maken om gigantische poep te scheppen.

Ik zwaai met mijn lege pols. "Sorry, geen horloge."

"Zullen we de mijne gebruiken?" Hij houdt zijn gespierde onderarm schuin zodat ik die van hem kan zien.

Onder het voorwendsel dat ik het horloge dan beter kan zien, loop ik naar hem toe tot ik binnen kusbereik ben. Van dichtbij is zijn geur bedwelmend, geheel warme mannenhuid en rijk, kaneelachtig kruid. Mijn mond loopt letterlijk vol water als pornobeelden mijn hersenen weer vullen.

"Zijn dat met de handgetekende penissen op je handtas?" vraagt hij, me dwingend om uit een andere door lust opgewekte fantasie te komen.

Waarom is iedereen een kunstcriticus als het hierop aankomt? Ja, ik vind het leuk om mijn bezittingen op deze manier te versieren. Klaag me maar aan.

"Heb je een probleem met mijn tekeningen?" Ik houd mijn lichaam in een hoek zodat hij mijn tas niet kan zien. Daarbij ga ik per ongeluk op zijn voet staan.

Verdomme. Op een voet gaan staan is een slecht voorteken. Het betekent dat de persoon die op de voet is gaan staan, een conflict zal krijgen met de persoon op wiens voet er werd gestaan.

Of in dit geval meer conflict.

"Geen probleem," zegt hij - en het is onduidelijk of hij de voet of de tekeningen van penissen bedoelt.

Ik aarzel en besluit dan om er gewoon voor te gaan. "Kun je op mijn voet gaan staan?" volgens de Russische traditie verbreekt dit het slechte voorteken.

Hij trekt een wenkbrauw op. "Russisch bijgeloof?"

Ik knik, licht blozend.

"In Ruskovia wordt er gezegd dat als een vrouw per ongeluk op de voet van een man gaat staan, ze samen zullen eindigen. Zelf geloof ik natuurlijk niet in zulke onzin."

Toch gaat hij zachtjes op mijn voet staan, laat me dan weer het horloge zien en glimlacht.

Die glimlach. Zou het te duidelijk zijn als ik mezelf koelte toe zou wuiven? Wat nog belangrijker is, zou ik een perverseling zijn als ik nu de vibratie zou activeren? Maar ik wil het echt. Hij ruikt niet alleen puur mannelijk en lekker, maar op deze afstand voel ik de hitte van hem afstralen, alsof hij een vuurspuwende draak is.

Misschien is dat laatste de reden waarom hij Dragomir heet?

Ik realiseer me dat ik het horloge helemaal vergeten ben en bekijk het overdreven.

Wauw. Het is van Patek Philippe, de makers van 's werelds duurste polshorloges. Dit specifieke meesterwerk lijkt op maat gemaakt te zijn, met Cyrillisch ogend schrift dat Ruskoviaans moet zijn en met een vreemd ontwerp dat van diamanten gemaakt is.

Geen wonder dat ik de vibe van oud geld bij Dragomir opving. Dit ding moet miljoenen kosten.

"Dus," mompelt hij, waardoor mijn blik naar zijn gezicht gaat. "Vertrouw je mijn horloge?"

Iets in me zegt helemaal niets van hem te vertrouwen en daarmee uit. Toch, zonder een rationeel weerwoord knik ik alleen maar en ruk ik mezelf weg van de aantrekkingskracht van die kwikachtige ogen.

"Op mijn teken," zegt hij, terwijl hij zijn aandacht op het horloge richt.

Ik houd mijn topje boven Boner.

Hij gooit zijn coltrui over Winnie's hoofd. "Af."

Hoofdstuk Vijf

Terwijl ik mijn shirt op Boner laat vallen, realiseer ik me dat deze test niet eerlijk is. Mijn chihuahua is zo klein dat mijn shirt een veel groter obstakel voor hem zal zijn dan de coltrui van Dragomir voor Winnie.

Ik had toch met de zakdoek in moeten stemmen.

Ach ja. Als ik dit nu ter sprake breng, dan zal Dragomir me ervan beschuldigen dat ik een slechte verliezer ben.

Laten we hopen dat Boner veel intelligenter is of dat hij het in deze specifieke test heel goed zal doen.

Beide honden beginnen hun strijd om eruit te komen.

De seconden tikken voorbij.

Ik realiseer me dat ik mijn adem inhoud, ik laat mijn strakgespannen schouders los en adem wat lucht in.

Plotseling komt er een poot onder mijn shirt vandaan, dan nog een en dan Boners hoofd.

Ik wijs opgewonden. "Hij is klaar!"

Boner kwispelt met zijn staart. "*Ma chérie*, twijfelde je eraan of ik *victorieux* tevoorschijn zou komen? Niet cool."

"Vijfentwintig seconden," gromt Dragomir, zijn blik op zijn coltrui gericht.

Er gaan nog een paar seconden voorbij, maar Winnie is er nog steeds niet uit.

Dan nog een paar.

Plotseling begint de coltrui te krimpen, hoewel het niet duidelijk is hoe dat kan... althans, in het begin is het niet duidelijk.

"Is ze hem op aan het eten?" vraag ik.

Hij schrikt, grijpt dan de coltrui en trekt eraan.

Yep.

De beer heeft besloten dat de beste manier om eruit te komen, is door het obstakel op te eten.

Een paar rukken en een paar kalmerende woorden in het Ruskoviaans later ligt de coltrui aan flarden, maar er is in ieder geval niets in de maag van de hond terecht gekomen.

Dragomir kijkt *mij* zonder enige reden boos aan.

Wie is er nu een slechte verliezer. De man moet nog competitiever zijn dan ik.

"Ze heeft in ieder geval een creatieve manier gevonden om eruit te komen," zeg ik, terwijl ik me bedenk dat een olijftak nog nooit iemand kwaad heeft gedaan.

Zijn kille blik wordt een paar graden warmer. "Je hebt deze ronde nog steeds gewonnen. Wat is *jouw* test?"

Ik loop naar de bank en pak de twee overgebleven bekers op en combineer ze met die met zijn nummer erop.

"Dit is bedoeld om hun geheugen te testen," zeg ik.

Hij begint arrogant te grijnzen. "Ik denk dat ik deze test ook ken."

Verdomme. Ik had gehoopt om hier een voordeel te hebben. Maar ach, tot nu toe ben ik tenminste aan de leiding.

"We leren ze eerst dat er onder een kopje iets lekkers kan zitten." Ik demonstreer dit door een gastronomisch hondenkoekje te pakken en het onder het linker bekertje te leggen. "Boner, pak."

Kwispelend duwt hij de meest linker beker met zijn neus om en eet het lekkers op.

"Winnie kan dat ook," zegt Dragomir en hij haalt een traktatie tevoorschijn en legt die onder een beker.

Winnie houdt haar hoofd schuin.

Hij zegt iets in het Ruskoviaans.

Ze wijst met haar gigantische snuit naar de beker.

Warm glimlachend tilt hij het kopje op en laat het grote meisje het lekkers eten.

Iets in mij begint te knijpen. Die glimlach staat hem goed, maar aan de andere kant geldt dat voor vrijwel alles.

"Dus," zeg ik, terwijl ik tegen de drang vecht om

de ballen te activeren, "nu ze het protocol kennen, verbergen we een traktatie zodat ze de juiste beker kunnen zien. We draaien ze dan dertig seconden om en dan testen we hun geheugen door ze terug te draaien om te zien of ze bij de eerste poging de juiste beker kiezen. Of bij de tweede. Hoe vaker ze moeten raden, hoe slechter de testprestatie."

Hij knikt. "Dames eerst."

"Hond of mens?"

Hij grijnst. "Jouw team gaat eerst."

Ik pak nog een traktatie, leg die onder de middelste beker, draai Boner om en tel daarna tot dertig.

"Dertig seconden," zegt Dragomir en hij herinnert me aan zijn horloge.

Oeps. Ik ben blij dat we het geheugen van Boner testen en niet die van mij.

"Schatje, pak het lekkers," zeg ik.

Zonder aarzelen gooit Boner de middelste beker om en slikt hij het lekkers door. "*Savoureux.*"

Ja! Wie is er een slimme jongen?

"Jouw beurt," zeg ik tegen Dragomir, niet in staat om de zelfvoldaanheid uit mijn stem te houden.

Hij legt zijn snoepje onder de middelste beker en draait Winnie om.

Nog eens dertig seconden later, draait hij haar weer om.

Ze houdt haar hoofd weer schuin.

Hij geeft het Ruskoviaanse bevel.

Ze kijkt naar hem op, alsof ze in de war is.

Zijn volgende commando klinkt een beetje scherper.

Ze draait zich weer om naar de bekers, lijkt zich te concentreren, stopt dan de meest rechtse beker in haar mond en begint te kauwen.

Wauw. Ze is echt onder de druk bezweken.

"Winnifred, fu!" commandeert Dragomir, zijn toon die van iemand wiens elk bevel zonder twijfel opgevolgd zal worden.

Met hangende oren spuugt Winnie de gekauwde beker uit en wijst dan met haar neus naar de middelste.

Hij tilt de juiste beker op zodat ze haar traktatie op kan eten.

Ik wacht een paar tellen om er zeker van te zijn dat ik niet klink alsof ik opschep. "Ik denk dat wij hebben gewonnen."

"Het was de geur van koffie op de beker." Hij klinkt defensief. "Ze houdt van koffie."

Ik ontmoet zijn blik. "Probeer je om onder onze weddenschap uit te komen?"

Hij blaast zijn adem uit. "Laten we dit maar afhandelen."

Aangezien hij op het punt staat om te gaan knielen, stap ik weg, anders kan hij onder mijn rok kijken - een probleem, vooral omdat ik geen moment van privacy heb gehad om mijn string recht te trekken.

Dragomir legt wat er van zijn coltrui over is op de

grond naast Boner, gaat op zijn knieën zitten en torent hoog boven het kleine lijfje van mijn hond uit.

"Til hem op zodat jullie elkaar in de ogen kunnen kijken," zeg ik en probeer niet te lachen. "Ervan uitgaande dat hij dat goed vindt."

Dit is ook een test. Twee eigenlijk.

Ten eerste: Zal Dragomir er een klootzak over zijn en weigeren?

Ten tweede: Boner is heel goed in het beoordelen van karakters als het erom gaat om door mensen aangeraakt te worden. Hij gromt bijvoorbeeld naar mijn ouders als ze het proberen. Dus als Dragomir op *dat* niveau kwaadaardig is, dan zal dit niet soepel verlopen.

Tot mijn schrik zegt Dragomir iets in het Russisch en krabt Boner zachtjes achter zijn oor.

Ben ik jaloers op mijn eigen hond?

Boner kwispelt met zijn staart.

Operatie Optillen is wat hem betreft duidelijk geen probleem.

Dragomir tilt hem voorzichtig op, kijkt hem in de ogen en zegt met indrukwekkende oprechtheid, "Napoleon Bonaparte, het spijt me. Je bent de slimste hond - nee, het slimste wezen - die ik ooit heb ontmoet."

Als antwoord likt Boner Dragomirs gezicht.

Ik begin te lachen, alle spanning tussen ons knalt als een overvolle ballon uit elkaar.

Dragomir zet Boner zachtjes weer op de grond en grijnst naar me.

Ik was blijkbaar niet de enige die jaloers was. Winnie snelt zich naar Dragomir toe en begint ook aan zijn gezicht te likken - een gigantische kwal aan kwijl op zijn gebeeldhouwde gelaatstrekken achterlatend.

Ik begin te schateren van het lachen. Mijn ogen tranen, mijn neus loopt en dan, tot mijn grote schrik, doen de spieren in mijn vagina plotseling hun werk niet meer - en voel ik de kegelballen eruit glijden.

Shit. Ik kon rennen en een orgasme krijgen zonder de gladde dingen te verliezen, om ze dan door iets simpels als lachen te verliezen?

Gestimuleerd door adrenaline, vang ik een van de ballen met mijn knie. De tweede valt echter op de grond en rolt in de richting van Winnie.

Nee.

Alsjeblieft niet-

Zonder een seconde te aarzelen grist Winnie de bal met haar mond van de grond.

"Fu!" gil ik.

Het commando werkt niet.

Winnie slikt de bal door.

Hoofdstuk Zes

*D*ragomir kijkt me vragend aan.

Natuurlijk. Hij heeft me net "Fu" horen zeggen.

Hoe leg ik uit wat er net is gebeurd? *Jeetje, je hond moet de smaak van mijn vrouwelijke sappen wel erg lekker vinden, want ze heeft net een seksspeeltje ingeslikt dat ik in mijn vagina had verstopt.*

Moet ik het hem überhaupt vertellen?

Zal Winnie de bal er niet gewoon uit poepen?

Ugh, maar wat als er complicaties optreden?

Ik kan het hem niet vertellen.

"Je gaat boos worden," zeg ik en ik probeer verwoed de minst gênante manier te bedenken om het nieuws te brengen.

Zijn wenkbrauwen trekken zich samen. "Wat is er gebeurd?"

Ik laat hem de bal zien die ik heb gevangen. "Ik probeerde me te ontspannen door deze... eh...

Chinese meditatieballen te gebruiken en er is er één gevallen en Winnifred heeft hem doorgeslikt."

Zo. Klinkt geloofwaardig.

Helaas is er geen taalkundige voor nodig om te weten dat het volgende dat Dragomir in het Ruskoviaans gromt, een vloek is. Naast Winnie hurkend probeert hij haar aan te sporen om de bal uit te kotsen - zonder resultaat.

Hij mompelt zachtjes nog een vloek en springt overeind. Hij werpt een blik op zijn horloge en begint haar weg te slepen zonder zelfs maar gedag te zeggen, terwijl zijn lange benen met woedende stappen vooruitgaan.

Shit. "Komt het wel goed met haar?" roep ik ze na.

"Hoe moet ik dat verdomme weten?" De vraag wordt met zo'n intensiteit over zijn schouder geroepen dat beide honden hun oren platleggen. "Daarom gaan we naar de dierenarts."

Ik pak Boner en ren achter ze aan. "Laat me met je meegaan. Ik voel me hier vreselijk over."

"Je hebt genoeg gedaan." Hij verlengt zijn passen.

Ik geef de achtervolging op. "Ik bel later om te horen hoe het met haar gaat!" roep ik naar zijn rug. "En ik zal je laten weten of Boner SOA's heeft."

Ik heb het woord *SOA* misschien een beetje te hard geroepen, want ik krijg van voorbijgangers een hoop vreemde blikken.

Als Dragomir me hoort, dan laat hij het niet zien.

"Nou, dat was klote." Ik ga terug, pak de beker

met het nummer erop en leid Boner weg.

———

Als ik thuiskom, is het eerste wat ik doe mijn telefoon zoeken, zodat ik het nummer van Dragomir in mijn contacten in kan voeren.

Ik draai de beker om en staar er stomverbaasd naar.

Er staat geen nummer of naam op.

Nou, er staat een naam, maar het is Barbara.

Grr. Toen ik het stomme ding oppakte, heb ik niet gecontroleerd of wat erop geschreven stond echt *zijn* handschrift was.

"Ik ben zo terug," zeg ik tegen Boner en ren terug naar het park.

Als ik de plek nader waar ik Dragomir voor het eerst zag, zie ik een vuilniswagen door de straat rijden, wat me een onaangenaam gevoel in mijn maag geeft.

Het gevoel wordt sterker als ik bij de hondenspeeltuin kom.

De twee bekers die ik achter had gelaten, zijn nu weg.

Zoals ik al vreesde, heeft iemand ze opgeruimd.

Op weg naar huis zie ik in mijn hoofd Dragomir op mijn telefoontje wachten en dan in de veronderstelling zijn dat ik een vreselijk persoon ben die niets om het lot van zijn hond geeft - niets is minder waar.

Tegen de tijd dat ik mijn appartement binnenkom, ben ik zo van streek dat ik opgevrolijkt moet worden, dus vraag ik Alexa om Boners favoriete nummer te spelen: "Who let the dogs out."

Zoals altijd als het opkomt, begint Boner op de muziek mee te huilen en blaft hij bij de *blaf*-gedeeltes. Hoewel ik op YouTube heel veel andere chihuahua's met muziek mee heb zien zingen, lijkt er geen zo getalenteerd als de mijne te zijn. Hij is zelfs zo goed dat ik eigenlijk verwacht dat hij op een dag een hondenopera zal componeren - en het dan *La Bonerhème* zal noemen.

"Je bent een genie," zeg ik tegen Boner als het nummer voorbij is.

Hij kwispelt met zijn staart. "Vertel me iets wat ik niet weet, *ma chérie*."

Met een grijns ga ik zijn snack halen en als ik ermee terugkom, betrap ik hem erop dat hij zijn kontgat zit te likken.

"Tot zover genialiteit," mompel ik.

Hij ziet het lekkers in mijn hand, komt naar me toe en eet het gretig op. Daarna haast hij zich naar Remy, zoals hij vaak doet(dat is het seksspeeltje dat ik voor hem heb ontworpen), en hij begint het te berijden.

Remy is een pluchen rat die veel op een vrouwelijke Chihuahua lijkt, alleen met een ingebouwde nep-vagina in de vorm van een mouw. Het op de markt brengen van dit product staat op mijn to-do-lijst, maar voorlopig zijn de seksuele behoeften van mensen een grotere prioriteit voor mijn bedrijf.

"Kerel, je hebt net in het park seks gehad," zeg ik vriendelijk, om te voorkomen dat hij een sekscomplex krijgt. "Minuten geleden."

"Zo ziet een gezond libido eruit, *ma chérie*. Afgunst staat *vous* niet goed."

Grijnzend ga ik naar mijn kantoor om hem privacy te geven.

Dat blijkt een vergissing te zijn. Nu ik alleen ben, komen de gedachten aan Dragomir weer naar boven.

Ik ga op mijn laptop en zoek Ruskovia en Dragomir op.

Nee. Te veel resultaten en geen van de beste resultaten wijst in zijn richting.

Het is een feit: ik heb geen enkele manier om met hem in contact te komen. Het beste wat ik kan doen is hopen dat we elkaar in dat deel van het park weer tegen zullen komen, maar Boner en ik komen daar altijd en dit was de eerste keer dat we Dragomir tegen zijn gekomen. Hij komt daar vast niet vaak en na wat er is gebeurd, zou het me niet verbazen als hij die plek voortaan zonder meer zou vermijden.

Met een zucht kijk ik in mijn agenda.

Geweldig. Ik was bijna een belangrijke vergadering met mijn broer vergeten die voor later op de dag staat.

Ik moet mijn hoofd leegmaken, pronto. Maar hoe?

Een optie is om te masturberen terwijl ik aan

Dragomir denk. Ik heb een hele koffer met speeltjes, allemaal door mij ontworpen en door mijn bedrijf, Belka, geproduceerd.

Nee, slecht idee. Daardoor zou ik alleen maar meer aan hem gaan denken.

Het is tijd voor de grote wapens.

Ik zet mijn tv aan en zet een film op die me altijd opvrolijkt: *Frozen*.

Al van kinds af aan word ik met de Sneeuwkoningin vergeleken, een boosaardig personage uit een Deens sprookje dat in Rusland populair is. En toen was daar Disney en die maakte van datzelfde personage een geweldige prinses, waardoor het hele gebeuren op zijn kop werd gezet. Ik vind het geweldig en niet alleen omdat ik de belangrijkste les van *Frozen* al leefde nog voordat ik het had gezien. Jezelf zijn zonder je ervoor te verontschuldigen.

Of in de woorden van mijn favoriete nummer van de soundtrack: Wat men daar over mij beweert... over mijn seksspeeltjes.

Zoals altijd vrolijkt de film me op. Daarna haal ik wat eten en koffie en werk ik aan het ontwerpen van een nieuw speeltje. Ik maak grote vorderingen en kom zelfs zo ver dat ik een prototype naar mijn 3D-printer stuur.

Als het tijd is, pak ik een cadeautje voor mijn broer, trek ik mijn mooiste pak en de meest geweldige kickass-laarzen aan en ga naar zijn kantoor.

Hoofdstuk Zeven

*I*k stap de lift uit en grijns naar de plaquette die trots zegt: "1000 Duivels."

Dit is de manier waarop mijn broer onze achternaam, Chortsky, bezit, wat 'van de duivel' betekent. Hij heeft ervoor gezorgd dat 'duizend duivels' niet langer alleen een Russische vloek is, maar ook een cool ontwikkelingsbedrijf voor videogames.

Ik heb zelf iets soortgelijks gedaan. "Belka" is zoals mijn moeder me noemt als ze niet blij met me is en dat is dus altijd. Dus gedeeltelijk, omdat dat woord ook *eekhoorn* betekent, heb ik besloten die naam voor mijn seksspeeltjesbedrijf te claimen.

Voordat ik verder de lobby in ga, maak ik een scherpe bocht naar de wapenkamer en kies een paar van mijn favoriete wapens uit. Dit kantoor heeft een traditie dat zijn werknemers met Nerf-geweren op bezoekers schieten en ik houd ervan om zelf zoveel mogelijk klappen uit te delen.

Terwijl ik mijn wapens in Lara Croft-stijl vasthoud, duik ik naar de grond, ogen speurend naar vijanden.

Om de een of andere reden schieten de mannelijke werknemers hier zelden of nooit op me. De vrouwelijke werknemers daarentegen zijn altijd op mijn bloed uit.

Ik heb echter een groot voordeel. Ik was toen ik opgroeide een wildebras en ik heb twee broers, van wie er één deze schiettraditie heeft gecreëerd. Als er een aanval van SEAL Team Zes van Nerf zou zijn, dan zou ik erbij zitten.

De eerste vrouw die op me afspringt, probeert het niet eens echt. Ze heeft haar pistool in de ene hand en koffie in de andere.

Zonder te mikken, schiet ze.

Ik buk en schiet dan een pijl naar haar sleutelbeen. Zoals ik had gehoopt, valt het projectiel van haar shirt en in haar kopje.

Dat zou haar een lesje moeten leren.

De volgende dame is ouder, dus ik ben respectvoller als ik mijn pistool op haar leegschiet, op haar benen mikkend.

De volgende twee heb ik al te pakken voordat ze zelfs maar de kans krijgen om de trekker over te halen.

Plotseling raakt een pijltje me tussen mijn schouderbladen.

Dus het gaat nu zo? Me in de rug raken?

Al draaiend schiet ik zonder te mikken op de

aanvaller.

Oeps.

Ik weet toevallig dat de naam van deze dame Karen is en ze moet op het punt hebben gestaan om een oorlogskreet te schreeuwen of zoiets, omdat de pijl nu in haar mond zit... of misschien in haar keel.

Ze maakt kokhalzende geluiden en wappert als een kip zonder kop met haar armen.

Ik laat de wapens vallen, ren erheen en bereid me voor om de Heimlich-manoeuvre uit te voeren. Aangezien mijn ouders een restaurant hebben, heeft iedereen in mijn familie geleerd hoe ze dit moeten doen, gewoon voor het geval dat.

Karen lijkt de hulp echter niet nodig te hebben. Na nog een paar kokhalzende geluiden, spuugt ze de pijl uit, schraapt haar keel en glimlacht schaapachtig naar me.

Het incident zet een domper op het vuurgevecht, dus niemand valt me lastig als ik mijn wapens verzamel en naar de vergaderruimte ga.

Alex, mijn oudste broer en de eigenaar van 1000 Duivels, geeft me als ik naar binnen loop een warme knuffel.

Ik trek me terug en grijns naar hem. Met zijn blauwe ogen, zwarte haar, bleke huid en symmetrische gelaatstrekken is hij net mijn mannelijke spiegelbeeld. Vooral als je de eeuwige stoppels op zijn gezicht negeert.

Hij gaat zitten en schudt zijn hoofd. "Als Karen een aanklacht indient, ben jij mij iets verschuldigd."

Ik ga voor hem zitten. "Ze schoot me in mijn rug. Dat werkt als een rode lap op een stier."

Hij grijnst. "Zou jij in dat scenario geen koe zijn?"

Ik haal zijn cadeau uit mijn tas. "Waarom is alles wat met vee te maken heeft zo seksistisch? Waarom een *koe* in de kont kijken en geen *stier*? Waarom is het een bullish markt in plaats van een koemarkt? Net als in het Engels: waarom bullshit in plaats van cowshit? Bull terriër in plaats van cow terriër. Balen als een stier in plaats van als een koe. Wist je dat koeien meer mensen per jaar doden dan haaien?"

Hij haalt zijn schouders op. "Hé, gezien hoeveel er voor ons plezier worden afgeslacht, is het niet meer dan eerlijk dat ze de kansen soms evenredig maken."

"Ik heb een cadeautje voor je." Ik schuif de doos over de tafel.

Ineenkrimpend gluurt hij naar binnen.

Ik zet mijn buiksprekershoed op. "Hallo." Ik maak mijn stem laag en krakend en gooi ermee zodat het uit de doos lijkt te komen. "Ik ben helemaal je nieuwe vriendin. Je kunt me maar beter echt gebruiken of anders."

Hij haalt zijn hand door zijn rommelige donkere lokken. "Nog een seksspeeltje?"

Mijn grijns is duivels - ik kan allebei mijn broers in één keer belachelijk maken. "Dat is een mouw die van het gepatenteerde materiaal van Belka gemaakt is. Wat nog belangrijker is, het is de favoriet van Vlad."

Vlad, onze middelste broer, was bij het testen van mijn producten betrokken, met niemand minder dan een van zijn eigen werkneemsters. Genoemde werkneemster, Fanny, is nu zijn vriendin. Dus natuurlijk zullen Alex en ik nooit stoppen om hem ermee te plagen.

Het gegrinnik van Alex is op zijn zachtst gezegd ongemakkelijk. "Dank je. Denk ik. Weet alleen dat de wereld in het algemeen je goede bedoelingen kan verdraaien en ons op de Lannisters of de Borgia's kan laten lijken."

"Geruchten interesseren me helemaal niks," zeg ik luchtig.

"Wat als ik je vertel dat ik aan mijn eigen speeltjes kan komen?" zegt hij. "Ik kan ze zelfs via jouw website kopen."

Nog een duivelse grijns. "Ik zal een deal met je maken. Zorg dat je een vriendin krijgt en de cadeaus zullen stoppen."

Hij rolt met zijn ogen. "Hoezo met twee maten meten? Wanneer ga jij daten?"

Ik voel een steek van spijt. Als ik die beker niet kwijt was geraakt, misschien-

"Hé, zus, het spijt me," zegt Alex, die mijn uitdrukking verkeerd interpreteert. "Ik was even vergeten dat het een gevoelig onderwerp is."

Hij heeft het over mijn laatste rampzalige relatie. De hufter bleek getrouwd te zijn. Een leugen door het te verzwijgen die me kapot heeft gemaakt.

"Het gaat prima," zeg ik, terwijl ik de onaangename herinneringen van me afschudt. "Zullen we aan de slag gaan?"

"Juist." Hij stopt mijn cadeau onder de tafel. "Heeft dit iets te maken met de zakelijke onderneming die je op probeert te starten? Het sekspak dat met VR werkt?"

"Ik zie het liever als een meeslepende seksuele ervaring, maar ja. Het idee is om genot te democratiseren. Om seks bij mensen te brengen die om wat voor reden dan ook moeite hebben om het te krijgen of die het niet met echte mensen willen doen. Slachtoffers van brandwonden, mensen met een handicap, mensen met een extreem besmettelijke seksueel overdraagbare aandoening of verlammende sociale angst - de lijst gaat maar door. Hetzelfde product kan ook mensen die een langeafstandsrelatie hebben helpen, evenals astronauten en-"

"Meid, je hoeft het niet aan mij te verkopen," zegt hij. "Ik denk dat de onderneming echt gaaf klinkt en je misschien wel de rijkste van de familie zal maken."

"Je weet dat ik niet om geld geef — hoewel, dat gezegd hebbende, is geld de reden waarom ik hier ben."

In een oogwenk heeft hij een chequeboek in zijn handen. "Hoeveel heb je nodig?"

Ik lach. "Je hebt niet het soort geld dat ik nodig heb. VR-hardware vraagt om de grote jongens."

Hij fluit. "Ben je van plan om een VR-headset te ontwerpen? Ik dacht dat het alleen om het pak ging."

Ik schud mijn hoofd. "Kant-en-klare VR-bedrijven zijn preuts als het om hun app-winkels gaat en hun headsets zijn niet zo vriendelijk voor mensen met een kleiner hoofd, zoals vrouwen. Trouwens, het beste soort pak zou de VR-uitrusting ingebouwd hebben zitten. Ik heb een veelbelovend bedrijf gevonden dat verstelbare headsets maakt en dat het niet zo goed doet. Ik wil het opkopen en ze in mijn onderneming integreren."

Hij legt het chequeboekje weg. "Wauw. Een VR-bedrijf kopen? Heeft Facebook niet twee miljard voor Oculus betaald?"

"Dit zal niet op hetzelfde niveau zitten, maar ja. Daarom ben ik op zoek naar investeerders."

"En?"

Ik zucht. "Ik ben er al maanden mee bezig, maar zonder succes. Ik weet niet of het de kernactiviteit van Belka is of mijn geslacht of mijn pitching-vaardigheden, maar niemand hapt."

Hij zet zijn vingertoppen tegen elkaar aan. "Hoe kan ik helpen?"

Ik haal een usb-stick uit mijn tas en schuif het naar hem toe. "Het staat hier allemaal op. Samenvattend wil ik met jou een joint venture beginnen die voor potentiële investeerders misschien aantrekkelijker klinkt dan een bedrijf dat alleen van mij is. De seksdingen hoeven in onze presentatie niet overdreven prominent aanwezig te zijn."

Hij steekt de usb-stick in zijn zak. "Een bait-en-switch-techniek?"

"Zoiets. Wat we ze zullen vertellen is de waarheid: ik zal de hardware bouwen en jij leidt het team dat de software schrijft. Het project zal nog steeds als entertainment voor volwassenen worden bestempeld."

Hij krabt aan zijn stoppelige kin. "Dus wat doet de software officieel?"

"Dat is aan jou. Ik denk aan casino of levenssimulatie à la Tweede leven van de Sims."

Hij grijnst. "En we vermelden gewoon niet dat het casino een stripclubgedeelte zal hebben of dat de meest populaire activiteit in dit VR-tweede leven, vrijen zal zijn?"

"Yep. Tenminste niet als ze daar niet expliciet naar vragen."

Met andere woorden, het zal een leugen zijn. Ik heb op dit punt geen illusies. Iemand iets belangrijks niet vertellen, zoals zijn burgerlijke staat, *is* een leugen.

Alex trommelt met zijn vingers op tafel. "Dat is veel om over na te denken."

Ik sta op. "Bekijk alsjeblieft alles wat er op die stick staat en laat me je beslissing weten. Als je geen interesse hebt, dan ga ik naar Vlad. Het klinkt gewoon meer als jouw ding."

Hij gaat ook staan. "Dat is het ook. Ik heb al ervaring met het maken van VR-games. Ze zijn PG, maar toch. Ik moet ook zeggen dat dit veelbelovend klinkt, zowel als coderingsproject als financieel gezien."

Ik geef hem een zin uit mijn huidige verhaal voor investeerders. "Porno is een industrie van honderd miljard dollar. Het is vanwege piraterij en gratis inhoud aan het krimpen, maar dat zou voor deze onderneming geen probleem zijn, omdat we speciale pakken gaan verkopen. Bovendien zijn VR-apps en - games een grotere uitdaging om te kraken."

Hij loopt naar de deur van de vergaderruimte en doet die voor me open. "Als de investeerders zich zorgen maken over piraterij, dan kan ik ze vertellen welke stappen we voor 1000 Duivels-spellen nemen."

Ik geef hem als ik wegga een kus op zijn wang. "Ik wist dat je nuttig zou zijn. Laat het me weten zodra je wat dan ook besloten hebt."

Hoofdstuk Acht

"Een standaardverzending anale kralen?" Ik controleer het nogmaals met de vertegenwoordiger aan de telefoon.

"Yep. We willen ook onze bestelling van buttplugs verdubbelen," zegt ze.

"Ik zal mijn mensen erop zetten."

"Bedankt," zegt ze en hangt op.

Ik zucht. Ik maakte er een punt van om iemand in te huren om de zaken van grote winkels voor speeltjes voor volwassenen af te handelen, maar ik moet nog steeds af en toe zelf de telefoontjes afhandelen, vooral van de grotere klanten.

Voordat ik het vergeet, schrijf ik een e-mail naar de persoon die dat telefoontje had moeten krijgen en kopieer het voor de goede orde naar het hele logistieke team van Belka. Ik gebruik onze artikelnummers in plaats van woorden als "anale kralen" en "buttplugs," aangezien dit het onnodig gegiechel aanzienlijk vermindert, vooral onder nieuwere werknemers.

Aangezien ik al in de zakelijke modus zit, controleer ik onze Amazon-verkopen, evenals onze andere grote retailers.

De zaken gaan goed, hoewel de lijn van slimme speeltjes nog niet zo goed verkoopt als ik zou willen. Onze bestsellers zijn nog steeds de Komkommernator, de komkommervormige dildo die ik voor de grap heb ontworpen, en de Squidinator, een weekdiervormige clit-stimulator gemaakt van ons gepatenteerde materiaal waardoor het echt als een inktvis aanvoelt.

De rest van de dag en de twee dagen die volgen, wacht ik tot Alex zijn beslissing neemt en weerhoudt mezelf ervan om aan Dragomir te denken door nieuwe speeltjes te ontwerpen en aan het VR-pak te werken.

Ik laat Boner ook in hetzelfde gedeelte van het park uit, maar zonder succes. Ik ben de beer en haar prachtige baasje nog niet tegengekomen. Ik kan alleen maar hopen dat Winnie de bal zonder problemen uit heeft gepoept.

Als ik de volgende ochtend thuiskom uit het park, krijg ik een berichtje van mijn beste vriendin, Xenia. Het is in het Russisch, maar met Engelse letters geschreven:

Ga met me brunchen. Ik heb een plek gevonden waar ze honden toelaten.

Ik heb Xenia al een tijdje niet gezien, dus ik antwoord enthousiast bevestigend, kies een cadeau voor haar uit en haast me naar buiten met Boner op sleeptouw.

———

Het hondvriendelijke restaurant blijkt ook kindvriendelijk te zijn, wat niet erg vriendelijk voor chihuahua's is.

"*Ma chérie*, houd die gigantische *monsters* bij me vandaan," lijken de angstige ogen van Boner te zeggen als ik een vijfjarige jongen en een meisje van onze tafel wegjaag, terwijl ik Xenia zachtjes vervloek, omdat ze te laat is.

Zodra de dreiging van het kind is afgewend, ga ik verder met op het papieren tafelkleed te tekenen. Tegen de tijd dat Xenia eindelijk arriveert, is onze tafel volledig met kleine penissen bedekt. Behalve dat ze er schattig uitzien, bieden ze de toegevoegde bonus dat ze de meeste moeders motiveren om hun kroost uit de buurt van mijn hond te houden.

"'Hoi, lieverd," zegt Xenia in het Russisch en ze kust me op beide wangen.

"Hé, schat," antwoord ik in het Engels.

Een mix van Engels en Russisch is hoe we altijd praten; op deze manier kan zij haar Engels verbeteren en ik mijn Russisch.

"Fijne late verjaardag." Ik duw een doos in haar handen. "En maak je geen zorgen, ik zal niet vragen hoe oud je bent geworden. Alleen je huidige gewicht."

Ergens halverwege de zestig is Xenia mijn oudste

vriendin, zowel qua leeftijd als in hoelang we elkaar kennen. We gaan zelfs helemaal terug naar de tijd dat ze chef-kok in het restaurant van mijn ouders was. We hebben contact gehouden nadat ze haar hadden ontslagen, omdat ze "vulgair" zou zijn en "een slechte invloed" op me zou hebben. De waarheid is natuurlijk precies het tegenovergestelde. Zelfs als tiener had ik een veel grotere invloed op haar dan zij op mij.

"Dank je." Ze schudt sceptisch met de doos en verlaagt haar stem tot een fluistering. "Is het weer een dildo?"

"Open het om erachter te komen."

Dat doet ze, nadat ze eerst heimelijk heeft rondgekeken. "Het *is* een dildo."

"Een op maat gemaakte versie die ik speciaal voor jou heb geprint. Ik heb het een week voor je verjaardag ontworpen, maar ik heb tot erna gewacht om het je te geven."

Ze knikt goedkeurend. Nog bijgeloviger dan ik, weet Xenia dat het een enorme nee-nee is om iemand vóór de daadwerkelijke datum een verjaardagscadeau te geven of gefeliciteerd te zeggen. In de Russische traditie kun je het alleen op de dag van of erna doen.

"Zie je dat boze oog-ding aan de punt?" vraag ik.

Ze trekt de dildo voor de helft naar buiten zodat ze zijn paddenstoelachtige kop kan onderzoeken.

Aangezien Xenia zich altijd zorgen maakt over jinxen en vloeken met het boze oog, draagt ze een nazar-amulet in de vorm van een oog om boze geesten en kwaadaardige bedoelingen af te weren. Nu heeft ze ook een speeltje dat met hetzelfde ontwerp versierd is.

Terwijl ze het onderzoekt, begint ze te blozen en trekken haar wenkbrauwen zich naar elkaar toe. "Denk je dat iemand daar een boos oog op kan zetten?" Ze werpt een blik naar de onderste helft van haar lichaam. "Alleen de boy-toy krijgt het ooit te zien. Nou en de dokter."

Ik haal mijn schouders op. "Voorkomen is beter dan genezen."

Xenia is een weduwe die jarenlang vrijgezel is geweest. Maar ze heeft pasgeleden een vijfenveertigjarige man ontmoet die ze tot haar 'boy-toy' heeft gedoopt. Volgens haar lijkt hij op Liam Neeson, een beroemdheid waar Xenia verliefd op is. Ik heb Boy-Toy ontmoet en persoonlijk denk ik dat hij met zijn bierbuik en borstelige grijze baard veel meer op de Kerstman lijkt, maar ik zal dit nooit tegen Xenia zeggen, omdat ik het feit dat ze aan het daten is ten zeerste goedkeur.

"Mama, wat is dat?" Een klein meisje wijst met grote ogen naar Xenia's cadeau.

Ik verdiep mijn stem en gooi ermee zodat het lijkt alsof het uit de doos komt die mijn vriendin vasthoudt. "Ik ben de hele speciale nieuwe beste vriend van de aardige dame."

Het kind blijft naar de dildo staren totdat haar moeder haar wegsleept en iets over gekke mensen mompelt.

Xenia lacht en bergt haar cadeau op. "Wanneer

ga je een man zoeken in plaats van met die speeltjes te spelen?"

Voordat ik kan antwoorden, komt er een ober aan en we bestellen allebei mimosa's en de eggs Benedict.

Als hij weggaat, vertel ik Xenia over Dragomir.

"Wauw," zegt ze. "Je moet, zoals ze in het Engels zeggen, 'hatefuck the guy.'"

Ze kijkt op en ziet de ober met een dienblad staan en bloost. Hij heeft duidelijk het laatste stukje van haar wijsheid gehoord.

Als ons eten en drinken eenmaal op tafel staan en we weer privacy hebben, zeg ik, "Ik kan niets met hem doen. Ik ben zijn nummer kwijt."

Ze zwaait afwijzend. "Als het voorbestemd is, dan is het voorbestemd. Weet je nog dat je vorige maand dat topje achterstevoren had aangetrokken? Ik heb toen tegen je gezegd dat dit betekende dat je een nieuw iemand zou ontmoeten."

Xenia kent een aantal extra obscure stukjes bijgeloof, waarvan er vele om de een of andere reden verband met kleding houden. Pas geleden had ik per ongeluk een T-shirt binnenstebuiten aan en ze beweerde dat ik geslagen zou worden tenzij een vriendin me eerst zou slaan. Dus sloeg ze me. Over een zichzelf vervullende voorspelling gesproken.

"Ik blijf Boner maar in dat gedeelte van het park uitlaten. Misschien komt hij wel." Ik gooi mijn kleine vriend iets lekkers toe en hij kwispelt dankbaar met zijn staart.

Xenia slaat zichzelf op het voorhoofd, rommelt in

haar tas en haalt er een plastic zak uit. "Het is voor de kleine duivel," zegt ze met een grijns.

Xenia's nieuwe bedrijf verkoopt gastronomisch hondenvoer, dus ik weet dat Boner de inhoud van de tas zal waarderen.

Aangezien we gezelschap hebben, gooi ik Boners stem onder de tafel voor Xenia's plezier. "*Ma chérie*, laat me de goederen proeven voordat je ze verstopt."

Ik gooi hem een van Xenia's creaties toe.

"Ah, Xenia. Je bent *een génie-culinaire.*"

"Merci," zegt Xenia tegen Boner en kijkt dan naar me op. "Denk je dat deze Dragomir de ware zou kunnen zijn?"

Ze bedoelt niet de ware op liefdesgebied. Dat denk ik tenminste niet. Ze is een van de weinige mensen die op de hoogte is van een probleem dat ik sinds mijn laatste slechte relatie heb ontwikkeld: ik kan met een man geen orgasme bereiken. Dus als Xenia "de ware" zegt, dan bedoelt ze meestal "degene die je zonder de hulp van seksspeeltjes klaar kan laten komen".

Ik haal mijn schouders op. "Dat had hij kunnen zijn. Ik *had* toen ik naast hem stond al een orgasme."

Haar ogen worden groot en ik vertel haar over de kegelballen.

"Je hebt die dingen niet hier en nu in, toch?" vraagt ze met een lichte rimpeling van haar neus.

"Nee, maar dat zou jij waarschijnlijk wel moeten doen. Boy-Toy zou de resultaten zeker waarderen."

"Ik vind dat ze te veel kietelen," zegt ze. "Vertel

me eens wat meer over deze man."

"Zoals wat?"

"Nou, met een naam als Dragomir, is hij Russisch?"

"Nee. Ruskoviaans."

Xenia's ogen worden groot. "Ruskoviaans, hè? Ze hebben een reputatie."

"Vanwege onbeleefd gedrag?"

Ze kijkt rond. "Voor het feit dat ze groot geschapen zijn."

Ik verslik me bijna in mijn mimosa.

"Niet bewegen." Ze vernauwt haar ogen tot spleetjes en kijkt naar mijn gezicht, reikt dan naar voren en pakt iets van mijn wang.

"Een wimper." Ze laat het me zien. "Doe een wens."

Ik blaas de wimper weg zoals het bijgeloof voorschrijft. Terwijl ik dat doe, wens ik dat ik Dragomir weer tegen zal komen, zodat ik kan controleren of Xenia's bewering voor hem geldt - puur voor de wetenschap natuurlijk.

Wacht even. Ik had in plaats daarvan de wens voor de nieuwe onderneming moeten gebruiken. Ach ja. Hopelijk laat ik binnenkort nog een wimper vallen.

Gedurende de rest van de brunch geven we elkaar updates over ons werk. Als ik op het punt sta om te vertrekken, weerhoudt Xenia me ervan om lippenbalsem te gebruiken door te zeggen, "Als je lippen droog genoeg zijn, dan zullen ze gaan jeuken, wat betekent dat je binnenkort iemand gaat kussen."

Hmm. Ik vraag me af of het opzettelijk op laten drogen van je lippen dat tenietdoet. Voor het geval dat, breng ik geen lippenbalsem aan.

"Houd me op de hoogte over Dragomir," zegt Xenia terwijl we elkaar omhelzen.

Ik zucht en doe een stap achteruit. "Ik betwijfel of er updates zullen komen, maar tuurlijk."

———

Voordat ik naar huis ga, neem ik Boner mee het park in voor het geval dat de wimpermagie echt werkt.

Nee.

Als we thuiskomen, kijk ik of er berichten van Alex zijn.

Aha. Hij wil praten, dus ik bel hem op.

"Hoi zus."

"Hé. Heb je iets besloten?"

"Het is een ja. We moeten de details bespreken."

Een taxirit en een vuurgevecht later ben ik terug in zijn kantoor, waar we gedurende de rest van de dag de logistiek van de onderneming en de fondsenwerving bespreken. Omdat zijn bedrijf het respectabele bedrijf is en hij degene met de penis is, besluiten we dat hij de eerste zal zijn die de investeerders zal ontmoeten en dat hij me dan indien nodig erbij betrekt.

We verdelen ook enkele taken. Ik blijf aan het pak werken en hij gaat twee demo's van de software samenstellen: sexy en vanille.

De eerste ontmoeting tussen Alex en de investeerders zal volgende week plaatsvinden en onze strategie werkt. We hebben onze eerste geldschieters binnen. Helaas leggen ze zich slechts voor een bescheiden bedrag vast.

Maar als ik die avond thuiskom, heb ik het gevoel dat ik iets te vieren heb, dus ik schenk voor mezelf een glas wijn in en zet een film op die me altijd opwindt: Michael Fassbender die Steve Jobs speelt.

Het is niet dat ik een van deze mannen leuk vindt. Ik ben gewoon dol op mannen met een coltrui.

Ik haal mijn favoriete vibrator uit mijn koffer met speeltjes en laat mezelf klaarkomen, hoewel het in plaats van de film een mentaal beeld van Dragomir in een coltrui is waar ik echt een orgasme van krijg.

Godzijdank voor speeltjes. Als tiener kreeg ik bijna een carpaal tunnel syndroom van het masturberen op de albumhoes van *With the Beatles* - de hoes waar de hele band een coltrui draagt. Ik deed het ook altijd bij de zeer oude *Cosmos*-show, waarin de gastheer, Carl Sagan, altijd een coltrui droeg.

Dat laatste zou ook de reden kunnen zijn hoe ik een passie voor wetenschap heb ontwikkeld, wat later tot een obsessie voor techniek leidde en vervolgens natuurlijk tot het ontwerpen van hightech seksspeeltjes.

Om de *Leeuwenkoning* te citeren, het is de cirkel van het leven.

Hoofdstuk Negen

"Wat klinkt beter: een dildo-opzetstuk voor een boormachine, een clitstimulator-opzetstuk voor een elektrische tandenborstel of een zadel dat je boven op een wasmachine zet?" vraag ik mijn focusgroep via Zoom. "Of geen van bovenstaande?"

Het opzetstuk voor de tandenborstel blijkt de winnaar te zijn, dus ik ontwerp er een paar die voor de meest populaire merken elektrische tandenborstels geschikt zijn.

Terwijl ik na mijn design-feest zit te lunchen, komt er een videogesprek van mijn broer Vlad binnen.

"Je nieuwe onderneming," zegt hij zodra ik zijn gezicht zie, een gezicht dat bijna identiek aan dat van Alex is, alleen veel minder onverzorgd en met een bril. "Ik wil erin."

Ik grijns in de camera. "En jij ook hallo."

"Sorry. Hoi zus. Ik was gewoon een beetje geïrriteerd dat ik van niets wist."

"Oh, sorry. Ik wilde je gewoon niet in een ongemakkelijke positie brengen. We weten allebei dat als ik om geld had gevraagd, je ja had willen zeggen, ongeacht de reden waar het voor was."

Zijn strenge gezichtsuitdrukking wordt zachter. "Daar had ik niet aan gedacht."

Mijn grijns wordt breder. "Na al het testen dat je voor Belka hebt gedaan, dacht ik dat het tijd was om het aan Alex te vragen."

Hij rolt met zijn ogen. "Nou, Alex heeft me over je project verteld en ik wil investeren. Laten we de details bespreken."

Dus dat doen we en tijdens het proces stemt hij ermee in om mij en Alex met de cyberbeveiliging te helpen - zijn specialiteit. Hij bedenkt ook een coole naam voor de onderneming - Project Morpheus - en last but not least investeert hij voor een coole miljoen, waardoor ik een beetje dichter bij mijn doel kom.

––––––––

Gedurende de komende week proberen we zonder veel succes meer investeerders binnen te halen. Dragomir kom ik in het park ook niet tegen - een dubbele tegenvaller.

Ik krijg op donderdag wel de hik, wat betekent dat iemand zich me herinnert. Ik hoop dat hij het is.

De week daarna is hetzelfde: geen nieuwe

financiering en geen Dragomir. Maar op woensdag voelen mijn oren warm aan, wat betekent dat er iemand aan me denkt - en weer hoop ik dat hij het is.

Donderdagavond komt Xenia naar mijn huis voor een Liam Neeson-marathon. Blijkbaar dragen hij en vele andere lekkere mannelijke acteurs in *Love Actually* coltruien - informatie die in mijn steeds groter wordende coltrui-gerelateerde masturbatie databank terechtkomt.

De laatste film die we kijken is *Star Wars* en iets van haar favoriete acteur met lang haar en Jedi-krachten moet het echt voor Xenia doen, omdat ze elke keer dat zijn personage op het scherm verschijnt, ze zichzelf koelte toe wuift.

Als we bij de credits komen, probeer ik haar VR-games te laten proberen - een van mijn favoriete vrijetijdsactiviteiten.

"Je zal *Beat Saber* wel leuk vinden," zeg ik terwijl ik haar de VR-headset voorhoud. "Het is een spel waarbij je twee lichtzwaarden vasthoudt, net zoals Liam in *Star Wars* deed en je zwaait ermee naar de noten op de maat van een liedje dat je leuk vindt."

Ze stemt met tegenzin in, dus ik zet de headset op haar hoofd en duw haar de gamecontrollers in handen.

Boner doet een stap opzij - hij herinnert zich duidelijk hoe ik hem tijdens mijn laatste VR-sessie bijna had vertrapt.

Zodra het spel begint, schreeuwt Xenia in het Russisch moord en brand en fladdert ze zo wild met haar armen dat een van de controllers uit haar hand vliegt en tegen mijn borst aan botst.

Terwijl ik de blessure masseer, help ik mijn vriendin om aan de kwaadaardige headset te ontsnappen.

"Ik denk dat VR niets voor jou is," zeg ik terwijl ze me boos aankijkt.

Jammer. Tot nu toe stond Xenia op mijn shortlist met bètatesters voor het VR-sekspak van Project Morpheus.

Is dat amusement wat ik in de ogen van Boner zie?

"*Ma chérie*, ik heb plotseling trek in kip, in het ideale geval met een afgesneden kop."

Op de vrijdag van de daaropvolgende week vertelt Alex me dat hij een "walvis" heeft gevonden - een geldschieter met diepe zakken die al het geld dat we nodig hebben in één klap zou kunnen investeren. Ze waardeerden wat hij te zeggen had en nu willen ze mij ontmoeten om alle technische details over de hardware te krijgen.

Ik ben zo opgewonden dat ik mezelf met mijn beste speeltjes drie orgasmes geef en vervolgens blijf ik de hele nacht wakker om mijn presentatie glad te strijken. Tegen de ochtend ben ik een beetje vermoeid maar helder en ben ik maximaal voorbereid.

Ik trek mijn meest conservatieve maatpak aan,

schuif mijn voeten in mijn favoriete naaldhakken, smeer wat make-up van oorlogsverfkwaliteit op en neem een taxi naar het centrum.

Al het geld om mijn droom te bekostigen, hier kom ik.

Hoofdstuk Tien

$\mathcal{A}$lles aan dit bedrijf schreeuwt chic, van het glanzende gebouw van glas en staal tot de smetteloze marmeren vloeren en de gigantische, met testosteron gevulde vergaderruimte waar ik naar binnenstap.

Alex knipoogt naar me en spreekt dan met een ernstige uitdrukking de kamer van acht andere mannen toe. "Heren, dit is Bella Chortsky, mijn partner en de hardware-expert waar we op hebben gewacht."

De man die de leider lijkt te zijn, had naar me gekeken alsof ik een snoepje was. Nu verschuift zijn blik naar onverholen teleurstelling. "Gaat zij de hardware uitleggen?" vraagt hij, met veel te veel nadruk op het woord *zij*. Zijn accent klinkt Oost-Europees en zijn gezicht ziet er om de een of andere reden vaag bekend uit, ook al weet ik zeker dat ik hem nog nooit heb ontmoet.

Ik beloon de klootzak met mijn Sneeuwkoninginblik.

Alex balt zijn handen tot vuisten. "Inderdaad. Zij *is* de expert. Aan het MIT afgestudeerd, let wel, met-"

"Ik bedoelde er niets mee." De man doet een stap achteruit van mijn broer, die ondanks zijn algemene ongedwongenheid behoorlijk beangstigend kan zijn als hij boos is. "Zullen we de technische specificaties van het pak bespreken terwijl we op meneer Lamian wachten?"

De gezichtsuitdrukking van Alex wordt weer vriendelijk. "Tuurlijk. Ik geef het woord aan Bella, mijn zus en de mede-eigenaar van Project Morpheus."

De man steekt zijn klamme hand naar me uit en ik schud hem met een nepglimlach.

"Ik ben Marco Fluroff," zegt hij. "Noem me Marco, alsjeblieft."

"En je mag mij Bella noemen," zeg ik, terwijl ik mijn hand lostrek en de neiging weersta om zijn zweet van mijn handpalm te vegen.

Wacht. Marco? *Daar* doet hij me aan denken. De schurk uit *Taken*, de film die ik met Xenia tijdens onze Liam Neeson-marathon opnieuw heb gezien. Zelfs de naam van de mensenhandelaar uit die film was hetzelfde: Marco.

Ik neem het grote scherm over, open mijn presentatie en start mijn zorgvuldig gerepeteerde verhaal over de hardware. Terwijl ik alle technische details doorloop, kan ik het niet nalaten me voor te stellen dat ik een geparafraseerde versie van het ultimatum van *Taken* aan deze Marco geef:

"Ik heb een hele specifieke reeks met vaardigheden - vaardigheden om seksspeeltjes te maken. Ik heb ze tijdens een zeer lange carrière om geile mensen te helpen verworven. Deze vaardigheden maken mij voor mensen zoals jij tot een nachtmerrie. Als je het geld nu investeert, dan is het afgelopen - ik zal je niet zoeken, ik zal je niet achtervolgen... maar als je het niet doet, dan zal ik je zoeken, dan zal ik je vinden... en dan zal ik een gigantische dildo in je kont duwen."

"Zijn er nog vragen?" zeg ik met een stralende glimlach als ik alle belangrijkste punten heb doorgenomen.

Marco haalt zijn schouders op en kijkt naar een kerel met een bril. "Eugenius?"

De man staat op. "Voor de duidelijkheid, de haptische feedback die je in het pak hebt ontworpen, stelt gebruikers in staat om een aanraking te ervaren die zo licht is als die van een veer?"

Een veer, als je van kietelen houdt of de kus van een minnaar of ook die van een lik - maar dat zeg ik allemaal niet. "Dat klopt. Zoals u zich kunt voorstellen, zorgt dit bij het dragen van het pak voor extreem levensechte sensaties."

"Interessant materiaal," zegt Eugenius goedkeurend. "Is het voor gevoelige gebruikers aan te passen?"

"Absoluut," zeg ik en hij gaat weer zitten. Ik werp

een uitdagende blik op Marco. "En hoe zit het met jou? Is alles wat ik heb uitgelegd duidelijk?"

Op basis van hoe glazig zijn ogen waren toen ik technisch werd, betwijfel ik het ten zeerste.

Hij schraapt zijn keel. "Ik ben meer van het financiële vlak, maar het lijkt me allemaal duidelijk. En ik heb net een bericht van meneer Lamian gekregen. Hij staat op het punt om binnen-"

De deuren gaan open en een lange, krachtig gebouwde man, in een donker pak gekleed, komt naar binnen.

Zijn doordringende lichtbruine ogen landen op mij en vernauwen zich onmiddellijk tot katachtige spleten.

Fucking fuck.

Mijn hartslag springt in overdrive en mijn hele lichaam begint te blozen.

Is dit meneer Lamian?

Ik ken hem onder een andere naam.

Zijn voornaam.

Dragomir.

Hoofdstuk Elf

"Jij?" gromt Dragomir, terwijl hij met grote passen door de kamer heen naar me toe loopt.

"Jij?" roep ik bijna tegelijkertijd uit.

Iedereen kijkt ons verward aan.

Ik kan het ze niet kwalijk nemen. Dragomir ziet eruit alsof hij op het punt staat om vuur te spuwen.

"Ik ben de beker met je nummer kwijtgeraakt," flap ik eruit voordat hij de kans krijgt om me van iets vreselijks te beschuldigen.

"Een handig excuus." Hij gaat met zijn blik de kamer rond en beveelt: "Laat ons."

Zijn bedrijf wordt niet als een democratie gerund, dat is zeker. Marco en de rest springen overeind en verspreiden zich als opgejaagde kwartels.

Alleen Alex blijft. Hij plaatst zichzelf tussen mij en Dragomir in, zijn gezicht tot iets engs verwrongen. "Wie ben jij en wat wil je verdomme van mijn zus?"

"Het is goed," zeg ik in het Russisch. "Ik ken hem. Hij heeft een reden om van streek te zijn. Een misverstand. Ik zal het wel ophelderen."

Als mijn eierstokken tenminste niet exploderen. Dragomir ziet er in dat pak zo verdomd goed uit, misschien zelfs beter dan in een coltrui. Nee, dat is heiligschennis. Maar misschien een pak over een coltrui? Ja, dat zou-

Wacht, wat ben ik aan het doen? Ik moet me concentreren. Mijn droomproject staat op het spel.

"Ik geef geen fuck om wat de reden is," gromt Alex in het Russisch terug. "Als hij ook maar-"

"Ik wil alleen praten," zegt Dragomir in het Russisch met een accent. "Ik zou haar nooit kwaad doen. Voor wat voor een wilde zie je me aan?"

Is hij drietalig? Ik denk dat ik niet verrast zou moeten zijn. Veel mensen in Oost-Europa leren Russisch als tweede taal. Engels trouwens ook.

"Alleen praten?" Alex felle uitdrukking wordt iets rustiger. Ik denk dat hij zich herinnert dat ik geen klein kind meer ben en dat dit een zakelijke omgeving is en geen speeltuin vol pestkoppen. Niet dat ik mijn broers nodig had om pestkoppen voor me af te handelen, dit tot grote ergernis van mijn moeder.

"Waarschijnlijk een kort gesprekje," zegt Dragomir, in het Engels overgaand. "Mogen we alsjeblieft wat privacy hebben?"

Alex loopt met tegenzin naar de deur. Voordat hij weggaat, draait hij zich om en werpt Dragomir nog een boze blik toe, voor het geval dat. "Als je mijn zus op de een of andere manier pijn doet, dan zal het niet goed voor je aflopen."

Hij klinkt zo overtuigend dat ik mezelf eraan moet herinneren dat hij een software-engineer is en geen maffia-krachtpatser van *Eastern Promises*.

"Is alles goed met Winnie?" vraag ik zodra Alex de deur sluit. "Is de bal eruit gekomen?"

Dragomir knikt. "Alles was op dezelfde dag opgelost." Hij bestudeert me aandachtig, zijn kwikachtige ogen lijken tussen groen en goudbruin te schommelen. "Heb je Bonaparte op SOA's laten testen?"

Shit. Ik kom in de verleiding om te liegen, maar dat zou niet cool zijn. Ik kies voor de waarheid. "Het spijt me. Ik had je contactgegevens niet, dus ik dacht niet dat het nodig was."

Nu ik erover nadenk, had ik het toch moeten doen - en dat zou ik ook hebben gedaan als ik niet zo druk was geweest met al het geld in te zamelen.

Dragomirs lippen verstrakken zich. "Zoals ik al zei, een handig excuus."

Ik stap op hem af en probeer er niet aan te denken hoe sexy die lippen zelfs nu lijken. "Luister alsjeblieft naar me. Ik weet wat je denkt. Als ik jou was, dan zou ik waarschijnlijk ook sceptisch zijn, maar ik zweer je dat dit een vergissing was. Ik had een bekertje meegenomen waar iets op geschreven stond, maar er bleek 'Barbara' te staan. Ik ben meteen terug gerend, maar ze hadden net het park opgeruimd en het vuilnis opgehaald. Ik ben er daarna elke dag naartoe gegaan om jou en Winnie te vinden, zodat ik het goed kon maken."

En zodat ik hem weer kon zien, maar dat vertel ik hem niet. Het is veel te snel. Het was bovendien een strategische misrekening om dichter bij hem te gaan staan - althans voor zover ik helder kon denken. Met dat subtiele vleugje kaneel dat mijn neusgaten kietelt, wil ik alleen maar in zijn armen springen en-

Wacht, werd zijn harde uitdrukking net ietsje zachter?

Gescoord!

Misschien herinnert hij zich dat hij de naam *Barbara* op een van de bekers heeft gezien.

Ik benut mijn voordeel. "Nu we weer contact hebben, zal ik Boner natuurlijk zo snel mogelijk op alles testen wat je wilt."

Hij houdt zijn hoofd schuin. "Is dat zo?"

"Natuurlijk."

"Wat dacht je van nu?"

Ik knipper naar hem. "Zoals in, nu?"

"Je zei zo snel mogelijk."

"Goed, laten we het nu doen," zeg ik, terwijl ik me te laat realiseer wat een grote mislukking deze investeringsbijeenkomst is - wat echt waardeloos is, want ik had gehoopt dat ik met het gedeelte van fondsenwerven voor de onderneming klaar zou zijn, zodat ik aan de leuke dingen kon beginnen, zoals het daadwerkelijk maken van het pak.

Hij loopt naar de deur en doet hem voor me open.

Als we naar buiten lopen, kijkt iedereen ons vragend aan, vooral Alex.

"De vergadering is uitgesteld," zegt Dragomir op die compromisloze, baas van de wereld manier die hij heeft.

"We hebben een privékwestie die we af moeten handelen," fluister ik in het Russisch tegen Alex. "Maak je geen zorgen. Hij is geen bedreiging voor me."

In ieder geval niet voor mijn fysieke welzijn. Voor mijn hormonen is Dragomir kryptoniet, maar dat is niet iets waar mijn broer zich zorgen over hoeft te maken.

"App me wanneer je het hebt afgehandeld," zegt Alex en het is duidelijk dat ik hem het hele verhaal zal moeten vertellen, zonder het gedeelte van de ballen in mijn vagina.

"Deal," zeg ik en we gaan allemaal in de meest ongemakkelijke stilte waaraan ik ooit heb deelgenomen met de lift naar beneden.

Marco is in de lobby de eerste die uit de lift ontsnapt, terwijl Alex en de rest van het investeringspersoneel na hem naar buiten komen. Dragomir en ik blijven staan om naar beneden naar de parkeerplaats te gaan.

"Deze is van ons." Dragomir gebaart naar een vreemd voertuig dat al bij de stoeprand staat te wachten.

Ik staar naar het ding.

Als een bus, een camper en een limousine

opgeblazen zouden worden en de onderdelen daarna weer willekeurig tot een enkele hybride auto in elkaar zouden worden gezet, dan zou het er zo uit kunnen zien.

"Is dit in de straten van New York wel toegestaan?" vraag ik. "Het lijkt wel op een stacaravan... voor een eco-tech miljardair."

Zijn mond trekt. "Het is legaal. Parkeren kan een uitdaging zijn, maar dankzij Fyodor hoef ik me daar geen zorgen over te maken."

Er gaat een deur open en er komt een trapje naar beneden. Een man met een smokingjasje met een jacquet begroet ons met een diepe stem met een Brits accent. "Alsjeblieft, kom binnen."

Heeft de camper een butler?

"Bedankt, Fyodor," zegt Dragomir en gebaart dat ik eerst naar binnen moet gaan.

Het voertuig ziet er van binnen nog groter uit dan van buiten, zoals de TARDIS van *Doctor Who*. Ik zie een loopband die groot genoeg is voor een beer om op te rennen - en dat is precies wat de beer van Dragomir momenteel doet - een slank computerbureau dat is ontworpen om tussen zittende en staande posities af te wisselen, een pluchen leren bank die groter is dan die in mijn woonkamer en een grote bar die met elk denkbaar drankje gevuld lijkt te zijn.

"Er zijn in Manhattan studio-appartementen die kleiner zijn," zeg ik vol ontzag als Dragomir zich bij me voegt.

"Winnie wordt eenzaam als ik haar thuis laat," legt hij schouderophalend uit. "Op deze manier kan ik haar op de meeste reizen meenemen."

En ik dacht dat mijn Boner zwaar verwend was. Het blijkt dat hij de betekenis van het woord niet eens kent.

"Mag ik je iets te drinken aanbieden?" vraagt Fyodor.

"Nee, dank je," zeg ik.

"We hebben haast," zegt Dragomir. "We zijn op weg naar het huis van mevrouw Chortsky." Hij kijkt me aan. "Wat is het adres?"

Ik grimas. "Noem me alsjeblieft niet mevrouw Chortsky. Dat klinkt te veel als mijn moeder."

"Zal ik je dan 'meesteres' noemen?" vraagt Fyodor zonder een vleugje humor.

"Tenzij je wilt dat ik je een pak slaag geef, noem me dan alsjeblieft Bella," zeg ik en om verdere discussie over dit onderwerp te voorkomen, ratel ik mijn adres op.

Met een buiging haast Fyodor zich weg om plaats achter het stuur te nemen en zodra het voertuig in beweging komt, gaat er een scheidingswand tussen ons en Fyodor omhoog, waardoor zijn zicht wordt geblokkeerd.

De loopband stopt en Winnie ziet Dragomir.

Er is even een wirwar van vacht en ze zit op haar achterpoten en likt zijn gezicht.

Gelukkige teef. Dat zou ik zelf wel willen doen.

Terwijl Dragomir zich met de genegenheid van zijn beer bezighoudt, bekijk ik de kamer.

Naast alle gemakken die ik al had gezien, staat op de plank bij de loopband de nieuwste en beste VR-headset - zelfs beter dan degene die ik heb en ik heb al veel geld uitgegeven.

Dit is echt klote. Naast het feit dat hij in het geld zwemt, houdt Dragomir zich met VR bezig. Hij zou de perfecte investeerder voor onze onderneming zijn geweest als ik niet alles had verknoeid. Wie weet hoelang het nu zal duren om een andere investeerder zoals hij te vinden.

Het zal waarschijnlijk net zo moeilijk zijn als het vinden van een andere man tot wie ik me net zo aangetrokken voel. Zelfs als hij me nu met al die kwijl op zijn gezicht zou willen kussen, dan zou ik hem dat toestaan.

Wanneer hij zich eindelijk bevrijdt, haalt hij een pak natte doekjes tevoorschijn, maakt zijn gezicht schoon en veegt het resterende vocht met zijn zakdoek op.

Vreemd. De initialen op de zakdoek zijn D.C. Zou dat niet D.L. voor Dragomir Lamian moeten zijn?

"Ga zitten." Hij gebaart naar de bank.

Ik gehoorzaam en hij komt bij me zitten, maar helaas gaat hij op het kussen dat het verst van me af ligt zitten.

"Houd je je met VR bezig?" vraag ik, terwijl ik in de richting van zijn koptelefoon wijs.

Hij knikt. "Dat was wat mijn aandacht aan je onderneming trok. Headsets zijn nu bijna gewoon en er zijn ook enkele speciale loopbanden op de markt." Hij kijkt naar degene waar Winnie op rende. "Een VR-pak voor het hele lichaam is de logische volgende stap."

"Dat is het," zeg ik enthousiast. "En ik ben van plan om degene te zijn die het naar de mensen brengt."

Zijn sexy lippen vormen een glimlach. "Je hebt geen gebrek aan zelfvertrouwen, dat is zeker."

Is dat een compliment? Ik neem het.

"Wat is je favoriete VR-game?" vraagt hij voordat ik het gesprek naar de mogelijkheid kan sturen dat hij alsnog in Project Morpheus investeert.

"*Beat Saber*," antwoord ik met een grijns. "De jouwe?"

Zijn ogen lijken van lichtbruin naar groen te wisselen. "Hetzelfde. Wat is je lievelingslied?"

"Radioactive van Imagine Dragons. Die van jou?"

"Weer hetzelfde. Heb je het op Expert verslagen?"

"Natuurlijk." Ik bekijk mijn felrode nagels. "Het is me ook op Expert Plus gelukt."

Hij trekt zijn wenkbrauwen op. "Is dat zo?"

Hoezo problemen met vertrouwen? Waarom zou ik over zoiets liegen? Omdat ik aan zijn goede kant wil blijven, zeg ik: "Absoluut. Mijn naam staat op het wereldwijde scorebord in de top tien: BabushkaPwned. Bekijk me maar eens. Of beter nog, ik kan mijn vaardigheden laten zien."

Hij schudt zijn hoofd. "Dat zou in een rijdende auto gevaarlijk zijn."

Ja, natuurlijk. De rit is vloeiend. Ik wed dat hij Expert Plus gewoon wil beheersen als ik er niet bij ben. Dat is wat ik zou doen als ik erachter zou komen dat iemand die ik in het echte leven ken, beter is dan ik bij mijn favoriete liedje. Of bij welk liedje dan ook. Of spel.

Ik denk dat ik nogal competitief ben.

Omdat ik het betwijfel dat hem uitdagen hem zou stimuleren om te investeren, verander ik van onderwerp. "Hoe oud was je toen je naar de VS verhuisde?"

"Vierentwintig," zegt hij. "En jij?"

Wauw. De leraren die hem Engels hebben geleerd, moeten heel goed zijn geweest - of hij heeft een talent voor talen.

"Ik was vijf," zeg ik. "Ik herinner me Rusland nauwelijks."

Hij trekt een grimas. "Ik herinner me Ruskovia prima."

Dus er is iets van zijn thuis wat hij niet prettig vindt. Ik denk dat dat normaal is voor mensen die de ene plek voor de andere hebben verlaten.

"Hoe zit het met je familie?" vraag ik. "Zijn ze allemaal met je meeverhuisd?"

Bij het woord *familie* wordt zijn gezicht koud en uitdrukkingsloos.

Interessant.

Voordat ik iets anders kan vragen, stopt de auto.

"Ga Boner halen," zegt hij, zijn toon weer koel heerszuchtig.

Terwijl ik de reis maak, denk ik na over zijn reactie en er komt een verontrustend idee in mijn hoofd op.

Zou hij getrouwd kunnen zijn en het verbergen, net als mijn klootzak van een ex?

Het is mogelijk. Een man die zo lekker en rijk is, heeft meestal wel iemand. Op basis van mijn pijnlijke ervaring betekent het ontbreken van een trouwring om zijn vinger helemaal niets en hetzelfde geldt voor het ontbreken van familiefoto's in zijn camper.

Eenmaal in mijn appartement ga ik onmiddellijk naar mijn computer en typ "Dragomir Lamian" in Google.

Niets.

Er is geen informatie over hem te vinden.

Dat is bizar. Mijn broer Vlad is bijna pathologisch paranoïde over zijn digitale profiel en zelfs over *hem* zijn meer gegevens te vinden, zoals een vermelding van zijn naam op de website van zijn bedrijf.

Het risicokapitaal van Dragomir zegt niet wie er aan het roer staat.

"Is dat niet vreemd?" vraag ik Boner terwijl ik hem gereed maak voor de reis.

"*Oui*. Misschien heeft hij *une femme*."

Shit. De mogelijkheid van een vrouw betekent dat ik me niet meer tot hem aangetrokken moet voelen. In alle eerlijkheid, zelfs als het zou blijken dat hij niet getrouwd is, zijn er gewoon te veel andere problemen.

Het is duidelijk dat hij stinkend rijk is en zich in de hogere kringen beweegt - hij heeft verdorie een butler - dus hij zal met zijn koninklijke neus waarschijnlijk op mijn bedrijf in seksspeeltjes neerkijken. En als zijn bedrijf uiteindelijk in onze onderneming investeert, hoe onwaarschijnlijk dat op dit moment ook lijkt, gaan zaken en romantiek niet samen.

Ik recht mijn schouders.

Beslissing genomen.

Het maakt niet uit hoe graag ik zijn gezicht in de stijl van een beer wil likken, ik zal niet aan die drang toegeven.

Hoofdstuk Twaalf

*M*et Boner in mijn armen stap ik weer in de camper-limousine.

Verdomme.

Als ik Dragomirs gebeeldhouwde gelaatstrekken weer zie, realiseer ik me dat het lastig zal zijn om mezelf te vertellen dat ik me niet tot hem aangetrokken moet voelen. Als ik dit echt serieus neem, dan zal ik hem na de SOA-test moeten vermijden.

Ja. Dat zou slim zijn om te doen.

Als Boner en Winnie elkaar zien, beginnen hun staarten te kwispelen, waarbij hij herhaaldelijk tegen mijn kin slaat en die van haar Dragomir bijna laat struikelen.

Niet in staat mezelf tegen te houden, gooi ik mijn interpretatie van Boners stem een paar centimeter naar beneden waar zijn hoofd is.

"Ah, Winnie, *ma petite*. Ik heb onze laatste

rendezvous niet uit mijn hoofd kunnen krijgen."

Dat is absoluut een glimlach die in de hoeken van Dragomirs ogen danst.

In het slechtste voorbeeld in de geschiedenis van buikspreken laat Dragomir de stem van Winnie veel te diep klinken, alsof het uit zijn kruis komt en om de een of andere reden geeft hij het een Russisch accent.

"Hoe durf je, Napoleon Carlovich? De deugdzaamheid van een vrouw te nemen en haar dan niet te bellen, geen berichtje op Facebook te sturen en zelfs geen tweet?"

Ik grijns. "Carlovich?" Probeert hij de hond een patroniem in Russische stijl te geven? Tenzij... hebben ze die ook in Ruskovia? De mijne is Borisovna, zoals in *de dochter van Boris*. Betekent dat-

"Carlo Bonaparte was de vader van de beroemde generaal," zegt Dragomir, die mijn onuitgesproken vraag beantwoordt. "Over de geschiedenis gesproken, als iemand klein genoemd mag worden, dan is het wel jouw hond. Een van de vele bijnamen van Napoleon was *Le Petit Caporal*."

"Ik haat het om je dit te moeten vertellen," zeg ik samenzweerderig fluisterend, "maar mijn hond is eigenlijk geen reïncarnatie van de echte Napoleon. Ik weet dat het griezelig is, gezien het feit hoe intelligent hij is en zo."

De glimlach verspreidt zich naar Dragomirs lippen. "Je moet toegeven, zet een tweekantige steek op zijn hoofd en ze zouden een tweeling kunnen zijn."

Ik lach. "Vind je het erg als ik hem bij haar laat zitten?"

Dragomirs glimlach verdwijnt. "Laten we eerst zorgen dat hij schoon is, dan zien we wel verder."

Zowel Boner als Winnie zien er ellendig uit, omdat ze geen interactie met elkaar mogen hebben, dus leiden we ze zoveel mogelijk met lekkernijen en buikwrijvingen af.

Gelukkig is de rit naar de dierenarts van Dragomir kort.

"Blijf bij Fyodor," zegt Dragomir tegen Winnie zodra we parkeren. "We zijn zo terug."

Winnie maakt een vreemd jankend geluid en kijkt naar de deur.

"Fyodor!" roept Dragomir en ratelt dan iets in het Ruskoviaans.

De butler verschijnt en legt Winnie aan de lijn. Nadat we allemaal uit het voertuig zijn gestapt, draait Dragomir zich naar me toe en zegt: "Houd je adem in."

Huh?

Voordat ik kan vragen wat hij bedoelt, kijkt hij naar Winnie en geeft hij een commando in het Ruskoviaans. Het klinkt als "Kraken" - hoewel dat woord vanwege Liam Neeson/Zeus in *Clash of the Titans* in mijn hoofd zou kunnen zitten.

THPPTPHTPHPHHPH.

De scheet die uit Winnie's achterkant komt, lijkt wel een uur te duren.

Boner spant zich in mijn armen aan, zijn ogen worden groter.

Ik ben zo geschokt dat ik Dragomirs bevel vergeet om mijn adem in te houden en per ongeluk inadem.

Fuuuuuck. Mijn ogen tranen en ik begin te kokhalzen.

Zeggen dat de wind van de beer naar rotte eieren ruikt, zou rotte eieren geen eer bewijzen. Als ik mijn hele leven gefermenteerde kool met pure waterstofsulfide had gegeten en mijn scheet tien jaar lang had ingehouden, dan zou het eindproduct nog steeds niet in de buurt van dit niveau van smerigheid komen.

Is dit hoe dit hondenras Ruskovia van wolven en beren heeft verlost?

Hoofdschuddend houdt Dragomir een zakdoek in de stijl van een chirurgisch masker tegen zijn neus. "Sorry hiervoor. Je kunt je voorstellen dat als ze dit in de auto had gedaan, ik een nieuwe had moeten kopen."

Een nieuwe auto of een nieuwe hond?

Hij loopt met grote passen naar het gebouw en Boner en ik rennen achter hem aan.

Als we binnen zijn, haal ik eindelijk adem.

Hoe onmogelijk het ook lijkt, heeft de stank ons naar binnen gevolgd, maar het is nu in ieder geval verdund en het doet me alleen aan de ergste scheet denken waarvan ik net het ongenoegen heb gehad om het te ruiken.

Boner kijkt Winnie door de glazen deur

verlangend aan. Honden kennende, heeft het Kraken-incident zijn verliefdheid op Winnie misschien wel veel sterker gemaakt.

"*Ma petite*, het wrede *lot* heeft ons *uit elkaar* gerukt."

We haasten ons om verder van het scheet-epicentrum vandaan te komen en springen in de lift.

Tegen de tijd dat we de lege wachtkamer van de dokter binnengaan, is de geur eindelijk weg.

"Waarom heb je Winnie niet gewoon op SOA's getest?" Vraag ik Dragomir nadat ik een dankbare zucht van muffe medische kantoorlucht heb ingeademd.

"Dat heb ik gedaan. Maar wat als Boner iets met een lange incubatietijd heeft?"

Ik kan me er net van weerhouden om met mijn ogen te rollen. "Zoals wat?"

Hij haalt zijn brede schouders op. "Ik wil geen enkel risico nemen. Sterker nog, nadat Boner klaar is, laat ik Winnie nog een keer testen."

Voordat ik kan vragen wat het nut daarvan is, komt de dokter - een man met een snor die vaag op Einstein lijkt - naar buiten. Door een bril met de dikste glazen die ik ooit heb gezien naar Dragomir kijkend, zegt hij iets in het Ruskoviaans.

"In het Engels alsjeblieft," zegt Dragomir.

"Mijn excuses," zegt de dokter met een zwaar accent. "Sta me toe te ontcijferen. Ik vroeg, 'Wat is er met de teef?'"

Ik knijp mijn ogen tot spleetjes. "Hoe noemde je me net?"

"*Winnie* is bij Fyodor," zegt Dragomir. "We zijn hier voor de andere kwestie."

Ah. De goede dokter informeerde naar zijn vrouwelijke hondenpatiënt. Ik denk dat hij nog een dag langer zal leven.

De dokter reikt naar Boner met de blik van een gekke wetenschapper. "Dus dit was de dekhengst?"

"*Ma chérie*, ik besluit hierbij dat iedereen in de toekomst naar mij als de 'dekhengst' verwijst."

Ik trek een wenkbrauw op naar Dragomir.

"Ik heb Dr. Delomalov verteld wat er in het park is gebeurd."

Met een knikje geef ik Boner aan de dokter.

Boner kijkt me smekend aan.

"*Ma chérie*, laat ze me mijn mannelijkheid niet afnemen, *s'il vous plaît*."

"Het is maar een test," zeg ik tegen hem.

"Dr. Delomalov heeft me ervan verzekerd dat de test volledig pijnloos zal zijn," zegt Dragomir.

De dierenarts zegt iets in het Ruskoviaans dat Boner enigszins geruststelt, maar zodra ze verdwijnen, merk ik dat ik angstig begin te ijsberen.

Als ik met mijn scheenbeen tegen de tafel met tijdschriften stoot, stop ik en haal mijn telefoon tevoorschijn zodat ik kan controleren of de dierenarts over het pijnniveau van de test heeft gelogen.

Raar.

Mijn telefoon heeft geen bereik.

"Het is hier als een kooi van Faraday," zegt

Dragomir. "Ik neem meestal een papieren boek mee als ik weet dat iets even kan duren."

Puffend van teleurstelling hervat ik het ijsberen.

"Maak je geen zorgen," zegt Dragomir als ik voor de tiende keer heen en weer ga. "Dr. Delomalov is 's werelds meest gerenommeerde hondenexpert."

Ik dwing mezelf om te gaan zitten.

Hij haalt zijn telefoon tevoorschijn. "Wat dacht je ervan om onze contactgegevens uit te wisselen? Deze keer op de juiste manier."

Mijn hart maakt een opgewonden sprongetje. Ik weet zeker dat dit voor onze honden en mogelijke toekomstige zakelijke samenwerking is, maar mijn hand trilt nog steeds een beetje als ik een nieuw contact aanmaak en hem zijn nummer in laat voeren. Hij doet dan hetzelfde.

Ik doe mijn telefoon in mijn zak en mijn gedachten gaan uit naar de zakelijke samenwerking. Ik bedenk wat de beste manier is om het te benaderen en besluit er dan gewoon voor te gaan. "Als Boner schoon is, zou je dan overwegen om in Morpheus te investeren?"

Zijn wenkbrauwen trekken zich samen. "Ik zou het hoe dan ook overwegen. Zaken zijn zaken."

Ik haal opgelucht adem. "Ik was bang dat met alles wat er is gebeurd - laat maar."

Hij wrijft over de stoppels over zijn kin. "Er *is* een voorbehoud."

Shit. Weet hij al van mijn bedrijf voor seksspeeltjes?

"Ik zal mezelf uit het besluitvormingsproces moeten terugtrekken," zegt hij.

Oef.

"Je gaat in plaats van met mij met Marco werken."

Te vroeg gejuicht.

Met Marco zakendoen zal een vreselijke ervaring zijn, dat weet ik. Op basis van onze interacties tot nu toe, kan het gemakkelijker zijn om Marco ervan te overtuigen om de dochter van een man met een bepaald aantal vaardigheden te ontvoeren.

Dit aan Dragomir vertellen, zou natuurlijk een beerput openen, dus ik vraag gewoon, "Waarom trek je jezelf terug?"

Hij bestudeert me met die veranderlijke lichtbruine ogen. "Ik vermijd het om zakelijke beslissingen op basis van emotie te nemen."

Ik trek me terug, irrationeel gewond. "Haat je me door het incident met Winnie zo erg?"

Hij trekt een donkere wenkbrauw op. "Wie heeft er iets over haat gezegd?"

Hoofdstuk Dertien

*I*k knipper naar hem.

Als hij me niet haat, welke emotie zou dan zijn zakelijke beslissingen in de weg kunnen staan?

Voordat ik het kan vragen, komt de dokter met een nogal wild ogende Boner naar buiten.

"*Ma chérie*, het was *vreselijk, horrible*. Laten we hier nooit meer naartoe gaan."

"De dekhengst deed het heel goed." Dr. Delomalov geeft me mijn hond.

"Kunt u ons allebei de resultaten laten weten?" vraagt Dragomir. "Ervan uitgaande dat Bella dat niet erg vindt?"

"Ik vind het niet erg," zeg ik, terwijl ik Boner over zijn hoofd aai om hem te kalmeren.

"Geweldig," zegt Dragomir. "Nu wil ik de betaling afhandelen."

Juist. Betaling. Dat was ik helemaal vergeten.

"Ik kan de rekeningen van mijn hond zelf betalen," zeg ik. Mijn bedrijf is misschien geen luxe risicokapitaal met kantoren in een chic gebouw of wat voor formeel kantoor dan ook, aangezien mijn werknemers en ik vanuit huis werken, maar het is mooi winstgevend en groeit snel, met de inkomsten van dit jaar al in de lage zes nullen.

Dragomir raakt mijn pols aan, waardoor er rillingen langs mijn ruggengraat lopen. "Bella, alsjeblieft, sta me toe. Ik heb je tenslotte hierheen gesleept."

Ik sta daar maar, met stomheid geslagen. Het is mogelijk dat ik na die aanraking overal ja tegen zou zeggen. Zelfs enkele onuitsprekelijke dingen. *Vooral* onuitsprekelijke dingen.

"Ik stem ervoor dat Dragomir betaald," zegt de dokter.

Ik frons. Is hij seksistisch of is mijn geld hier om de een of andere reden niet goed genoeg?

Met een veelbetekenende glimlach haalt Dragomir een echte gouden munt uit zijn zak. Ik zie nog net aan één kant het gezicht van een oudere man voordat Dr. Delomalov de munt in zijn portemonnee stopt.

Waar ging dat in vredesnaam over? Ben ik in slaap gevallen en ben ik in een film van *John Wick* beland? De criminele onderwereld gebruikt in die franchise ook gouden munten.

Nu ik erover nadenk, Dragomir heeft andere dingen met John Wick gemeen. Bijvoorbeeld - spoiler alert - het is heel gemakkelijk om je hem voor te stellen dat hij wraak zou nemen als iemand *zijn* hond zou doden. Hij zou zelfs in staat kunnen zijn om iemand te vermoorden die Winnie simpelweg op de verkeerde manier aan zou kijken.

"*Ma chérie*, door die *critères*, ben jij ook John Wick."

"Ik was het bijna vergeten." De dokter geeft me een formulier. "Heb jouw informatie en die van de dekhengst nodig."

"Juist." Ik zet Boner neer en begin het formulier in te vullen.

"Ik ga naar beneden om er zeker van te zijn dat Winnie klaar is voor haar test," zegt Dragomir. "Zie je zo."

Ik haast me om het formulier in te vullen zodat we samen met de lift naar beneden kunnen, maar hij is al weg tegen de tijd dat ik klaar ben.

"Dank u, dokter," zeg ik, terwijl ik hem het formulier overhandig. "Als u me nu wilt excuseren..."

De dokter pakt het formulier van me aan en drukt dan, tot mijn schrik, een lichte kus op de achterkant van mijn hand. "Het was me een genoegen Napoleon en jou te ontmoeten. Zulke schoonheid en gratie vind je in dit land niet vaak."

Ja, oké, whatever, kerel. Ik weerhoud mezelf er nauwelijks van om met mijn ogen te rollen terwijl ik mijn hand terugneem. Oudere Ruskovianen moeten nog erger zijn dan de Russische tegenhangers van hun generatie, hoewel de vrienden van mijn ouders ook de neiging tot huiveringwekkende OTT-complimenten hebben.

Boner en ik nemen de lift naar beneden en komen Dragomir en Winnie in de lobby tegen. Boner ziet haar en begint een drone-imitatie met zijn staart op te voeren.

"*Ma petite. Ma petite.* Is het al een jaar geleden dat ik je *mooie gezicht* voor het laatst heb gezien?"

Winnie's staart botst met zo'n kracht tegen Dragomirs dij dat ik half verwacht dat de man gaat struikelen. "*Da*, Napoleon Carlovich. Ik ben verlangend naar onze ontmoeting de tel kwijtgeraakt."

"Fyodor brengt je naar huis," zegt Dragomir. "Jullie hoeven niet te wachten terwijl Winnie getest wordt."

Tot zover de hondjes die samen mogen spelen. Of wij tweeën.

Ik verberg mijn teleurstelling, knik en verlaat het gebouw.

Het lijkt onmogelijk, maar het ruikt buiten nog steeds naar de scheet van de beer.

"*Le bouquet, ma chérie. Le bouquet exquis.*"

Ik houd Boner stevig vast en ren naar de camper-limousine. Fyodor opent de deur net op het moment dat ik eraan kom en hij wacht dan beleefd terwijl ik binnen op adem kom.

"Klaar om te gaan, mevrouw?" vraagt hij.

Ik adem zalige, scheetvrije lucht in. "Breng ons naar huis."

Hoofdstuk Veertien

Zodra we weer bij mij thuis zijn, maak ik een broodje en ga ik met Boner wandelen.

Na het trauma van de dierenarts en de scheiding van Winnie, moet hij duidelijk opgevrolijkt worden.

De wandeling is een succes. Boner doet niet alleen snel zijn behoeften, maar John beschuldigt me er maar één keer van dat ik een communist ben als ik hem de boterham geef - een nieuw record.

Als ik thuiskom, heb ik een bericht van Alex:

Goed nieuws. Ze hebben de vergadering van vandaag verzet. Wat was dat tussen jou en de eigenaar?

Ik bel Alex via een videogesprek en leg uit hoe ik Dragomir heb ontmoet - om hem niet te traumatiseren sla ik het gedeelte met de kegelballen over.

"Het klinkt alsof je met deze man wilt daten," zegt Alex als ik klaar ben.

Ik grimas. "Dat zou een slecht idee zijn."

"Je hebt zelf gezegd dat hij zich heeft teruggetrokken. Wat is het probleem?"

"Zoveel dingen, maar de belangrijkste is dat ik denk dat hij iets verbergt."

Alex trommelt met zijn vingers op zijn bureau. "Je zou met onze speurneus van een broer moeten praten."

Dat is geen slecht idee. Naast het feit dat hij zijn eigen privé-informatie voor de wereld verborgen houdt, is Vlad eng goed in het ontdekken van dingen die andere mensen verborgen willen houden. Stalin zou hem erg nuttig hebben gevonden.

"Zou het geen inbreuk op de privacy van Dragomir zijn?" vraag ik, net zo veel met mezelf in discussie als met Alex. "Ik zou het niet leuk vinden als een man met wie *ik* aan het daten was onderzoek naar me deed."

Hij zwaait afwijzend met zijn hand. "Zoals je al zei, zijn jullie niet aan het daten. Wat nog belangrijker is, we staan op het punt om samen zaken te gaan doen, wat dit redelijk aanvaardbaar maakt. Ik wed dat hij ook onderzoek naar ons doet."

Geweldig. Dat betekent dat hij van mijn bedrijf te weten zal komen en zich terug zal trekken. En niet op een anticonceptiemanier.

Ik zucht. "Ik denk dat ik met Vlad ga praten."

"Zorg ervoor dat het face-to-face is." Alex grijnst. "Je weet hoe hij is."

Vlad geeft in het algemeen de voorkeur aan face-to-face, want zoals hij het uitdrukt, "Waarom zouden we de NSA voor het gesprek uitnodigen?"

"Bedankt," zeg ik tegen Alex. "Ik zal iets met hem afspreken. Nu-"

"Wacht. Ga je naar mama's verjaardag?"

"Hoe zou ik niet kunnen gaan? Wat ben ik, Vlad?"

Hij grijnst. "Hij doet het al veel beter als het om het bijwonen van familiebijeenkomsten gaat. Fanny heeft een goede invloed."

"Mee eens. Ik zie je op het feest."

Alex hangt op en ik app Vlad.

Zijn antwoord is onmiddellijk:

Wil je morgen om 9 uur naar Binary Birch komen?

Ik grijns als ik aan een cadeau voor hem denk.

Tuurlijk. Zie je dan.

———

Ik verlaat de lift op de verdieping van Vlads bedrijf en kijk naar de ernstig uitziende plaquette.

Soms vraag ik me af of mijn broers er bewust op uit waren om hun bedrijven tegenpolen te laten lijken. Binary Birch heeft een modern kunstgevoel, op die koude, utilitaire manier. Er zijn geen nerf-wapens in zicht, geen speelkamers of hoekjes om te slapen.

In feite lijkt het een beetje op de kantoren van het risicokapitaalbedrijf van Dragomir.

Ik kijk op mijn telefoon. Geen telefoontjes of berichtjes van Dragomir.

Balen. Een deel van mij had gehoopt dat hij meteen contact op zou nemen.

Er zijn ook geen telefoontjes of voicemails van de dierenarts over de SOA-tests van Boner - iets dat me een excuus zou geven om Dragomir zelf te bellen. Niet dat ik een excuus nodig heb. Als dit een andere man was geweest, dan zou ik waarschijnlijk hebben gebeld of geappt, maar gezien alles wat er tussen ons is gebeurd, wil ik zien of hij contact op wil nemen.

Dus voor nu blijf ik wachten. Of liever gezegd, aangezien het bijna negen uur is, haast ik me naar het kantoor van Vlad.

Als zijn medewerkers me zien, haasten ze zich uit de weg - hoewel ik niet zeker weet wiens reputatie hen zo bang maakt: de mijne of de zijne.

"Hoi, zus," zegt Vlad als ik zijn kantoor binnenstap.

We omhelzen elkaar en ik kus zijn wang voordat ik een plastic doos in zijn handen duw. "Een cadeautje."

Zonder erin te kijken, laat Vlad hem in een la vallen en schuift hem nadrukkelijk dicht.

"Hé, wil je niet weten wat erin zit?"

De uitdrukking van mijn broer is ongewijzigd. "Ik kan het raden."

"Prima, dan vertel ik het je wel," zeg ik, pruilend van teleurstelling. "Dat is een penispomp. Een vervanging voor degene die jij en Fanny hebben gebroken."

Hij schudt zijn hoofd. "Zij had er niets mee te

maken. Ik heb het je toch gezegd, het was een probleem met het formaat."

"Tuurlijk. Tuurlijk." Ik houd mijn gezicht overdreven serieus. "Daarom is deze unit die ik voor je mee heb genomen twee keer zo groot als degene die je stuk hebt gemaakt. Hopelijk zal het in staat zijn om aan iemand met jouw wonderbaarlijke... geschenk te voldoen."

Hij zucht van ergernis. "Ik vermoed dat je hierheen bent gekomen omdat je iets van me wilt. Denk je echt dat plagen de manier is?"

Ik geef hem mijn beste puppy-ogenblik. "Kom op, doe niet zo. Je weet dat je geen nee tegen je kleine Belochka kunt zeggen."

Zijn lippen trillen. "Dat is een punt. Zeg nog een woord over de grootte van mijn zaakje en ik zal de wilskracht vinden om nee te zeggen."

"De gunst heeft te maken met het bedrijf waar je nu een onderdeel van bent," zeg ik. "Dus je zult jezelf helpen. En Alex."

"Wat is de gunst?"

Ik leg het mysterie van Dragomirs gebrek aan online aanwezigheid uit.

Vlad ontgrendelt zijn computer. "Spel die naam eens voor me."

Dat doe ik en voeg er dan aan toe: "Het is naast Dragomir misschien de moeite waard om te kijken wat je over Marco Fluroff kunt vinden - hij is de man met wie ik te maken heb om de financiering rond te krijgen."

Vlad knikt. "Ik zal zien wat ik kan doen."

"Ik neem aan dat ik je op mama's verjaardag zie?"

Hij slaagt erin om met tegenzin te knikken, alsof ik hem op de een of andere manier dwing om te gaan.

Ik sta op. "Zie je later."

Hij leidt me naar de lift en deze keer ontwijken mensen ons nog meer.

Hij zal ze banger maken dan ik.

———

Nadat ik thuis ben gekomen en Boner te eten heb gegeven, kijk ik opnieuw op mijn telefoon.

Geen oproepen.

Verdomme.

Ik sta te popelen om te horen over welke emotie Dragomir het had voordat hij zichzelf terugtrok. Het zou ook gewoon leuk zijn om iets van hem te horen.

Ach ja. In plaats van bij de telefoon te gaan zitten wachten, houd ik mezelf bezig - de dagelijkse werkzaamheden van Belka gaan niet vanzelf.

Ik duik eerst in de e-mails.

Een klant wil een bestelling van onze vibrerende rubberen eendjes met bijgevoegde dildo's, dus ik mail het juiste team. Een andere klant wil onze buttplugs en dildo's met camera, dus daar zorg ik ook voor.

Iemand van marketing stelt voor dat we ons bereik met glijmiddel met een smaakje en onze catalogus met BDSM-parafernalia verder uitbreiden.

Hmm. Zou voor eetbaar glijmiddel goedkeuring van de Keuringsdienst van Waren vereist zijn? En welke smaken zouden mensen willen? Spek? Nee, dat is meer in het straatje van Boner. Aardbei?

In elk geval klinkt glijmiddel met een smaakje als een kopzorg voor een andere dag, dus ik kijk naar wat in de BDSM-secties van de online retailers populair is om te zien wat we nog niet maken en wat de markt misschien mist.

Interessant.

We zouden met een reeks spanking-batjes kunnen beginnen die op de kont van mensen grappige rode vlekken achterlaten - zoiets als gezichten van beroemdheden. Oh ja. Dat zou goed moeten verkopen. We produceren al buttplugs in de vorm van politici waar mensen dol op zijn en van politici die ze haten en die verkopen buitengewoon goed.

Omdat ik een kinky-kick heb, besteed ik de rest van de werkdag aan het afronden van mijn ontwerp voor een ander speeltje - een schoen met een dildo die bedoeld is om iemand zijn partner met zijn voet te laten penetreren.

Als ik mijn kaarten goed speel, dan zal ik de persoon zijn die de uitdrukking "voetjevrijen" een nieuwe definitie zal geven.

———

De volgende ochtend nog niks van Dragomir gehoord.

Ik bereid voor wat ik morgen tegen Marco zal zeggen en besteed de rest van de dag aan het pak voor Project Morpheus.

Blijkbaar is tepelstimulatie een echte hersenbreker. Vibratie en luchtdruk die elders op het lichaam zouden kunnen werken, zijn in dit geval niet voldoende. Ik moet ervoor zorgen dat de tepels het gevoel kunnen hebben dat ze gestreeld worden, ruw aangeraakt worden, geknepen, gelikt, gezogen - de lijst gaat maar door.

En aangezien we hoe dan ook naar een BDSM-uitrusting uitbreiden, moet het pak dan vanaf het begin al zoiets als een tepelklem ondersteunen?

Naarmate de dag vordert, moet ik mijn tepels herhaaldelijk tevoorschijn halen en ze tegen verschillende materialen aan drukken om te zien hoe goed ze de menselijke aanraking benaderen.

Als het tijd is om te gaan slapen is er nog steeds geen telefoontje van Dragomir geweest.

Jammer.

Terwijl ik me hem in een coltrui voorstel, gebruik ik een reeks speeltjes om mezelf lekker slaperig te maken en dan ga ik slapen.

"Laten we het over de financiën hebben," zegt Marco tegen Alex en ratelt een lijst met vragen op.

Zeggen dat ik door de vergadering van vandaag geïrriteerd ben, zou een understatement zijn.

Dragomir ontbrak niet alleen volledig in de kamer - wat op zichzelf al een tegenvaller is - maar Marco heeft me vandaag geen enkele vraag gesteld. Ik weet dat hij niet beseft dat deze onderneming in wezen van mij is, maar toch is dit hele gebeuren irritant.

Omdat ik de financiering wil hebben, blijf ik tot het einde hartelijk.

"Bedankt, Alex." Marco schudt mijn broer de hand. "We hebben veel om over na te denken. Ik neem binnenkort contact met je op."

"Wij wachten op je telefoontje," zegt Alex, met nadruk op het woord *wij.*

Marco kijkt me aan alsof hij was vergeten dat ik er was. "Natuurlijk. Ik bedoelde het meervoud van jij."

Tuurlijk bedoelde hij dat. Nu ik erover nadenk, heeft alleen Alex laatst het nieuwe vergaderverzoek gekregen.

Whatever.

Alex en ik verlaten de vergaderruimte en laten Marco en zijn team achter. Als we uit de lift komen, zie ik hem eindelijk.

Dragomir.

Hij staat in de lobby te wachten - hopelijk op mij.

"Ik moet gaan," zegt Alex met een knipoog, terwijl hij de situatie correct inschat.

Ik geef hem een knuffel en mompel iets in de trant van: "Zie je later."

Mijn hart gaat tekeer. Dragomir weer zien is spannend. Misschien te spannend voor mijn eigen bestwil.

"Hoi," zeg ik als ik hem bereik, niet zeker of ik hem een knuffel of een kus moet geven zoals ik bij elke andere kennis zou doen.

Hij lost mijn dilemma op door zijn hand uit te steken. Ik schud zijn hand - en krijg een schok van elektriciteit die tot in mijn kern doordringt.

Hij ziet er ook niet onaangedaan uit. Zijn ogen zijn op mijn gezicht gericht, zijn oogleden zakken naar een half-gesloten positie, terwijl hij met duidelijke tegenzin mijn hand loslaat.

"Er zit hiernaast een hele leuke koffieshop," zegt hij, met een zweem van sexy heesheid in zijn stem. "Of als je honger hebt-"

"Koffie klinkt geweldig," flap ik eruit.

Van binnen spring ik op en neer.

Is dit een date?

Ik ben sinds de middelbare school niet meer zo enthousiast over de aandacht van een man geweest.

"Ben je hier met je camper naartoe gereden?" vraag ik als we het gebouw verlaten.

"Dat ben ik zeker." Hij gebaart naar de weg.

Yep. Daar is hij, langzaam voorbijrijdend.

"Fyodor kon geen parkeerplaats vinden, dus hij rijdt rondjes," legt Dragomir uit terwijl we de koffieshop binnenstappen.

De zaak is leeg, dus het kost ons slechts enkele ogenblikken om te bestellen wat we willen. Terwijl we naar de wachtruimte lopen, piept Dragomirs telefoon met een berichtje en hij verontschuldigt zich om het te bekijken.

Ik herinner me dat ik mijn eigen telefoon voor de vergadering op stil heb gezet, dus ik hef het dempen op en controleer mijn berichten.

Ik heb een voicemail van de dierenarts met de mededeling dat Boner schoon is en een app van Xenia.

In de stad. Wil je sushi gaan eten?

Voordat ik haar een antwoord kan geven, zie ik Dragomir met een verontschuldigende blik boven me opdoemen.

"Is er iets?" vraag ik. Mijn polsslag slaat door zijn nabijheid over.

"Er is iets tussengekomen en ik heb maar een half uur voordat ik naar een zakelijke bijeenkomst moet."

"Dat is prima," lieg ik. "Ik ga op dezelfde tijd als jouw vergadering sushi met een vriendin eten."

Als in, dat ga ik *nu* in ieder geval doen.

Is dat teleurstelling in zijn ogen?

Hé, hij was degene die het druk bleek te hebben.

Dragomir verontschuldigt zichzelf nog een keer en gaat weer bellen, dus ik app Xenia dat ik haar binnen veertig minuten op onze favoriete plek kan ontmoeten.

Ze antwoordt onmiddellijk met een opgewonden bevestigend antwoord.

De barista vertelt ons dat onze drankjes klaar zijn. Voordat ik de mijne kan pakken, pakt Dragomir beide kopjes op en draagt ze naar een comfortabele tafel.

Wat een heer. Ik vind het leuk.

Ik ga tegenover hem zitten en blaas op de meest

verleidelijke manier die ik op kan brengen in mijn koffie, maar hij lijkt zich van mijn subtiele geflirt niet bewust te zijn.

Hmm. Vanwaar die serieuze uitdrukking? Niet erg date-achtig.

Hij zet zijn kopje neer. "We moeten praten."

Verdorie. Nu snap ik waarom mannen zo bang zijn om die drie woorden te horen.

Het is absoluut een onheilspellende uitdrukking.

"Prima." Ik zet mijn eigen kopje neer. "Waar wil je over praten?"

Hij vangt mijn blik, zijn lichtbruine ogen betoveren in hun intensiteit.

Wat hij ook gaat zeggen, het is slecht.

Heel erg slecht.

Heeft hij al over mijn bedrijf voor seksspeeltjes gehoord? Of is het iets nog erger?

Hij haalt diep adem. "We zijn zwanger."

Hoofdstuk Vijftien

*J*k staar hem wezenloos aan. "Zei je 'zwanger?'"

Hij knikt.

Wat. De. Fuck?

Het lijkt de dag van zinnen te zijn die mannen vrezen. In feite kan "we zijn zwanger" vaak na "we moeten praten" komen.

Hoe dan ook, ik dacht dat ik degene was die dat tegen hem zou moeten zeggen - tenminste, als we seks hadden gehad en hij me zwanger had gemaakt.

"Weet je nog dat Winnie na Boner is getest?" zegt hij. "Een daarvan was een zwangerschapstest."

Oh.

Ik wil mezelf op mijn voorhoofd slaan. Boner heeft op Winnie zitten rijden. Daarom hebben we ze allebei op SOA's laten testen. Het berijden kan tot baby's leiden - of in dit geval tot puppy's.

Ik had hieraan moeten denken. Het feit dat ik dat niet heb gedaan, zou een belediging voor Boners mannelijkheid kunnen zijn en ik ben blij dat hij niet bij dit gesprek aanwezig is. Hij zou getraumatiseerd zijn.

Oh en als hij dit hoort, dan wil hij vast dat zijn naam officieel in Dekhengst veranderd wordt. Hij heeft tenslotte een enorme beer zwanger gemaakt.

Dragomir legt zijn hand op de mijne. "Ik weet dat het veel is om te verwerken, maar zeg iets."

De hitte die van zijn grote, warme handpalm komt, voelt geweldig en leidt me meer dan een beetje af. Met moeite richt ik me opnieuw op het onderwerp dat voorhanden is. "Weet je zeker dat het van hem is?"

Hij trekt zijn hand weg. "Hoe zou jij het vinden als je een man vertelde dat hij de vader van je baby was en hij je in twijfel zou trekken?"

Goed punt. "Het spijt me. Ik heb gewoon moeite om dit te verwerken, dat is alles."

Hij knikt, zo hoffelijk als een koning die gratie verleent. "Winnie heeft in haar hele leven maar één keer seks gehad, dus Boner moet de vader zijn."

"Oké. Oké." We hebben dus met een bijna maagdelijke beer te maken. Ik knijp in de brug van mijn neus. "Gaat ze... eh... het houden?"

Shit. Waarom blijf ik als de man klinken die net heeft gehoord dat zijn vluggertje zwanger is geraakt?

Dragomirs ogen hebben zich nu tot spleetjes

vernauwd. "Als je het over abortus hebt, dan is dat in dit stadium uitgesloten. En het wordt een nest, dus ik zou 'ze' zeggen, niet 'het'."

Ik drink wat van de hete koffie. "Het was niet de bedoeling dat het zou klinken alsof ik een abortus *wil*. Dat wil ik helemaal niet. Het klinkt geweldig dat Boner puppy's krijgt. Ik wist gewoon niet zeker wat Winnie's standpunt over het hele pro-leven versus pro-keuzedebat was."

Hij kijkt me ernstig aan. "Winnie is een hond, weet je nog? We kunnen alleen maar naar haar standpunt raden, dus het beste wat ik kan doen, is aannemen dat ze haar pups wil houden."

"Klinkt redelijk." Ik wrijf over mijn slapen. "Dit is behoorlijk verwarrend."

Hij pakt zijn koffie. "Ik snap het. Toen ik het nieuws voor het eerst hoorde, schrok ik ook een beetje. Houd in gedachten dat zelfs als Winnie op magische wijze zou leren praten en ze zou zeggen dat ze een abortus wilde, dan zou het in deze fase van haar zwangerschap niet veilig zijn. De dokter denkt dat de beste optie voor haar gezondheid is om het tot het einde door te laten gaan. Na de geboorte, als ze er klaar voor is om afscheid te nemen, zullen we een fijn huisje voor de pups zoeken. Of ik hou ze."

Ik stel me voor hoe die pups eruit zouden kunnen zien en mijn humeur verbetert al snel. "Ik zal je helpen om voor de pups de best mogelijke huizen te vinden. Laat het me ook weten als je überhaupt nog iets nodig hebt. Ik kan er bij zijn als er een echo is. We kunnen de rekeningen splitsen en-"

"Dank je." Er verschijnt een oprechte glimlach op zijn gezicht, zo sexy dat mijn slipje onder mijn rok bijna oplost. "Er was eigenlijk iets in die trant waar ik met je over wilde praten."

"Oh?"

"Een DNA-test, voor Bonaparte," zegt hij. "Ik wil weten of er een risico op genetische ziekten voor de pups is."

Ik krimp van binnen ineen. "Nog een bezoekje aan de dierenarts? Hij is nog steeds getraumatiseerd."

"Het is maar een speekselstaafje. Ik zal Dr. Delomalov vragen om me te leren hoe ik het moet doen en dan zal ik naar jouw huis komen om het zelf uit te voeren. Bonaparte zal niet eens weten dat hij getest wordt."

"Nou, in dat geval natuurlijk," zeg ik.

Wacht. Hij heeft zichzelf net bij mij thuis uitgenodigd. En ik heb ja gezegd!

Hij neemt een slokje koffie en kijkt me over de rand van het kopje aan. "Dus je hebt je hond duidelijk niet laten castreren."

Ik trek een gezicht. "Ja, sorry. Ik kon mezelf er niet toe aanzetten om het te doen. Ik heb niets tegen mensen die het wel doen, maar het is voor mij persoonlijk gewoon een gevoelige kwestie. Boner is een seksueel wezen en dat zou hij missen als het weggenomen zou worden."

Moet ik hem vertellen dat ik dit probleem zo

serieus neem dat ik voor Boner een speeltje heb gemaakt dat hij kan berijden?

Nee. Te dicht bij het onderwerp van het bedrijf over seksspeeltjes dat ik wil vermijden. Ik ga hem ook niet vertellen waarom het zo persoonlijk is. Als het sociaal aanvaardbaar was geweest, dan zouden mijn ouders me al hebben laten steriliseren toen ik een tiener was. Niet dat ik met iedereen naar bed ging of zoiets. Elke uiting van seksualiteit van mijn kant was in hun ogen taboe.

"En hoe zit het met jou?" vraag ik, terwijl ik de onaangename herinneringen wegduw. "Winnie is duidelijk ook niet gesteriliseerd."

Het is zijn beurt om een gezicht te trekken. "Ik kon mezelf er ook niet toe aanzetten om het te doen. Er is ook het feit van het ras van Winnie. Ze is van de zuiverste misha-bloedlijn - een deel van de Ruskoviaanse geschiedenis."

"Geweldig. Boner heeft een historische bloedlijn bezoedeld."

"Dat bedoelde ik niet," zegt hij. "Bovendien heeft hij dat niet echt gedaan. Winnie kan later nog raszuivere puppy's krijgen. Deze pups kunnen nog steeds een liefdevol thuis vinden zonder 'misha's' te worden genoemd."

"Of we kunnen een trend van gemengde rassen starten. Dan noemen we ze chisha's. Of Mishuahua's."

Hij grinnikt. "Ik vind chisha's wel goed klinken."

Ik grijns. "Dus een andere vrij voor de hand liggende vraag... Wist je niet dat Winnie loops was?"

Hij haalt zijn schouders op. "Misschien voel ik me niet net zo op mijn gemak als jij als het erom gaat mijn hond als een seksueel wezen te beschouwen. Ik heb me er nooit in verdiept hoe dat loopsheidgebeuren werkt. Ik dacht dat ik dat wel kon doen als er een kans was om de misha-bloedlijn voort te zetten. Nu ik erover heb gelezen, zijn door hoe harig Winnie is veel van de tekenen minder opvallend." Hij ziet er een beetje ongemakkelijk uit. "Ze verloor rond de tijd van het incident wat bloed, maar ik dacht ten onrechte dat dit betekende dat ze daardoor minder vruchtbaar was."

Ik trek een pokerface. "Wees niet te hard voor jezelf. *Zo* werkt het... bij menselijke vrouwen."

Ik moet toegeven dat hij bij het horen over een menselijke menstruatie niet griezelt. In plaats daarvan leunt hij achterover en legt zijn arm over een stoel in de buurt op die koning-van-de-wereld-manier van hem. "Zullen we over iets anders dan onze honden praten?"

"Deal," zeg ik. "Maar na dit laatste verzoek wat hond gerelateerd is."

Hij buigt zijn hoofd. "Ga je gang."

Ik kijk naar zijn gezicht terwijl ik zeg, "Als je langskomt om het speeksel van Boner af te nemen, kun je dan Winnie meenemen zodat zij en Boner wat tijd samen door kunnen brengen?"

Hij fronst.

Ik wist het. Hij vindt het idee dat ze met elkaar omgaan niet prettig. Wat een snob.

"Luister," zeg ik, terwijl ik namens mijn hondenvriend boos word. "Boner heeft geen SOA's. En het is niet zo dat hij haar nog een keer zwanger kan maken."

"Prima," zegt hij tot mijn verbazing. "Het is een speeldate."

Een speeldate?

Waarom klinkt dat zo seksueel?

Ik ben ineens jaloers op onze honden.

Hij grijnst. "Nu ben je me een gespreksonderwerp verschuldigd dat niets met honden te maken heeft."

Ik grijns ook. "Wat dacht je van wolven? Staat dat te dicht bij honden?"

"Geen wolven, geen beren of ratten," zegt hij met een strak gezicht.

"Zijn leeuwen ook taboe?"

"Je mag over leeuwen praten als je wilt," zegt hij grootmoedig.

"Eindelijk. *Iets* waar we over kunnen praten."

Zijn lippen trillen. "Dat iets is dan *leeuwen*."

"Nou, ik heb het altijd raar gevonden dat fictieve leeuwen brullen als ze iets willen vangen. Ik denk dat echte leeuwen alleen maar brullen om andere leeuwen uit hun territorium weg te jagen. Ik wed dat het tijdens een jachtpartij stille stalkers zijn. Dat zou ik wel zijn."

Hij knikt ernstig. "Ik denk dat je gelijk hebt. Ter

verdediging van Hollywood is een brullende leeuw indrukwekkender. "

"Een leeuw met vleugels zou nog indrukwekkender zijn, maar op dat front blijven ze bij de realiteit. Nu ik erover nadenk, gebeurt dit gedoe met brullen ook met andere fictieve dieren. Was er in *Finding Nemo* geen brullende barracuda te zien?"

Hij haalt zijn schouders op.

"Ik denk van wel. Als we het hele stille stalking gebeuren buiten beschouwing laten, dan betwijfel ik of het überhaupt mogelijk is om onder water te brullen."

"De motor van een onderzeeër kan brullen," zegt hij.

"Hmm." Ik zal het in overweging nemen. "Je zou gelijk kunnen hebben"

Hij grijnst naar me en ik sta op het punt iets anders te zeggen als ik buiten de winkel een man zie die een camera op ons richt.

Tot mijn grote schrik herken ik hem.

Dragomir stond tegen deze kerel te schreeuwen toen Boner Winnie aan het berijden was.

Ik had er daarvoor niet veel aandacht aan geschonken. Ik had het te druk met me zorgen te maken over vagina's - zoals de kegelballen in de mijne houden en de penis van mijn hond uit die van Winnie. Nu realiseer ik me dat het gedrag van deze man behoorlijk vreemd was.

Dragomir moet iets op mijn gezicht zien, want hij

draait zich om. Meteen spant zijn krachtige rug zich aan, zijn schouders gaan omhoog.

Huh. Ik denk dat hij en de man niet *echt* op vriendschappelijk voet zijn.

Dragomir springt overeind, maar voordat hij naar buiten kan, gaat de man op de vlucht en verdwijnt snel om de hoek.

Dragomir ziet eruit alsof hij overweegt om de achtervolging in te zetten.

Vreemder en vreemder. Wie was die kerel? Hoe zit het met die camera?

Een koud gevoel nestelt zich onder in mijn maag. Wat als hij een privédetective is die door de vrouw van Dragomir is ingehuurd, omdat ze vermoedt dat haar man vreemdgaat?

Dat gebeurde met mijn ex nadat ik het met hem had uitgemaakt - vooral dankzij Vlads anonieme e-mail aan de vrouw waarin precies dat werd gesuggereerd.

Als er een vrouw is, dan zal ik niet degene zijn met wie de klootzak vreemdgaat.

Nooit meer.

Blijkbaar besluit Dragomir zijn vijand niet te achtervolgen en gaat weer zitten.

Ik ben nu helemaal zakelijk. Of ik ga deze huwelijkskwestie uitzoeken of ik kan hem nooit meer zien - hoe lekker hij ook is. Of hoe schattig de puppy's ook mogen worden.

"Wie was dat?" vraag ik, terwijl ik mijn beste sneeuwkoningin imitatie doe.

Hij haalt zijn schouders op. "Ik ken die engerd niet echt. Ik heb hem maar één keer eerder gezien. Ik heb echter tegen hem gezegd om uit de buurt te blijven."

Oké, dat was een te omslachtige vraag. Ik moet het hem gewoon op de man af vragen.

Hij kijkt me aandachtig aan.

Ik haal diep adem. "Dragomir, ben je getrouwd?"

Hoofdstuk Zestien

*H*ij lijkt verrast te zijn door de vraag. "Nee."

Op het moment dat hij het zegt, niest hij.

Ik voel een enorme opluchting.

In Rusland geloven we dat wanneer iemand niest nadat hij een verklaring heeft afgelegd, dit betekent dat hij de waarheid spreekt. Maar we geloven ook in "vertrouwen, maar verifiëren," dus ik zal niet helemaal gelukkig zijn totdat Vlad me vertelt wat hij heeft opgegraven. Ik heb ook een beter antwoord nodig over die enge vent die net op de vlucht sloeg - iets zegt me dat Dragomir niet van plan is om dat echt uit te leggen.

Aangezien we het toch over dit onderwerp hebben, kan ik er net zo goed dieper op ingaan. "Heb je een vriendin? Vriendje? Geliefde? Maîtresse?"

Zijn ogen glinsteren van geamuseerdheid. "Nee.

Ik ben vrijgezel. Ik moet zeggen dat dit veel persoonlijker is dan het gepraat over leeuwen."

Shit. Hij heeft gelijk.

Ik werd erg persoonlijk. Te persoonlijk, aangezien hij een potentiële investeerder is.

"En hoe zit het met jou?" vraagt hij voordat ik me kan verontschuldigen. "Getrouwd?"

Ik haal opgelucht adem. "Nee."

"Hoe zit het met een vriendje?" vraagt hij, passend bij mijn eerdere toon. "Vriendin? Geliefde? Meester?"

Ik schud mijn hoofd. "Ik ben al bijna drie jaar vrij van mannen."

Zijn blik gaat zo over me heen dat ik zou willen dat ik die kegelballen had om in te knijpen. "Dat is moeilijk te geloven," mompelt hij als zijn ogen naar mijn duidelijk warme gezicht terugkeren.

Als zesentwintigjarige vrouw weersta ik de neiging om als een tienermeisje die voor haar eerste verliefdheid zit, mijn haren naar achteren te zwaaien. "Oké, dan we zijn allebei vrijgezel," zeg ik in plaats daarvan kordaat. "Ik vraag me af wat we nog meer gemeen hebben."

Hij kijkt me speculatief aan. "Nou, een Oost-Europees erfgoed is zeker één ding. Sommige Ruskoviaanse tradities zijn bijna identiek aan het Russisch. Architectuur ook."

"Kijk eens aan," zeg ik, terwijl ik de rest van mijn koffie drink. "En laten we niet vergeten dat we allebei gek zijn op onze honden." *En elkaar plat willen neuken –*

is wat ik eraan toe wil voegen, ervoor kiezend om dat in mijn hoofd uit te spreken en niet alleen voor het geval dat dat deel eenzijdig is.

"We houden allebei van VR." Hij reikt op hetzelfde moment als ik naar de mijne reik naar voren om zijn koffie bij te vullen - en onze vingers strelen langs elkaar, waardoor er weer een mini-bliksemflits door mijn zenuwuiteinden gaat.

Mijn adem wordt onstabiel. "We zijn allebei competitief," zeg ik en ik concentreer me moeizaam op het gesprek. "Hoewel ik dat natuurlijk veel meer ben dan jij."

Zijn neusgaten worden groter. "Echt niet. Ik ben veel competitiever dan jij. Met een ruime marge."

"Oh alsjeblieft. Ik ben zo competitief dat er in het woordenboek onder dat woord een foto van mij staat."

Hij leunt voorover, ogen tot spleetjes. "Ik heb dat woord uitgevonden."

"Maar je weet nog steeds niet wat de betekenis ervan is. Dat ben *ik*."

Hij maakt tsk-tsk-geluiden. "Geef gewoon je nederlaag toe. Competitief is mijn officiële tweede naam."

"Hmm... Dragomir Competitief Lamian - je ouders moeten erger zijn dan de mijne."

Zijn glimlach hapert.

Shit. Heb ik net iets verkeerds gezegd? Leven zijn ouders nog wel?

Zijn telefoon piept.

"Het spijt me," zegt hij. "Dit is dat zakelijke gebeuren dat ik eerder noemde. Het is over een paar minuten."

Ik kijk op mijn telefoon.

Yep. Ik moet ook rennen om Xenia te ontmoeten.

Ik denk dat de tijd vliegt als je met de man naar wie je hunkert de zwangerschap van een hond bespreekt.

Hij staat op. "Ik hoop dat we elkaar wat beter kunnen leren kennen als ik Bonaparte's DNA af kom nemen."

Sprakeloos van vreugde knik ik iets te heftig.

Hij pakt onze lege bekers op. "Misschien zal de lijst met onze overeenkomsten langer worden?"

Terwijl hij de bekers weggooit, worstel ik met de neiging om hem hier en nu bij de vuilnisbak te bespringen. Het is geen goed idee. Hij is nog steeds een investeerder. Weet nog steeds niet van mijn bedrijf voor seksspeeltjes. Wat nog belangrijker is, Vlad is nog niet klaar met rondneuzen - wat betekent dat Dragomir nog steeds getrouwd zou kunnen zijn, maar er gewoon ronduit over liegt. Voor zover ik weet, is hij misschien sluw genoeg om dat niezen op het juiste moment te vervalsen.

Als Ruskoviaan kon hij alles over waarheid en niezen weten.

"Wil je een lift naar het sushirestaurant?" vraagt hij.

Gezien mijn gedachten van zojuist, zou een rationele vrouw nee zeggen, maar ik knik gewillig met mijn hoofd. Mijn acceptatie wordt beloond als hij zijn hand op mijn onderrug legt terwijl hij me wegleidt.

Ik zou ervoor in zijn om me door hem een paar honderd kilometer op deze manier te laten leiden, maar tot mijn teleurstelling staat de camper-limo al te wachten.

Fyodor doet de deur open en we klimmen naar binnen.

Winnie gaat op haar achterpoten staan en likt weer aan Dragomirs gezicht. Of liever gezegd, kwijlt het helemaal onder.

Terwijl hij zichzelf schoonmaakt, richt ze haar aandacht op mij, zet haar poten op mijn schouders en gaat er met haar enorme tong helemaal voor.

Ik ben half aan het lachen en half aan het gillen, dat is een vergissing, want het kwijl loopt nu in mijn mond.

De ervaring is gelijkelijk smerig en schattig. Plus, ik denk dat ik, door een of andere transitieve overdracht, net met Dragomir heb gezoend. Of in ieder geval wat lichaamsvloeistoffen met hem heb uitgewisseld.

Als ik loskom, heeft hij een schoonmaakdoekje paraat. "Mag ik?"

Wil hij mijn gezicht aanraken?

"Ja, graag." Ik hou mijn adem in.

Hij wrijft zachtjes over mijn gezicht en hondenkwijl of niet, dit is de meest sensuele ervaring van mijn leven - en het gaat maar door. Hij is heel grondig en zorgt ervoor dat hij elk laatste beetje kwijl van mijn huid haalt. Ik denk kort na over alle make-up die er ook vanaf gaat, maar het is het waard. Hopelijk denkt hij niet dat ik zonder een trol ben. Of een kobold. Of een oger. Nee, wacht, Fiona van *Shrek* is een oger, toch? Ja, ogers zijn schattig.

Uiteindelijk stopt hij met wrijven en droogt hij mijn gezicht heel voorzichtig met zijn zakdoek af. Te oordelen naar de hitte die in zijn lichtbruine ogen glinsterde, waren mijn zorgen over trollen en kobolden overdreven.

Hij doet een stap achteruit en ik adem de adem uit die ik heb ingehouden.

Heeft deze camper een douche? Ik zou nu wel een koude kunnen gebruiken. Ik weet ook precies waar ik vanavond aan denk als ik mijn vibrator vasthoud: zijn handen op mijn gezicht.

"Het spijt me," mompelt hij.

Spijt? Voor dat? Dat is net zoiets als dat Michelangelo zich voor het maken van zijn David-beeld verontschuldigt. Tenzij het hem spijt dat hij mijn make-up heeft verpest?

"Dat heeft ze nog nooit bij iemand gedaan," vervolgt hij.

Ah. Hij verontschuldigt zich namens Winnie.

"Het is goed," zeg ik. "Ik hoop dat het betekent dat ze me leuk vindt."

Hij kijkt naar Winnie. Ze kwispelt nu onophoudelijk met haar staart en geeft ons een honden- of berengrijns. "Om eerlijk te zijn, dacht ik altijd dat die begroeting een teken van liefde was, niet alleen leuk vinden."

"Nou, wat had je dan verwacht?" Zeg ik met een strak gezicht. "Teven houden van me."

Voordat hij antwoord kan geven, stopt de auto en schuift de scheidingswand naar Fyodor naar beneden.

"Het sushirestaurant," kondigt de butler pompeus aan.

"Ik zal Bella naar buiten brengen," zegt Dragomir tegen Fyodor en doet de deur voor me open.

Als ik uit de auto stap, voel ik me licht, alsof ik zweef. Dragomir leidt me helemaal naar het trottoir.

Ik stop en kijk naar hem op. "Dat is het restaurant." Ik zwaai naar de zaak. "Mijn vriendin kan hier elk moment zijn."

Hij komt zo dichtbij dat ik de kaneel in zijn sensuele eau de cologne kan ruiken. Zijn ogen glanzen met warme amberkleurige ondertonen. "Ik heb een geweldige tijd met je gehad."

"Ik ook," zeg ik met bonkend hart - net als dat het na een date op de middelbare school zou hebben gedaan.

Misschien heb ik zonder mijn medeweten door de tijd gereisd.

"Ik neem contact op over de speeldate," zegt hij zacht.

Ik maak mijn lippen vochtig. "Ik kijk er naar uit."

Zijn blik gaat naar mijn mond en een merkwaardige spanning lijkt zijn lichaam binnen te dringen. Langzaam, alsof hij door iets wordt getrokken, buigt hij zijn hoofd.

Mijn hartslag schiet omhoog en ik ga op mijn tenen staan, naar hem toe zwaaiend. Onze lippen zijn nu slechts een adem uit elkaar. Als ik gewoon-

"Bella?" roept een kwaadaardig persoon met Xenia's stem. "Ben jij dat?"

Dragomir trekt zich terug.

Ik draai me om en richt een ijzige blik op de bron van het geluid.

Yep. De cockblocker is inderdaad iemand die ik altijd als een vriendin heb beschouwd.

"Dragomir," zeg ik met een schorre stem. "Maak kennis met Xenia."

Dragomir steekt zijn hand uit. Xenia grijpt het vast en schudt ermee alsof het een natte handdoek is, haar ogen zijn zo groot als theeschoteltjes.

"Aangenaam kennis te maken," zegt ze eindelijk met een zwaar accent.

"Een genoegen," zegt hij en kijkt naar de hand die Xenia niet loslaat.

"We moeten gaan," zeg ik nadrukkelijk.

Xenia kijkt naar me, dan naar haar hand en herinnert zich dan eindelijk dat je uiteindelijk mensen laat gaan als je dit soort dingen doet.

Dragomirs lippen vormen zich in een wrange glimlach. "Ik neem contact met je op," zegt hij en verdwijnt in zijn camper.

Xenia kijkt met een vreemde uitdrukking naar het vertrek van de camper. Eindelijk draait ze zich naar me toe. "Het is tegen de regels van de natuur in dat een man zo mooi kan zijn."

Voor één keer ben ik het met haar eens - met een vrouw die graag zegt dat een man er maar een klein beetje beter uit hoeft te zien dan een gorilla.

Hoofdstuk Zeventien

"*V*ertel me alles," eist Xenia terwijl we plaatsnemen en twee Sushi Deluxe bestellen.

Ik vertel haar over de hele situatie van de zwangere hond.

"Zijn hond heeft het juiste idee," zegt ze.

Ik pak mijn glas water en neem een slok. "Heeft ze dat?"

"Je zou de baby van die man moeten krijgen."

Ik spuug bijna het water dat in mijn mond zit eruit. "Baby?"

Ze knikt wijs. "Jullie twee zijn de mooiste mensen die ik in het echt heb gezien. Als jullie een baby maken, dan wordt het een filmster."

Ik gebruik een servet om de waterdruppels af te vegen die in mijn neus zijn gekomen. "Ik zou dit soort dingen van moeder verwachten, niet van jou."

Ze kijkt me beledigd aan. "Vergelijk je me met Natasha?"

"Je hebt gelijk. Het spijt me. Dat was te hard."

De ober zet twee bootvormige borden neer en we ruilen sushi-stukjes zoals we altijd doen: ik geef haar alle saaie dingen, zoals krabstick en gekookte garnalen, en zij geeft mij alle items die ze te eng vindt om te eten, zoals uni, wat de geslachtsklieren van zee-egels zijn. Net als de rest van mijn familie ben ik een avontuurlijke eter, terwijl Xenia dat merkbaar minder is, iets wat haar als chef-kok ongetwijfeld beperkt.

Gedurende de rest van de maaltijd praten we over recente tv-programma's die we hebben gezien en ze geeft me de laatste primeur over haar en Boy-Toy en ze eindigt met haar vermoeden dat hij binnenkort weleens de grote vraag zou kunnen stellen.

"Ga je ja zeggen?" vraag ik, terwijl ik de laatste lepel van mijn gebakken groene thee-ijs in mijn mond stop.

Ze haalt haar schouders op. "Ik ben geen jonge kip meer. Dit is misschien mijn laatste kans op dit soort dingen."

Ik vertel haar niet dat ze weer als mijn moeder klinkt. In plaats daarvan zeg ik gewoon dat ze alleen met Boy-Toy moet trouwen als ze dat wil, niet om zich gewoon maar te settelen.

"Ik wil het wel. Hij is gewoon zo jong..."

Ik rol met mijn ogen. "Hij is vijfenveertig en zorgt niet goed voor zichzelf. Jullie levensverwachting is waarschijnlijk hetzelfde - ervan uitgaande dat je je daar zorgen over maakt als je het over zijn leeftijd hebt."

Ze zucht. "Wie weet of hij überhaupt een aanzoek zal doen."

Ik heb heel sterk het vermoeden van wel. Xenia is een geweldige vrouw en de Kerstman - ik bedoel Boy-Toy - lijkt me geen domme man. Jolig, absoluut, maar niet dom.

———

Als ik thuiskom, is Boner extra opgewonden om me te zien.

"Ruik je Winnie bij me?" vraag ik hem.

"*Oui.*"

"Kun je aan haar geur ruiken dat ze zwanger is?"

"*Oui.* Noem me vanaf nu de Dekhengst."

Ik breng de make-up die ik tijdens mijn ontmoeting met de beer ben kwijtgeraakt opnieuw aan, pak een broodje voor John en ga met Boner wandelen. Als ik thuiskom, krijg ik een bericht van Vlad met het verzoek om langs te komen, dus ik maak nog een ritje naar het kantoor van Binary Birch.

———

"Ik kon niets over Dragomir vinden," zegt Vlad zodra we de beleefdheden hebben gehad.

"Niets? Dat is op zich al verdacht."

Vlad haalt zijn schouders op. "Wie zijn wij om dat te zeggen? Als hij een van ons zou onderzoeken, dan zou hij ook niet veel vinden."

Ik huiver. "Ik verberg *wel* iets. Mijn bedrijf voor seksspeeltjes."

Mijn broer schuift zijn bril hoger op zijn neus. "Juist en ze zouden heel, heel diep moeten graven om dat te weten te komen - we hebben een New Mexico BV voor je opgezet en zo."

"Is er een manier waarop jij ook 'diep kunt graven'?"

Hij wrijft over zijn kin. "Dan heb ik meer info over hem nodig."

"Zoals wat?"

"Namen van mensen die dicht bij hem staan, zoals broers en zussen of ouders. Misschien de naam van zijn beste vriend. Iedereen die misschien niet zo paranoïde is als hij."

"Ik weet daar niets van," zeg ik. "Maar als ik erachter kom, laat ik het je weten."

"Wees gewoon subtiel. Als hij een beetje zoals ik is, dan zal hij het niet leuk vinden als hij denkt dat je aan het rondsnuffelen bent."

"Goed punt. Het is jammer dat dit zo moeilijk blijkt te zijn."

Vlad knikt meelevend. "Aan de andere kant, ik heb iets over die gast Marco ontdekt."

Ik ga rechter zitten. "Is het sappig?"

"Hij heeft twee vrouwen," zegt Vlad. "Feitelijk

gezien twee gezinnen - een in Ruskovia en een hier in de Verenigde Staten."

Wauw. Zelfs mijn ex was niet zo ver gegaan.

"Denk je dat ze van elkaar afweten?" vraag ik. "Misschien is het een polygame relatie of zoiets."

"Ik betwijfel het."

Ik schud vol walging mijn hoofd. "Wat een klootzak."

Vlad kijkt me speculatief aan. "Wat ben je van plan om hiermee te doen?"

Ik knipper onbegrijpelijk met mijn ogen. "Hoe bedoel je? Ik kan hem niet echt confronteren zonder Dragomir te laten weten dat ik aan het rondneuzen ben - en ik denk niet dat hij dat leuk zou vinden."

"Nou." Vlad werpt een blik op de deur van zijn kantoor en dempt zijn stem. "Iemand die geen geweten heeft, kan deze informatie gebruiken om zichzelf aan het verkrijgen van de benodigde financiering te helpen."

"Wat? Nee! Ik ga hem niet chanteren. Dat is niet mijn stijl."

Vlad glimlacht goedkeurend naar me. "Ik had ook niet gedacht dat je dat zou doen. Ik benoem het alleen maar. Alex heeft me verteld dat het moeilijk is om meer investeerders binnen te halen."

Ik klem mijn kaken op elkaar. "Ik ga dat nog steeds niet doen."

Gelukkig laat Vlad het onderwerp vallen en vraagt hij me naar het ontwerp van het pak - waar ik hem graag alles over vertel. Ik geniet vooral van de manier waarop hij zit te kronkelen als ik uitvoerig over tepelstimulatie praat.

Als ik wegga, kan ik het niet laten. "Als ik eenmaal een werkend pak heb," zeg ik ingenieus," denk je dan dat jij en Fanny het voor me zouden kunnen testen?"

Hoofdstuk Achttien

*D*e volgende ochtend krijg ik een app van Dragomir:

Kunnen we om 11 uur langskomen?

Als ik bevestigend antwoord, voel ik een schok van opgewonden energie die veel groter is dan wat van mijn ochtend-espresso wordt verwacht.

Hij zal hier over een uur zijn.

In mijn appartement.

Niet ver van mijn slaapkamer vandaan.

Ik kalmeer mijn ademhaling en probeer mijn hoofd koel te houden door mezelf presentabel te maken. Zodra mijn haar is geborsteld en make-up is aangebracht, realiseer ik me dat ik mijn huis op moet ruimen.

Op dit moment ziet het eruit als het hol van een door seksspeeltjes geobsedeerde seriemoordenaar.

Ik kijk om de paar minuten naar de klok en begin aan de epische zoektocht om alle dildo's die nog een werk in uitvoering zijn, buttplugs, vibrators, anale kralen en andere Belka-parafernalia te verbergen. Tegen vijf voor elf, gezien het feit ik niet snel genoeg vooruitgang boek, neem ik mijn toevlucht tot wanhopige maatregelen. In plaats van de resterende spullen netjes in lades op te bergen, schop ik ze gewoon onder de bank en het bed en waar ze zich op dat moment ook mogen bevinden.

Everest - een bijzonder grote dildo - belandt onder de tv-standaard en komt klem te zitten.

Het is elf uur.

Oef. Ik denk dat ik het gehaald heb.

Ik loop alles kort nog even na en vindt een prototype van een tepelklem die als een clip voor een zak karamelpopcorn wordt gebruikt.

Shit. Wat heb ik nog meer gemist?

De deurbel gaat.

"Wie is daar?" roep ik terwijl ik de popcorn verwoed in de prullenbak gooi en de klemmen in de vriezer stop.

"Winnie en Dragomir."

"Ik kom eraan," roep ik en ren naar de deur, bijna over Boner struikelend, die al nadrukkelijk met zijn staart kwispelend in de gang staat.

Op adem komend, doe ik de deur open - en ga weer hyperventileren.

Ik bedoel, kom op. Wie doet zoiets?

Dragomir draagt een strak shirt dat zijn breedgeschouderde, gespierde lichaam in bijna anatomische, slipje-bevochtigende details laat zien.

De enige manier waarop dit nog erger zou kunnen zijn, is als hij een coltrui had gedragen.

"Hoi," mompelt hij.

Voordat ik op een breed scala aan ongepaste driften die in mijn hoofd spelen kan reageren, rent Winnie als een berentornado langs me heen.

Dragomir zegt strengs iets in het Ruskoviaans, maar tevergeefs.

Ze negeert hem, snuffelt grondig aan Boner en likt hem als een lolly van top tot teen af.

Boner lijkt in de hemel te zijn - dat wil zeggen, totdat hij besluit dat hij aan Winnie's kont wil ruiken, maar merkt dat het veel te hoog is om met zijn neus bij te kunnen.

Zelfs als hij opspringt, komt hij maar tot halverwege waar hij wil zijn en dan draait Winnie zich om voordat hij weer een sprong kan maken.

Ik geef Boner een stem om Dragomir te plezieren:

"*Ma petite*, het *lot* heeft ons weer *samengebracht* - maar waarom zit je *postérieure pikant* zo ver weg?"

Met een grijns doet Dragomir de stem van Winnie:

"Het is misschien het beste, Napoleon Carlovich. Ik draag al de vrucht van je lendenen."

Ik grijns als een gek. "Noem me maar Dekhengst, *ma petite*. Noem. Mij. Dekhengst."

Hoofdschuddend haalt Dragomir een doosje uit de zak van zijn spijkerbroek. "Ik heb de test. Wil je dat eerst gedaan hebben?"

"Tuurlijk," zeg ik. "Terwijl hij bij de aanblik van

Winnie staat te kwijlen, zou dat wattenstaafje een ton aan speeksel op moeten leveren."

Dragomir en ik werken hier samen aan. Ik houd Boner vast, Dragomir biedt hem een traktatie aan om het kwijlen te vergroten en zodra mijn kleine vriend zijn muil opent, gebruikt Dragomir het wattenstaafje en beloont hem dan met het lekkers.

Al met al lijkt Boner niet te beseffen dat hij een medische procedure heeft ondergaan.

Konden ze allemaal maar zo zijn.

Dragomir verzegelt het wattenstaafje in een plastic zak. "Dit zou genoeg moeten zijn."

"Geweldig. Zullen we naar de woonkamer gaan?"

Hij volgt me, stopt dan en fluit, rondkijkend. "Heb je een kind?"

"Fluit alsjeblieft niet in huis," zeg ik voordat ik mezelf kan tegenhouden.

Hij ziet er geamuseerd uit. "Weer een Russisch bijgeloof?"

"Binnenshuis fluiten betekent financieel ongeluk," zeg ik. "En zoals je weet, ben ik op zoek naar financiering."

"Ik zal ervoor zorgen dat ik voortaan niet binnenshuis fluit," zegt hij, met lippen die in een aangename glimlach zijn gebogen. "Maar je hebt nog geen antwoord gegeven - heb je een kind?"

"Nee," zeg ik defensief.

Ik denk dat ik weet waar dit over gaat.

En ja hoor, de volgende vraag is: "Hou je van Disney?"

"Nee. Ik hou gewoon van *Frozen*."

Hij gebaart naar de grote poster van Elsa aan mijn muur, beeldjes van Anna en de rest van haar familie op de boekenplank en de knuffel van Olaf op de bank. "Duidelijk."

Geweldig. De volgende keer moet ik niet alleen seksspeeltjes verstoppen, maar ook al het gewone speelgoed dat voor kinderen bedoeld is. Je weet nooit waar iemand je op zal beoordelen.

Dragomir kijkt nu naar de VR-headset op de salontafel. "Heb je *Beat Saber* geoefend?"

Ik vernauw mijn ogen tot spleetjes naar hem. "Laat me raden. Het is je gelukt om Radioactive op Expert Plus te doen."

Zijn grijns is arrogant. "Niet alleen dat - ik wed dat ik je topscore kan verslaan."

"Kom maar op. Het is een danswedstrijd. Of is het een zwaardgevecht?"

Hij haalt zijn schouders op. "Maakt niet uit, ik zal winnen."

Ik pak de headset en de controllers en geef hem alles. "Laat me maar zien wat je kan!"

Terwijl hij de headset aan zijn veel grotere hoofd aanpast, controleer ik de honden om er zeker van te zijn dat ze niet onder zijn voeten terecht zullen komen - dat is een lastig VR-probleem.

Ik zie dat Boner Winnie zijn grootste kauwbal heeft gegeven, degene die amper in zijn mond past.

"Nee." Ik gris de bal weg. Winnie had het ding

zonder twijfel in zijn geheel doorgeslikt, wat weer een bezoekje aan de dierenarts zou betekenen.

Boner rent weg en komt terug met een bot waar hij de afgelopen dagen aan heeft geknaagd.

"Dat is beter," zeg ik en ga dan bij Dragomir kijken.

Hij heeft de headset al op en hij heeft de controllers in zijn handen.

Voordat ik kan vragen of hij er klaar voor is, klinkt 'Radioactive' uit de luidsprekers van de headset en begint Dragomir op het ritme te bewegen.

Oh hemeltje.

Hij hanteert de virtuele zwaarden met een koninklijke gratie, hij snijdt en hakt in een slanke, atletische mix van vechtsporten en dans de noten door.

Het is maar goed dat de headset zijn zicht blokkeert. Ik kwijl meer dan Boner deed toen hij zijn traktatie zag.

Een deel van mij vraagt zich af of ik een van mijn speeltjes uit hun verstopplek op kan graven en het kan gebruiken voordat het nummer voorbij is.

"Tweehonderdduizend punten," roept Dragomir uit, zwaar ademhalend van opwinding.

Wacht eens even. Ik denk dat ik bij de "deep in my bones"-zin in het nummer niet zoveel punten had - en dat is een probleem. Ik had het te druk met kwijlen over de show die hij opvoerde om me te beseffen dat ik deze wedstrijd daadwerkelijk zou kunnen verliezen.

Echt niet. Ik zal gewoon als ik aan de beurt ben als een gek gaan dansen. Falen is geen optie.

Voorlopig kan ik net zo goed van de show genieten - en ervan genieten doe ik zeker. Dat wil zeggen, totdat hij stopt en zijn eindscore aankondigt, die hoger is dan mijn record, maar gelukkig met slechts een paar punten.

"Doe niet zo zelfvoldaan," zeg ik tegen hem terwijl ik de headset weer afstel tot het formaat van een normaal hoofd. "Ik ga zo je score verbeteren."

Hij kijkt nog zelfvoldaner. "Ik weet zeker dat je het gaat proberen."

Grimmig vastbesloten zet ik de headset op en pak de twee controllers vast - die in de gamewereld op twee lichtzwaarden lijken, rood en blauw.

De muziek begint. De noten vliegen als kogels op me af.

Terwijl ik ze allemaal doorklief en bommen negeer en muren ontwijk, vraag ik me af hoe ik er buiten de VR voor Dragomir uitzie.

Hopelijk zo woest als een ninja en zo gracieus als een ballerina.

"I'm waking up to ash and dust," zingt Dan Reynolds en hoewel dit de eerste regel van het nummer is, begin ik al te zweten - en ik kan mijn voorhoofd niet afvegen zoals in het nummer.

Als ik bij het eerste refrein met de kenmerkende "Radioactive, Radioactive" kom, ben ik serieus aan het zweten, maar mijn score is op dit punt hoger dan het ooit is geweest.

Ik zou daadwerkelijk kunnen winnen.

Plotseling hoor ik Dragomir in het Ruskoviaans schreeuwen. Het enige dat ik kan onderscheiden zijn twee woorden: "Winnie" en "Fu!"

Shit.

De beer staat in mijn speelruimte.

Voordat ik op mijn plek stil kan staan, is mijn rechterarm klaar met het doorklieven van een reeks noten - en slaat mijn vuist tegen iets hards aan.

Ik gil van de pijn.

Een man gromt.

Er strijkt berenvacht langs mijn been.

Ik ruk de headset van mijn hoofd zodat ik kan zien in welke ramp ik sta.

Het is erger dan ik dacht.

Dragomir is Winnie met één hand aan het aaien en met de andere houdt hij zijn oog vast.

Een oog dat al op begint te zwellen.

Hoofdstuk Negentien

"*L*aat me die hand eens zien," beveelt Dragomir met een stem die zo bevelend is dat ik op de automatische piloot gehoorzaam, wat heel anders is dan hoe ik ben.

Hij pakt mijn hand en onderzoekt hem als een chirurg. "Kun je je vingers bewegen?"

Ik wiebel met mijn vingers en hij knikt goedkeurend. "Heb je een ijskompres of bevroren erwten?"

"Een momentje." Ik struikel bijna over Winnie en dan over Boner en haast me de keuken in en controleer de vriezer.

De tepelklemmen zijn nu lekker koud, maar ik denk niet dat ze als ijskompres op iets anders dan tepels zouden werken. Aangezien ik geen ijs of erwten heb, pak ik een grote plak bevroren kip, sla de deur van de vriezer dicht voordat iemand de klemmen kan zien en draai me om en bots tegen Dragomirs borst.

We strompelen allebei achteruit en kijken elkaar aan. De verwarmde energie die zojuist tussen ons is uitgewisseld, voelt ronduit… radioactief.

"Gebruik dat op je hand," zegt hij op dezelfde bevelende toon, terwijl hij naar de kip in mijn hand kijkt.

"Wat? Nee, dit is voor je gezicht."

"Het gaat prima. Doe gewoon wat ik zeg."

Was dat een grom? En is het raar dat ik door zijn bazigheid opgewonden raak?

"Je doet alsof ik mijn hand heb gebroken," zeg ik geërgerd.

Hij fronst. "Goed punt. Laten we er een röntgenfoto van laten maken."

"Kerel, ik heb het gewoon gestoten. Je gezicht-"

"Het stelt niets voor. Leg ijs op die hand."

Ik rol met mijn ogen. "Wat dacht je van een compromis? Ik zal de kip tegen mijn 'gewonde' hand naast je oog houden."

Hij zucht. "Als dat ervoor nodig is."

Ik laat hem zitten en houdt het vlees tegen zijn oog, terwijl ik me afvraag hoe onhygiënisch dit is.

Kan iemand via een oog salmonella krijgen?

Al snel beginnen mijn vingers bevriezingsverschijnselen te vertonen, maar het positieve is, dat ik doordat ik zo dicht bij hem ben, een warm gevoel in mijn borst begin te krijgen.

Na wat als twintig minuten non-stop spanning aanvoelt, zeg ik met klapperende tanden, "Ik bevries en mijn hand voelt al veel beter. Kun je dit op zijn plaats houden?"

"Met mij gaat het ook goed." Hij pakt het vlees en gaat ermee naar de vriezer.

"Laat mij dat maar doen." Ik ruk de kip uit zijn hand en doe mijn best om terwijl ik het opberg de vriezer en de klemmen erin met mijn lichaam te verstoppen.

Hij zegt niets, dus het zal me gelukt zijn.

Ik blaas opgelucht mijn adem uit en draai me naar hem toe om de schade op te nemen.

Yep.

Gekoeld of niet, hij heeft een blauw oog - ik ben met twee broers opgegroeid, dus ik ben behoorlijk bekend met het fenomeen.

"Laten we ons gaan opfrissen." Ik loop naar de gootsteen en gebruik afwasmiddel om ervoor te zorgen dat er geen sap van de kip op mijn hand achter is gebleven.

Hij wast ook zijn gezicht, gebruikt dan een van zijn vochtige doekjes van Winnie en droogt zichzelf met zijn zakdoek af.

Geweldig. Nu kan ik veilig aan zijn gezicht likken.

Wacht, wat?

Ik zal wel honger hebben. Dat zal de reden wel zijn. "Wil je wat lunch bestellen?"

Hij knikt en kijkt me met halfgesloten amberkleurige ogen aan.

Fuck, hij is sexy. Zelfs met een blauw oog.

Ik duw de gedachte weg voordat ik hem bespring,

pak een paar menu's van de koelkast en we beslissen al snel om pizza te bestellen.

Bestelling geplaatst, open en sluit ik mijn hand om te zien of het pijn doet. Alles voelt goed.

"Ik ben klaar om het nummer opnieuw te starten," kondig ik aan.

"Nee." Het woord klinkt als een koninklijk besluit.

Ik sla mijn armen op mijn borst over elkaar. "Nee?"

"Ik wil niet dat je je pijn doet," zegt hij veel diplomatieker. "Ik laat de wedstrijd vervallen. Jij wint."

"Zo werkt het niet." Ik weet dat ik chagrijnig klink, maar ik kan er niets aan doen.

Ik moet winnen. Het is iets dwangmatigs.

"Alsjeblieft. Belast je arme hand niet meer. Doe het voor mij?" De smekende blik bij de woorden brengt mijn volgende bezwaren tot zwijgen.

Shit. Ik hoop dat hij die blik niet voor iets kwaadaardigs gebruikt, zoals me bijvoorbeeld hier en nu te verleiden.

Het zou nog werken ook.

Helaas begint er geen verleiding. In plaats daarvan kijkt hij door de keuken en fronst. "De honden zijn verdacht stil geweest. We moeten bij ze gaan kijken."

"Ik herinner je er maar even aan dat Winnie niet meer zwanger kan worden," zeg ik, maar leid hem toch naar de woonkamer.

We zijn er net op tijd om getuige te zijn van een geweldig vertoon van super-Chihuahua-kracht.

"Wat voor de duivel?" mompelt Dragomir.

Oh, fuck. Al dat opruimwerk is voor niets geweest.

Boner is er op de een of andere manier in geslaagd om de Everest-dildo eruit te halen van waar hij achter de tv had gezeten en hij sleept het ding nu naar Winnie - een prestatie die dubbel zo indrukwekkend is, omdat de siliconen penis in zijn mond bijna net zo groot is als zijn hele lichaam.

"Het is niet wat het lijkt," flap ik eruit.

Dragomir kijkt me aan met een blik die lijkt te zeggen: "Je hond staat niet op het punt om een gigantische dildo aan de mijne te geven?"

Ik sta op het punt nog meer te zeggen, maar dan realiseer ik me dat a) Dragomir er meer geamuseerd dan veroordelend uitziet en b) een dildo nog geen bedrijf in seksspeeltjes maakt.

Ach ja.

Laat hem maar denken dat ik van gigantische neppiemels houd.

Het is niet alsof dat niet zo is.

Hijgend alsof hij net een triatlon heeft gedaan, laat Boner triomfantelijk de dildo voor Winnie's voeten vallen.

Is er hier een fallische symboliek of zoiets? Of is dit het hondenequivalent van een huwelijksaanzoek?

Wat het ook is, Winnie is blij. Haar staart kwispelt zo hard dat er een merkbare tocht in de kamer ontstaat. Zonder te wachten grijpt ze de dildo in haar muil en sprint ze naar de keuken.

"Nou," zeg ik wijs. "Het is tenminste te groot voor

haar om door te slikken."

Dragomir luistert niet. Hij jaagt achter zijn hond aan - wat ze als een leuk spelletje interpreteert, omdat ze hem ontwijkt en terug naar de woonkamer rent, de dildo nog steeds in haar tanden geklemd.

"Weet je," zeg ik tegen hem als ze weer samen de kamer in rennen. "Als je Everest voor mij terug probeert te krijgen, bespaar je dan de moeite. Ze mag het houden. Ik koop wel een nieuwe."

Zo. "Kopen" impliceert dat ik hiervan geen gigantische verzameling in een magazijn heb liggen - en het laat hem weten dat ik niet preuts ben als het om deze dingen gaat. Hij kan net zo goed meteen de echte ik leren kennen.

Ik ben geen Victoriaanse dame.

Hij schudt zijn hoofd en lijkt weer meer geamuseerd dan veroordelend te zijn. "Ze zal er in het park mee willen apporteren."

Hij heeft een punt. Niet iedereen zal zo begripvol zijn als hij.

Met dat in gedachten doe ik mee aan de berenjacht en na een kwartier van schreeuwen en jagen, krijgt Dragomir Winnie eindelijk te pakken en help ik hem de dildo van haar af te pakken.

Ze kijkt me verraden aan en tilt haar muil op, terwijl ze een wolfachtig gehuil laat horen.

Een hoop lekkernijen en de belofte van een nieuw speeltje later, kalmeert Winnie en loopt ze naar Boner om hem nog een lik vol kwijl over zijn snuit te geven.

Hij kijkt haar stralend aan. "Ik heb nu een eerlijke

teef van je gemaakt, *ma petite*."

Ze wast hem nog een keer met haar tong. "Je bent voor altijd mijn dekhengst, Napoleon Carlovich."

De deurbel gaat, waardoor beide honden als een gek beginnen te blaffen en ik laat Dragomir ze kalmeren terwijl ik de deur open ga doen.

Het is onze pizza.

Ik breng het naar binnen en zet het op de keukentafel en geef dan Boner en Winnie wat lekkers.

"Heb je honger?" vraag ik Dragomir terwijl hij gaat zitten.

"Uitgehongerd," zegt hij, terwijl hij een punt pakt. We eten de pizza een paar minuten in stilte en dan zegt hij: "Dus je broer zei dat je op het MIT hebt gezeten. Dat is indrukwekkend."

Ik haal mijn schouders op. "Ik had geluk. Ik had mijn zinnen al vroeg op die school gezet, dus ik heb op de middelbare school mijn GPA-score op een solide 4.0 gehouden, heb alle extra vakken gedaan, mijn examens behaald en ik heb de juiste buitenschoolse activiteiten gedaan. Toen ik mijn gesprek met ze had, heb ik ervoor gezorgd dat ik indruk maakte en de rest weet je."

Hij gnuift. "Dat heeft niets met geluk hebben te maken. Dat is je lot in eigen handen nemen. Je ouders moeten erg trots zijn."

Ik zucht. "Je kent mijn ouders niet." Met een zwaar accent en mijn beste imitatie van de stem van mijn moeder, zeg ik: "Je vader en ik hebben alles opgegeven om naar Amerika te komen. Naar een goede universiteit gaan is het minste wat je kunt doen."

In plaats van trots te zijn, zijn mijn ouders teleurgesteld in mij - en slechts gedeeltelijk vanwege wat ik heb gekozen om voor de kost te doen.

"Het spijt me." Zijn blik laat oprechte sympathie zien. "Ouders kunnen moeilijk zijn."

Mijn keel sluit zich op onverklaarbare wijze en mijn volgende hap pizza smaakt naar karton. Met moeite hou ik mezelf in en zeg luchtig: "De mijne zijn de moeilijkste, dat is zeker."

Hij trekt een grimas. "Je kent de mijne niet."

"Dat is een wedstrijd die je nooit zult winnen," zeg ik. "Mijn ouders zitten op het randje van kwaadaardigheid - althans wat mij betreft. Ze behandelen mijn broers prima."

"Bullshit," antwoordt hij, een beetje te hard naar mijn zin. Hij haalt diep adem en gaat dan op een kalmere toon verder. "Het is onmogelijk dat je ouders slechter zijn dan de mijne als het erom gaat dat ze de voorkeur aan je broers geven - of in je teleurgesteld te zijn of wat dan ook."

"Luister," zeg ik vriendelijk. Ook voor hem is dit duidelijk een gevoelig onderwerp. "Dit is geen wedstrijd die ik *wil* winnen, maar die ik wel zou winnen."

Hij schudt koppig zijn hoofd.

"Wat dacht je van een weddenschap?"

"Ik zou om alles wedden," zegt hij prompt.

Alles? Pornografische beelden dansen voor mijn

ogen en verdrijven een deel van mijn dip.

"Het probleem is," vervolgt hij, "hoe zouden we dat beslissen?"

Er komt een kwaadaardig idee bij me op. "Mijn moeders verjaardag komt eraan. Je kunt als mijn gast meegaan en ze ontmoeten. Zodra je je nederlaag hebt toegegeven en schreeuwend wegrent, win ik de twijfelachtige eer om de ergste ouders te hebben."

Wacht. Heb ik hem net gevraagd om mijn ouders te ontmoeten?

"Deal," zegt hij voordat ik terug kan krabbelen.

Geweldig. Zelfs als er iets tussen ons gebeurt, zal het voorbij zijn nadat hij mijn ouders in al hun glorie heeft ontmoet. Maar aan de andere kant, misschien zou dat het beste zijn.

Er *mag* tussen ons niets gebeuren.

"Het is al heel lang geleden dat ik naar een Russisch verjaardagsfeest ben geweest," zegt hij.

Ik haal adem. "Je zult hier zo veel spijt van krijgen."

Hij ziet er onaangedaan uit. "Wat doen je ouders?"

Ik pak nog een pizzapunt. "In ons vaderland was mijn vader chirurg en mijn moeder een architect. Ze hebben nu een restaurant op Brighton Beach - iets wat ze als een degradatie beschouwen. Ze hebben mijn broers en mij ons nooit het nobele offer laten vergeten dat ze hebben gebracht." Ik bijt in de pizza en nog steeds kauwend, vraag ik: "En die van jou? Wat doen zij?"

Dragomirs lippen verstrakken zich. "Ze hebben nog nooit zoiets gehad dat op een baan lijkt, tenzij intriges ertoe doen."

Huh. Dat is vreemd. "Wonen ze nog steeds in Ruskovia?"

Zijn ogen krijgen de kleur van koude, harde jade. "Daar wonen ze nog steeds, maar ze komen wel regelmatig naar New York."

Oké, misschien heeft hij grotere problemen met zijn ouders dan ik.

"Hoeveel broers en zussen heb je?" vraag ik, in de hoop de stemming te verbeteren.

Nee. Te oordelen naar de manier waarop zijn schouders zich aanspannen, heb ik het misschien alleen maar erger gemaakt. "We zijn met zijn tienen," zegt hij met afkeer.

"Wauw." Ik probeer me de geboorte van tien baby's voor te stellen en huiver bij de bloederige beelden in mijn hoofd. De vagina van zijn arme moeder - geen wonder dat ze gemeen is. "Is het een Ruskoviaanse traditie om zo'n groot gezin te hebben?" vraag ik voorzichtig.

Hij schudt zijn hoofd. "Alleen die van mijn familie. En hoe zit het bij jou? Ik heb Alex natuurlijk ontmoet. Is er nog iemand?"

Ik lach. "Yep. Vlad."

"Is dat een afkorting voor Vladimir?"

"Je hebt het geraden."

"Ik hoop dat je net zo goed met hem als met Alex overweg kunt."

"Oh, ja," zeg ik. "Mijn beide broers zijn dol op me."

Hij ziet er weemoedig uit. "Dat moet fijn zijn."

Ik zoek wanhopig naar een ander onderwerp. "Waar heb je op school gezeten?"

"Op een universiteit in Ruskovia," zegt hij. "Ik betwijfel of je ervan gehoord hebt."

Ik heb amper van het land gehoord, dus ja. "Wanneer ben je met je risicokapitaalfonds begonnen?"

Zo. Dat zou een leuk, neutraal onderwerp moeten zijn.

"Een paar jaar na mijn afstuderen," antwoordt hij.

Ik trek een wenkbrauw op, onder de indruk. "Heb je geen kapitaal nodig om zoiets te beginnen?"

Zijn kaken spannen zich aan.

Oeps. Blijkbaar ben ik niet uit het mijnenveld van zijn verleden gestapt.

"Kun je me alsjeblieft een plezier doen?" zegt hij na een gespannen moment van stilte.

Ik kijk hem van achter mijn pizzapunt behoedzaam aan. "Hangt ervan af wat het is."

"Vraag me niet naar mijn bedrijf."

Ik prop de pizza in mijn mond en doe de Twix-commercial na.

Want als ik me niet vergis, is dat het exacte citaat uit *The Godfather* en het plant een idee in mijn hoofd dat ik helemaal niet prettig vind.

Zou Dragomir bij de maffia kunnen zitten?

Hoofdstuk
Twintig

---

*T*erwijl ik kauw, realiseer ik me dat het niet zo gek is als het misschien klinkt.

Hij is Oost-Europees - in het recentere Hollywood-stereotype van georganiseerde misdaad passend - en mysterieus als de hel, hij wil niet over zijn bedrijf of zijn familie praten.

Misschien is zijn familie *de* familie, op de maffiamanier gezien.

Dat zou de gouden munt verklaren die hij de dierenarts toeschoof.

Wacht eens even. Zou de man van wie ik dacht dat hij een privédetective was, een echte rechercheur kunnen zijn - van het soort dat voor de politie of de FBI werkt? Zal ik op een dag benaderd worden en gevraagd worden om bij een undercoveroperatie te helpen?

Is zijn risicokapitaalbedrijf een manier om geld wit te wassen?

Het kost me moeite om eindelijk mijn eten door te slikken.

Ik wou dat ik deze mogelijkheid had overwogen *voordat* ik hem voor mijn moeders verjaardag had uitgenodigd. Mijn ouders hebben een paar jaar geleden een aanvaring met Russische gangsters gehad en het was niet leuk. Gelukkig heeft Vlad hen kunnen helpen.

Over Vlad gesproken, hij zou hier enig licht op moeten kunnen werpen. Als Dragomir door een bureau wordt onderzocht, dan is dat een aanwijzing voor mijn rondneuzende broer.

"Ben je boos?" vraagt Dragomir en ik besef dat ik al een tijdje stil ben. "Als het zo belangrijk voor je is, ik-"

"Nee," zeg ik snel. "Ik probeer me gewoon te herinneren of ik Boner vanmorgen heb uitgelaten."

Bij het horen van het woord "uitlaten" en zijn naam, begint mijn hond een vrolijk dansje op te voeren.

Dragomir glimlacht naar Boner en kijkt dan naar de beer. "Winnie wandelt graag in de middag. Wil je samen gaan?"

"Tuurlijk," zeg ik.

Misschien niet het slechtste idee om een mogelijke crimineel uit mijn appartement te krijgen. Het park is openbaar, dus Boner en ik zouden dan veilig moeten zijn.

"Ik heb maar een half uur," zeg ik. "Ik heb een afspraak met Vlad."

Het is niet echt een leugen - ik ga er zeker langs om te zien wat mijn broer van mijn gekke theorie vindt.

Dragomir knikt en we eten de rest van de pizza op. Dan bereiden we onze honden voor en gaan we naar het park.

Terwijl we lopen, vraag ik Dragomir me iets interessants over Ruskovia te vertellen, in de veronderstelling dat dat onder alle omstandigheden een veilig onderwerp is.

"Zoals wat?" vraagt hij.

"Ik weet het niet. Interessante tradities misschien?"

Hij krabt aan zijn kin. "We hebben een feestdag waarbij iedereen rijpe druiven naar elkaar gooit - een beetje zoals La Tomatina in Spanje, hoewel ze om de een of andere rare reden tomaten gebruiken."

"Tuurlijk," zeg ik met een grijns. "Druiven zijn logische projectielen, maar tomaten dat is waanzin."

"Hier is iets wat je misschien wel grappig vindt," zegt hij, terwijl hij Winnie's riem korter maakt voordat ze haar neus in de paardenpoep steekt die door een van de rijtuigen is achtergelaten die kriskras door Central Park rijden. "We hebben een berenfestival, waarbij mensen voedsel voor beren neerzetten dat ze lekker vinden en waarbij ze zich zelfs als beren kleden."

Ik grijns. "Weet je zeker dat het geen dag is die aan het misha-ras gewijd is?"

"Zeker weten," zegt hij en hij vertelt me over nog

een paar tradities, zoals ieders afkeer van de kleur rood, dankzij de Sovjets, en hoe Ruskovianen melktanden op het dak gooien in plaats van ze onder een kussen te leggen. Mijn favoriet zijn de verhalen over opa Krampus - een soort demon anti-kerstman die kinderen bang maakt om lief te zijn.

Als we per ongeluk een boom tussen ons in laten komen, dwing ik Dragomir om terug te draaien. "Het is weer een Russisch bijgeloof," leg ik uit. "Twee mensen mogen niet langs verschillende kanten van een boom lopen. Kies een kant, voordat je in een ruzie belandt."

Hij raakt zijn blauwe oog aan. "Ik heb het gevoel dat die ruzie al is gebeurd."

Huiverend bied ik mijn excuses aan voor het oog en we lopen door tot de hondjes hun behoefte hebben gedaan.

"Heb je OCS?" vraagt hij terwijl we naar mijn appartement teruggaan.

"Nee. Hoezo?"

Hij gebaart naar de stoep. "Je stapt nooit op een kier."

"Oh. Dat is geen OCS. Op kieren staan brengt ongeluk."

"Tuurlijk, tuurlijk," zegt hij met een grijns.

Ik let de rest van de weg op mezelf, terwijl ik naar mijn gebouw loop en besef hoe automatisch mijn kiervermijding eigenlijk is.

Ach, whatever. Ik heb mijn geluk nodig om aan de

goede kant te blijven, vooral voor de rest van deze speeldate.

Als we eindelijk de straat oversteken en naast de ingang van mijn gebouw staan, pak ik demonstratief mijn telefoon en kijk naar de tijd. "Ik kan maar beter gaan."

Hij komt dichter naar me toe. "Dit was leuk."

Mijn hartslag versneld bij zijn nabijheid. "We zouden het nog een keer moeten doen."

Wacht even. Wat zeg ik in vredesnaam? Heb ik niet net getheoretiseerd dat hij bij de maffia zit? Ik zou een manier moeten bedenken om de uitnodiging voor mijn familie-evenement ongedaan te maken, niet-

Hij sluit de afstand tussen ons.

De kaneelheerlijkheid van zijn warme mannengeur springt in mijn wijd opengesperde neusgaten en klautert in mijn hoofd.

Zijn ogen veranderen van lichtbruin naar groen met gouden spikkels, hij legt zijn handen op mijn heupen.

Fuck.

Mijn hormonen nemen het over en ik smelt in hem, ogen die de zijne nooit verlaten.

Hij leunt naar voren.

Ik ga op mijn tenen staan.

Onze lippen smelten samen.

Hoofdstuk Eenentwintig

*F*uuuuuck.

Dit. Is. Geweldig.

Mijn allereerste mondgasme. Mijn huid tintelt en alsof ze een eigen wil krijgen, spreiden mijn vingers zich over de flinke bobbel in zijn spijkerbroek.

Zeer forse bobbel.

We hebben het over Everest-levels.

Laag in zijn keel grommend, verdiept Dragomir de kus en ik heb het gevoel dat ik van opwinding zou kunnen ontploffen.

Hij is inderdaad misschien "de ware", want we zijn niet eens in de buurt van seksspeeltjes en ik ben bijna klaar om te komen.

Mijn kleren beginnen te irriteren en mijn vingers beginnen aan zijn ritssluiting te werken. Waarom is hij nog niet naakt? Voordat ik Everest uit zijn broek kan bevrijden, voel ik Dragomirs hele lichaam verstijven.

Hij ademt zwaar, tilt zijn hoofd op en doet een stap naar achteren, met ogen die mijn frustratie weerspiegelen.

Ik sta dom naar zijn door het kussen gezwollen lippen te staren en kijk dan naar zijn bijna losgemaakte broek.

Shit.

Ik was vergeten dat we buiten waren.

Ik was ook vergeten dat ik op de eerste date nooit iemands broek uitdoe - niet dat vandaag een duidelijke date was.

Al blozend haal ik adem en stap achteruit, weg van zijn Jupiter-achtige zwaartekracht.

Winnie kijkt me met een schuin hoofd aan. "Tsk, tsk, Bella Borisovna. In het openbaar puppy's maken?"

Een langzame grijns trekt om de lippen van Dragomir terwijl die lichtbruine ogen van top tot teen over mijn lichaam gaan. "Wordt vervolgd?" vraagt hij hees.

Oh nee. Nee, nee, nee. Potentiële crimineel, weet je nog?

"Ik moet gaan," mompel ik en ik trek Boner met een wankele stap het gebouw in.

Ik voel Dragomirs ogen op mijn rug branden.

Boner loopt tot aan de lift schoorvoetend mee. Terwijl de deuren beginnen te sluiten, jankt hij en kijkt hij Winnie verlangend aan.

"Ik weet hoe je je voelt, maatje," zeg ik hees.

"Oh, *ma chérie*. De Lamians en Chortsky's zijn een match made in *paradis*."

"Niet als de Lamians bij de maffia zitten," zeg ik en de rest van de rit in de lift ben ik druk bezig om mijn ademhaling te kalmeren.

Terwijl ik Boner afzet, denk ik erover na om een van mijn speeltjes op te graven, maar besluit dat het zien van Vlad een hogere prioriteit heeft dan mijn haperende libido.

Ik neem een taxi naar het centrum en probeer niet na te denken over wat er net is gebeurd. Maar mijn hoofd blijft sowieso aan die geweldige kus denken en er dwarrelen ook allerlei vragen rond.

Hoe heb ik hem kunnen kussen, terwijl ik een paar minuten daarvoor dacht dat hij bij de maffia zat?

Betekent dit dat ik het goed zou vinden om een maffiavrouw te worden?

Nee. Echt niet. Niet als het betekent dat hij me gaat bedriegen zoals Tony in *The Sopranos* bij Carmela deed. Niet dat ik hem dat toe zou staan. Als *ik* mijn man op vreemdgaan zou betrappen, dan mep ik hem. Maar shit. Ik zou zijn criminele organisatie dan zelf moeten runnen en dat zou boven op mijn bedrijf in seksspeeltjes zijn. Ik zou op geen enkele manier in staat zijn om allebei te runnen. Ik zou opgebrand raken en mijn toevlucht tot drugs nemen. Zoals coke. Ik zou binnen de kortste keren een cocaïneverslaafde zijn, de kardinale regel overtredend om niet high van je eigen voorraad te worden.

Dus mijn conclusie, ik zou hem nooit meer moeten kussen.

Maar wat als hij dat wil?

Wat als hij nu van me heeft geproefd en me nu zo graag wil dat hij me wil ontvoeren? Zou ik op een afgelegen terrein in Ruskovia terechtkomen, waar ik het snelste geval van het Stockholmsyndroom in de geschiedenis zou krijgen?

Als de taxi stopt, ren ik als een wervelwind Vlads kantoor binnen.

Hij trekt met een bezorgde uitdrukking op zijn gezicht zijn blik van zijn codering los. "Wat is er aan de hand?"

Ik plof neer in de stoel tegenover hem en leg het uit.

Hij schudt zijn hoofd. "Ik heb al gecontroleerd of hij onderzocht wordt - en dat is niet zo."

"Heb je dat?"

Hij lacht. "Ik heb aan wat touwtjes moeten trekken, maar hé, hoeveel favoriete zussen heb ik?"

Ik spring bijna op en neer van vreugde. "Denk je niet dat hij bij de maffia zit?"

Zijn glimlach wordt breder. "Ik denk eerlijk gezegd niet eens dat er zoiets als een Ruskoviaanse maffia bestaat. Niet in zijn thuisland en zeker niet in de VS."

Ik voel me een beetje een idioot. "Waarom niet?"

"Ruskovia heeft een van de laagste

criminaliteitscijfers ter wereld. Ze hebben geen gevangenissen of databases met criminelen waar iemand in zou kunnen hacken."

Zegt Vlad dat hij bereid is om voor mij in de criminele database van een buitenlandse regering in te breken? Als dat zo is, dan is dit misschien de laatste keer dat ik hem vraag om onderzoek naar iemand te doen. Ik zou niet de reden willen zijn dat hij in de problemen komt.

Ik vecht tegen de drang om hem op zijn kop te geven. Hij is een grote jongen. In plaats daarvan zeg ik, "Japan heeft weinig criminaliteit, maar ze hebben de Yakuza."

"Goed punt. Maar er zijn in de VS ook niet genoeg Ruskovianen om een criminele organisatie te runnen. Oh, en in tegenstelling tot de Japanners zijn vrijwel alle Ruskovianen rijk. Ook oud geld - dus minder motivatie voor de risico's die aan criminaliteit zijn verbonden."

Ik adem opgelucht uit. "Oké, in dat geval heb je gelijk. Ik denk dat een Ruskoviaanse maffia ongeveer even waarschijnlijk is als een maffiabende die uit Monaco komt."

"Precies," zegt hij.

"Nou, ik ben blij. Ik heb hem voor moeders verjaardag uitgenodigd en-"

"Dat hij niet bij de maffia zit, wil nog niet zeggen dat *dat* een goed idee was," zegt Vlad met een frons. "Hij is nog steeds een raadsel en dat klinkt als een date."

Ik zucht. Hij heeft gelijk - en hij weet niet eens van de kus af. "Misschien kun je iets over hem opgraven als je hem face-to-face ontmoet?"

Mijn broer kijkt me vragend aan. "Hoe?"

Ik haal mijn schouders op. "Neem een foto van hem en doe een reverse image search? Hack zijn telefoon? Weet ik veel, dat is jouw vakgebied."

"Slechte ideeën, allemaal. Tenzij het je niet kan schelen als hij erachter komt dat ik rondsnuffel."

"Ik wil absoluut niet dat hij erachter komt."

"In dat geval is een reverse image search niet mogelijk. Als hij op mij lijkt, dan heeft hij een pagina opgezet die een waarschuwing zal activeren wanneer er op die manier naar hem wordt gezocht. Wat de telefoon betreft, we zouden hem moeten stelen om erin te komen. Ik ben niet van de NSA - ik kan het niet zomaar even op afstand doen."

Ik sta op. "Vergeet het maar. We houden vast aan het oude plan, waarbij ik zal proberen om je meer informatie te geven. Misschien noemt hij de naam van een van zijn vele broers en zussen. Of die van zijn ouders."

Vlad staat ook op. "Dat is slim."

Ik geef hem een knuffel, herinner hem eraan dat hij maar beter naar de verjaardag kan komen en ga terug naar huis.

De rest van de dag werk ik aan mijn productontwerpen en word ik steeds enthousiaster over de aanstaande date met Dragomir. De volgende ochtend geeft Alex me een update: geen bericht van Marco en zijn team en geen andere prospects.

Bedankt broer. Een geweldige manier om mijn opwinding een halt toe te roepen. Ondanks het feit dat Dragomir zich terug heeft getrokken, is met hem op date gaan wat onze financiering betreft spelen met vuur.

Met mijn werk bezighouden is misschien niet de meest volwassen manier om met mijn twijfels over Dragomir om te gaan, maar dat is de weg die ik kies. Aan het einde van de dag heeft Belka een nieuw product: een anale plug waar een donzige eekhoornstaart uitsteekt, en voor het eenvoudig schoonmaken is alles van vaatwasser- en wasmachinebestendig materiaal gemaakt.

Wat me eraan herinnert: ik moet voor mijn moeder nog een verjaardagscadeau halen.

Ik denk er een tijdje over na.

Een duidelijk seksspeeltje zou haar van streek maken, dus dat is uitgesloten. Maar aan de andere kant, ze klaagt vaak over nekpijn, dus waarom geef ik haar dan niet iets wat naar verluid daarvoor is?

Daar hoef ik niet lang over na te denken.

Moeder krijgt de harde concurrent van Belka: de Hitachi toverstaf.

Dit 'persoonlijke massageapparaat' werd in 1968 gedeponeerd en was de favoriete vibrator van vrouwen in een tijd waarin vrouwelijk genot - vooral masturbatie - meer taboe was dan tegenwoordig. Wat betekent dat het perfect in het huishouden van mijn ouders past.

En als moeder het alleen voor haar nek gebruikt, dan is dat haar verlies.

Cadeau gekozen, kijk ik op mijn telefoon.

Gescoord! Een berichtje van Dragomir.

Hij wil meer details over de verjaardag weten.

Ik app hem een routebeschrijving naar het restaurant van mijn ouders en zeg hem dat hij me daar moet ontmoeten. Op deze manier kan ik er vroeg zijn en mijn familie smeken of omkopen om zich zo goed mogelijk te gedragen - wat volgens mij niet met de hele weddenschap "mijn ouders zijn slechter dan de jouwe" strookt die we hebben gemaakt.

Ik denk dat ik niet wil dat hij schreeuwend wegrent en nooit aan mij als een romantische mogelijkheid zal denken, wat hij zeker zal doen als hij de ongecensureerde versie van mijn ouders ziet.

Wacht, wat zeg ik allemaal? Ik *zou* hem gillend weg moeten laten rennen. Dat was het hele-

Moet ik een cadeau meenemen? Zijn berichtje haalt me uit mijn gedachten.

Ik heb er een die van ons samen kan zijn, antwoord ik. *Je kunt bloemen meenemen als je dat wilt. Zorg er alleen wel voor dat het een oneven aantal is. Voor Russen is een even aantal bloemen voor begrafenissen.*

Zijn antwoord is een lachend gezichtje, wat mijn eerdere opwinding versterkt.

Het volgende punt op mijn lijst is Boner opvrolijken. Hij blijft er somber uitzien, waarschijnlijk omdat hij Winnie mist. Gelukkig weet ik precies wat hij nodig heeft. Ik zet in de woonkamer *Ratatouille* op, Boners favoriete animatiefilm.

Het werkt.

Zoals gewoonlijk springt hij op en begint hij door de kamer te ijsberen terwijl hij stiekem naar het scherm kijkt wat zo lang duurt als dat de aandachtsspanne van een hond het toelaat.

Het is een leuk mysterie waarom hij van dit specifieke verhaal geniet. Ik denk graag dat hij er misschien van droomt om een geweldige Franse chef-kok te worden, zoals de rattenheld, hoewel een meer pragmatisch deel van mij weet dat het antwoord misschien eenvoudiger is. Hij denkt misschien dat deze film over een mede-chihuahua gaat.

Aan de andere kant kunnen beide theorieën verkeerd zijn. Hij houdt niet van andere films met chihuahua's, zoals *Legally Blonde*, en ook niet van films over de Franse keuken, zoals *Julie & Julia*.

"*Ma chérie*, probeer je knappe hersens er niet over te kraken. Ik ben gewoon een mysterie in een raadsel verpakt... en spek, oké?"

De ochtend van mijn moeders verjaardag krijg ik een app van Xenia:

Groot nieuws. Kan ik langskomen?

Ook al kan ik raden wat het nieuws is, ik doe net alsof ik het niet weet totdat ze langskomt en me precies vertelt wat ik dacht dat ze zou doen: Boy-Toy heeft een aanzoek gedaan.

"Het was ook zo romantisch," zegt ze als ik klaar ben met al het verwachte springen, knuffelen en juichen. "Kijk."

Ze laat de ring zien en vervolgens een foto van een vriezer met een rij van vier Stolichnaya-wodkaflessen, waar Boy-Toy de gebruikelijke labels door labels heeft vervangen die een zin vormen: "Wil je met me trouwen?"

"Aww, dat *is* romantisch," zeg ik.

Het is ook een mogelijk teken dat iemand het twaalfstappenprogramma moet bekijken, maar het is zeker origineel.

"Ik heb voor jullie het perfecte cadeau," zeg ik en ren de kamer uit.

Ik kom terug met een dienblad dat Xenia twijfelachtig onderzoekt.

"Zijn dit een soort trouwringen? Als dat zo is, dan zien de meeste er veel te groot uit."

"Dit zijn penisringen," zeg ik. "Vibrerende penisringen."

Xenia kijkt naar het blad en dan naar mij, haar uitdrukking nog steeds verward.

"Het is voor Boy-Toy om op een speciale avond te

dragen," leg ik uit. Dan pak ik een dildo van de nabijgelegen salontafel en laat haar zien waar een penisring omheen zou moeten en hoe ze hem aan moet zetten.

"En het vibreert?" Ze klinkt geïntrigeerd.

"Yep. Kies gewoon zijn maat."

Xenia kijkt weemoedig naar de extra-extra-large, extra-large en large. Dan richt haar blik zich op een van de grotere mediums.

"Mooi," zeg ik terwijl ze die ring pakt. "Laat me weten wat je man ervan vindt."

―――――

Ik stap naast het restaurant van mijn ouders uit de taxi en bid dat ik er alsnog eerder ben dan Dragomir. De wet van Murphy heeft ervoor gezorgd dat ik weer te laat ben voor een familiebijeenkomst - en ik ben een half uur eerder vertrokken dan de vorige keer.

Het is waarschijnlijk dat ik er eerder ben dan hem. Anders zou er een berichtje van hem zijn en die is er nog niet.

Het restaurant van mijn ouders heet De Hut, wat een afkorting is van De Hut op kippenpoten. Het is een verwijzing naar Baba Yaga, een kannibalistische heks uit de nachtmerries van mijn kindertijd. Je weet wel, de perfecte associatie voor een restaurant.

Hoofdschuddend ren ik de krakende houten trap op en glip tussen de decoratieve kippenpoten naar binnen.

Ik denk dat mijn ouders zo preuts zijn dat ze zich niet eens bewust zijn van de vaginale symboliek die ze hier per ongeluk hebben gecreëerd.

Binnen in het restaurant is het feest in volle gang.

De naamgenoot van mijn vader, Boris, is vandaag de zanger en om de een of andere reden zingt hij een lied uit zijn niet-Russische repertoire: "Gangnam Style."

Ik spreek geen Koreaans, maar ik kan nog steeds horen dat Boris een zwaar Russisch accent heeft terwijl hij de woorden van het lied afslacht. Aan de positieve kant, dankzij zijn gedrongen postuur en de gespiegelde zonnebril die hij draagt, lijkt hij eerlijk gezegd wel een beetje op de oorspronkelijke zanger - of dat zou zo zijn als Boris die baard eraf zou scheren. Zijn paardrij-dansbewegingen zijn ook perfect. Hetzelfde geldt voor de back-updansers op het podium.

Terwijl ik over de dansvloer navigeer, word ik bijna door oudere Russische mensen vertrapt die op K-Pop paardrijden zonder een angst voor hartaanvallen of gebroken heupen te hebben. Het feest is net begonnen, maar ik wed dat het gemiddelde alcoholpromillage hier al in het rijden onder invloed-territorium ligt.

Een aantal van deze mensen zijn verre familie, maar de meeste zijn vrienden en kennissen van mijn moeder. Als één kijken ze me met vuile blikken aan, ongetwijfeld omdat ik de reden ben dat de arme stakkers door de jaren heen naar haar klachten over mij hebben moeten luisteren.

Mijn familie zit allemaal aan de gebruikelijke tafel, dus ik ben officieel weer de laatkomer.

"Hallo allemaal," zeg ik in het Engels, in de veronderstelling dat dat de taal is die we het grootste deel van de avond zullen spreken, gezien Fanny's aanwezigheid aan tafel.

Mijn broers glimlachen naar me, net als Fanny - maar mijn ouders kijken, zoals gewoonlijk, fronsend.

Hé, deze keer zijn ze in ieder geval niet zonder mij gaan eten of drinken - een enorme belediging in de Russische cultuur.

"Weer modieus laat?" De make-up van mijn moeders is vandaag zo zwaar dat een travestiet jaloers zou zijn. Ze laat ook genoeg van haar decolleté zien om een paard te verstikken.

Vlad werpt haar met halfgesloten ogen een blik toe en Alex rolt met zijn ogen.

Ik forceer een glimlach. "Fijne verjaardag, mama." Ik duw de geschenkdoos in haar handen. "Moge je gezond en welvarend zijn."

Zo. De hoge grond.

Eens kijken hoelang ik daar kan blijven.

Moeder grijpt de doos en kijkt even tevreden. Dan worden haar gelaatstrekken weer afkeurend als ze vraagt, "Waar is je date?"

"Ik heb tegen hem gezegd dat het feestje iets later begint dan in werkelijkheid het geval is," zeg ik.

"Waarom?" vraagt vader. Zijn snor ziet er

vandaag extra bossig uit, net als zijn doorlopende wenkbrauw.

Ik haal diep adem. "Hij is een potentiële investeerder, dus ik wil jullie allemaal vragen om me vandaag in zijn bijzijn niet in verlegenheid te brengen."

Met andere woorden, ik vraag om een wonder.

"Wanneer hebben we je ooit in verlegenheid gebracht?" vraagt moeder met harde ogen.

Meent ze dat nou serieus?

Aangezien ik denk dat een ruzie mijn zaak niet zal helpen, zeg ik, "Ik zeg niet dat je dat hebt gedaan. Doe het van alle dagen alleen niet vandaag."

"We zullen ons zo goed mogelijk gedragen," zegt Vlad nadrukkelijk. Aan zijn zijde knikt Fanny plechtig en Alex zegt, "We zullen ons aan de onderwerpen houden die bij beleefd gezelschap passen. Geen religie, politiek of geldpraat."

"We vermijden die onderwerpen altijd al," zegt moeder. "Trouwens, als iemand de familie te schande zou maken, dan is het Bella."

Ik probeer gelukkige gedachten te denken. Ze heeft me op de wereld gezet. Het moet pijn hebben gedaan. Het is haar verjaardag. Ik wil niet dat Fanny schreeuwend wegrent als we een van onze beruchte ruzies krijgen.

Over Fanny gesproken, Vlad springt overeind en vouwt zijn servet op alsof hij van plan is te vertrekken. Alex lijkt ook klaar om te vluchten en Fanny zit buitengewoon niet op haar gemak te friemelen.

"Wacht even," gilt moeder, als ze ziet waar de zaken naartoe gaan. "Geen religie, politiek of geldpraat, ik zweer het."

Is dat een echt compromis van moeder? Zo ja, staat er dan een eenhoorn op het punt om een regenboogscheet te laten? Als ik moest raden waarom dit gebeurt, dan zou ik zeggen dat ze aan Vlads goede kant probeert te blijven. Nu hij Fanny heeft, denkt ze dat hij haar meest directe weg is om een kleinkind vast te houden - een obsessie van haar die aan waanzin grenst.

"Ik ga zitten," zeg ik en loop naar een stoel die het verst bij mijn ouders vandaan is.

"Ga niet daar zitten," zegt moeder. "Het is de hoek."

Natuurlijk. Hoe had ik een bijgeloof kunnen vergeten? Aan de hoek van de tafel zitten betekent dat je zeven jaar niet zult trouwen.

"Ga naast Fannychka zitten," stelt Vlad voor.

Ik gehoorzaam graag. Ik heb vandaag iets voor Fanny meegenomen en hierdoor kan ik het stiekem aan haar geven zonder op moeders radar te komen.

"Hoi," fluistert Fanny als ik naast haar neer plof. "Leuk om je weer te zien."

"Ook leuk om jou weer te zien," zeg ik en meen het.

Ik ben eerlijk gezegd platonisch verliefd op de vriendin van Vlad. Ze is een van de schattigste wezens die ik ooit heb ontmoet - en dat geldt ook voor mijn hond. Met haar ronde, vaak blozende gezicht straalt ze bijna zachtheid en gezondheid uit - maar ik weet dat ze een geheime, wilde kant heeft en veel pit.

Als ik naar haar en Vlad kijk, kan ik zien waarom moeder naar een kleinkind van hen smacht. Omdat ze allebei bleek zijn, donker haar en blauwe ogen hebben, is het gemakkelijk om je voor te stellen hoe hun potentiële nakomelingen eruit zouden zien: een schattige kruising tussen een cherubijn en een vampier.

"Ik heb dit voor je meegenomen," fluister ik samenzweerderig in Fanny's oor.

Ze kijkt me aan als het spreekwoordelijke hert dat in de koplampen kijkt.

Ik geef haar de tas met mijn cadeau. "Dit is mijn laatste creatie."

Fanny lijkt nog meer te aarzelen en gluurt in de tas. Zodra ze de buttplug met een eekhoornstaart ziet, worden haar ogen cartoonachtig groot en haar wangen worden zo'n kleur rood waarvan ik niet dacht dat die in de natuur bestond.

"Bedankt," stamelt ze, terwijl ze eruitziet alsof ze door de grond wil zakken.

"Geen moeite," antwoord ik met een grijns. "Vlad wilde als kind een pony - dus misschien kun je net doen alsof dat een paardenstaart in plaats van een eekhoornstaart is."

Vlad moet iets gehoord hebben, want hij kijkt me met samengeknepen ogen aan.

Voordat ik met een onschuldige puppy-blik kan antwoorden, zie ik moeders ogen groter worden terwijl ze in de menigte kijkt. Ze waait zichzelf dan koelte toe en bijt op haar lip.

Nou, dat is raar.

Ik volg haar blik en begrijp haar reactie meteen.

Dragomir is er, in al zijn overheerlijke, slipjessmeltende glorie.

Hoofdstuk Tweeëntwintig

*H*ij draagt een maatpak dat zijn gespierde lichaam accentueert en houdt een boeket bloemen vast dat zo groot is dat iemand er een heel veld met bloemen voor gekapt moet hebben.

Ik sta op en zwaai naar hem.

Met lippen die zich tot een sexy grijns vormen, nadert hij de tafel.

Tot mijn opluchting is zijn blauwe oog verdwenen of in de huidige verlichting niet zichtbaar.

Moeder springt zo krachtig overeind dat het een wonder is dat haar dikke boezem in haar jurk blijft zitten.

"Iedereen, dit is Dragomir," zeg ik. "Dragomir, dit is-"

"Natasha," zegt moeder ademloos.

"Ik wilde 'iedereen' zeggen," zeg ik met een lichte rol van mijn ogen.

"Hallo, allemaal en Natasha," zegt hij.

"Dat is Fanny" - ik wijs naar haar - "en Vlad." Ik maak een gebaar naar mijn broer. "Alex ken je al en dat" - ik knik naar vader - "is mijn vader, Boris."

Ik kijk naar Dragomirs gezicht om te zien of het hem is opgevallen dat de namen van mijn ouders Boris en Natasha zijn - zoals uit de *Rocky and Bullwinkle*-tekenfilm. De meeste mensen zien het verband meteen, omdat mijn ouders er eigenlijk als dat gemene duo uitzien en zelfs vergelijkbare accenten hebben.

Als Dragomir de verbinding legt, dan laat hij dat niet zien.

"Gefeliciteerd, Natasha," zegt hij in bijna perfect Russisch. "Moge je vooral gezondheid hebben."

Moeder lijkt te zwijmelen terwijl ze haar dank mompelt.

Jemig.

Met een koninklijke buiging overhandigt Dragomir haar de bloemen.

Moeder grijpt haar parels vast - letterlijk -, roept een ober en geeft hem het boeket. Bevrijdt springt ze bijna op Dragomir, kust hem op de rechterwang en dan op de linkerwang, voordat ze hem omhelst alsof ze hem in haar boezem wil verstikken.

Vader staat op en loopt naar Dragomir.

Eerst vraag ik me af of hij jaloers is op de aandacht die zijn vrouw aan de man schenkt en iets zal doen of zeggen om het gezin in verlegenheid te brengen.

Nee. Zodra moeder stopt met op mijn date te kwijlen, geeft vader Dragomir kussen op zijn wangen.

Hé, hij is tenminste niet gaan knuffelen. Ik ben er vrij zeker van dat moeder over een minuut handtastelijk zou zijn geworden.

Omdat mijn broers normaal zijn, schudden ze Dragomir gewoon de hand en Fanny zwaait verlegen, bloost en mompelt een hallo.

Goed gedaan, Fanny. Je mag blijven leven.

Terwijl Dragomir op de stoel naast de mijne gaat zitten, wil ik door het vleugje kaneel in zijn eau de cologne in hem bijten.

Of hem likken.

Ik ben hongerig en niet naar eten.

Ik wil hem naar de dansvloer slepen en tegen hem aan wrijven zodra dit maatschappelijk aanvaardbaar is - waarschijnlijk na tenminste een paar toosten.

Vader pakt de wodkafles.

Fanny tilt haar borrelglas op, maar Vlad duwt voorzichtig haar hand terug naar de tafel - het brengt ongeluk om een glas in de lucht te vullen.

"Nu iedereen er is, laten we beginnen." Vader werpt een vuile blik mijn kant op. Hij drinkt graag en ik heb hem daar een paar minuten langer op laten wachten.

Zonder te vragen of iedereen wodka wil, schenkt hij een rondje shots in. In zijn verdediging is dat de Russische traditie.

"Denk eraan, niet te veel voor jezelf," zegt moeder tegen hem. "Je hebt het beloofd."

Met een zucht schenkt hij voor zichzelf een shot in in plaats van een vol glas en zegt: "Als de jarige echtgenoot van het feestvarken, is het mijn taak om de eerste toost uit te brengen." Hij denkt heel hard na en kijkt Fanny verontschuldigend aan. "Schat, vind je het erg als ik deze eerste in het Russisch zeg?"

Fanny lacht en schudt haar hoofd.

"Ik zal het daarna vertalen," zegt Vlad met een lichte frons. "We willen niet dat iemand zich buitengesloten voelt."

Vader begint zijn toost.

Ik leun dicht genoeg naar Dragomir toe om aan zijn oor te knabbelen en te fluisteren: "Elk shot zal door een toost gevolgd worden en er zullen veel shots zijn."

Dragomir knikt.

"Als je er niet als een watje uit wilt zien, drink dan elk shot dat je opheft in één teug op," ga ik verder. "Wees in het algemeen voorzichtig. Als je wie dan ook in mijn familie bij probeert te houden, dan lig je binnen de kortste keren onder de tafel."

Wat ik er niet aan toevoeg, is: als hij te dronken wordt, dan kunnen we niet dansen.

Dragomir buigt zich naar me toe, zijn adem warm op mijn oor. "Dit is niet mijn eerste Russische bijeenkomst. Wat betreft het onder de tafel gaan liggen - jij zult er lang vóór mij liggen."

"Oh ja?" grijns ik. "Uitdaging geaccepteerd."

"Ik weeg minstens 30 kilo meer dan jij," fluistert

hij. "Je blijft een strijd beginnen die je niet kunt winnen."

Mijn grijns wordt breder. "Drink gewoon drankje voor drankje met me mee en we zullen zien wat er gebeurt."

Hij schudt in wanhoop zijn hoofd.

Ik keer terug naar vaders toost, die zelfs voor zijn doen lang is.

Als de toost eindelijk voorbij is, drinkt iedereen zijn shotjes op en eten ze een augurk, behalve Fanny. Ze nipt alleen aan die van haar en slaat de augurk helemaal over. De eerste is een grote nee-nee voor zover het Russische bijgeloof wat drank betreft, maar het is iets waarvan we doen alsof we het niet opmerken. Een beetje pech is beter dan haar aan alcoholvergiftiging te verliezen.

Iedereen bedient zichzelf van eten en Vlad vertaalt voor Fanny de toost, die duidelijk haar best doet om een pokerface te behouden.

"Fijne perfecte dag, engelachtig wezen. Zij die mijn hart nog steeds als een blad in de wind laat trillen. Zij die ik met mijn liefde wil strelen. De moeder van mijn kinderen. Moge je eeuwige gezondheid en geluk hebben..." En ga zo maar door, in die geest.

Ik schud mijn hoofd bij de vertaling van Vlad. Strelen met mijn liefde? a) TMI en b) Dat is niet precies wat vader zei. Het was meer als "knuffelen met mijn passie," wat volgens mij ook TMI is.

"Eet iets," fluister ik in Dragomirs oor. "Anders zal je onder de tafel drinken niet eens een uitdaging zijn."

Met een rol van zijn ogen neemt hij *sel'edka pod shuboy* - een gerecht dat zich vertaalt in zoiets als "haring gekleed in een bontjas".

"Geef alstublieft mijn complimenten aan uw chef," zegt Dragomir luid nadat hij het geprobeerd heeft. "Dit is de beste versie van dit gerecht die ik ooit heb geproefd."

Allebei mijn ouders stralen van trots. Hoewel ze het eten niet zelf koken, nemen ze wel deel aan het maken van de recepten.

Ik hoor Vlad het haringgerecht aan Fanny uitleggen. "De vis is gefermenteerd," zegt hij "en wordt onder een laag geraspte gekookte bieten en eieren, gemengd met mayonaise, geserveerd."

Het is meer verdronken in de mayonaise.

Het siert Fanny dat ze een klein portie accepteert en het proeft zonder haar neus op te trekken. De laatste keer dat ik haar hier zag, was ze veel voorzichtiger met eten. Mijn broer heeft haar duidelijk beïnvloed - op meer dan één manier.

Toch trekt ze de grens bij *kholodetz*, een gerecht met gelei dat ingrediënten bevat die ze ondenkbaar vindt, zoals varkenssnuit en oren, kippenpoten en runderstaarten.

Op mijn eigen bord ligt mijn favoriet, *vinegret* - een salade met gekookte bieten, aardappelen, augurken, wortelen, uien, zuurkool en erwten.

Zodra ik klaar ben met mijn portie, biedt

Dragomir me meer aan en ik laat hem een portie op mijn bord leggen.

Moeder ziet dit en fluistert goedkeurend tegen vader, "Haar date schept voor haar op. Een blijvertje."

Heeft ze het gedeelte waar Dragomir Russisch spreekt niet opgevangen?

Met een knikje naar moeder pakt vader weer de wodkafles. "De tijd tussen het eerste drankje en de tweede moet kort zijn."

Zijn toost is deze keer beknopter - alleen lang genoeg om iedereen te laten gapen - en dan drinken we.

Ik kijk stiekem naar de dansvloer. Hopelijk kunnen we snel daar zijn.

De tijd tussen de tweede en de derde shot lijkt ook kort te zijn en ik begin een prettige buzz te voelen. Dat wil zeggen, totdat moeder opstaat om een toost uit te brengen, waarna de buzz door angst vervangen wordt.

"Ik hoop dat het een vrouw van mijn leeftijd vergeven kan worden als ik aan mijn familie-erfgoed denk, vooral op mijn verjaardag," zegt moeder en ze kijkt Alex met samengeknepen ogen aan - waarschijnlijk omdat hij de enige persoon aan tafel is die geen date heeft. Dan kijkt ze goedkeurend naar Fanny en Dragomir en zegt, "Op de gezondheid van mijn ongeboren kleinkinderen."

Ook al is dit niet de eerste keer dat ze dit meemaakt, bloost Fanny.

Ik verwacht half dat Dragomir zich in zijn eten zal verslikken of op zijn minst met zijn ogen zal knipperen, maar hij neemt het goed op alsof ze op de gezondheid van onze honden proost - wat niet zo'n slecht idee is.

Misschien ontbreekt het Ruskovianen ook aan subtiliteit als het op deze dingen aankomt?

We drinken de shots.

Vlad vult ieders glazen bij en brengt vervolgens een toost uit.

Dan is Alex aan de beurt.

Als het mijn beurt is, zeg ik dat we, in plaats van op de gezondheid van onze honden in het bijzonder, op de gezondheid van ieders huisdieren moeten drinken, "wat ze ook mogen zijn."

Het is heel irritant, want Dragomir lijkt nog niet dronken te zijn - dat of ik word te beneveld om het te zien.

Nu zou een goed moment zijn om te dansen en ik sta op het punt om het te zeggen, maar dan dimmen de lichten.

Shit.

Hoe kon ik de show vergeten terwijl er bij elke viering een is? En terwijl ik als kind gedwongen werd om bij hen op te treden?

Ja, mijn buikspreken was niet bepaald een hobby die ik in mijn eentje heb opgepikt, hoewel ik nu dankbaar ben dat het een vaardigheid is die ik bezit.

Deze shows vinden hier op elk groot feest plaats en ze zijn door mijn moeder gechoreografeerd die hier niet geschikt voor is. Als zodanig zijn ze een mengelmoes van dingen die ze leuk vindt, inclusief maar niet beperkt tot ballet, sprookjes, Cirque du Soleil en de Rockettes.

Zoals gewoonlijk, komen showgirls verkleed als bomen al schoppend met hun benen het podium op totdat onze gastheer, Boris - nu verkleed als Baba Yaga - zijn best doet om samen met hen ballet te dansen, wat meer op een nijlpaard dan op een heks lijkt.

Fanny's ogen worden naarmate de show vordert steeds groter, maar Dragomir gedraagt zich alsof het heel gewoon is om naar besnorde kannibalenheksen te kijken die rondjes draaien.

Vanaf dat punt is het een van de meest voorkomende Baba Yaga-verhalen - die op zichzelf erg op *Hans en Grietje* lijkt. In de versie van mijn moeders is het natuurlijk een ballet en naar mijn mening is Hans veel te handtastelijk als hij Grietje de lucht in gooit. Ik vertel mezelf gewoon dat ze in deze aanpassing stiefbroer en stiefzus zijn.

Gelukkig eindigt de show met Baba Yaga die in een kachel wordt verbrand, die door in oranje geklede showgirls wordt vertegenwoordigd.

"Dames en heren," kondigt Boris aan. "De dansvloer is van jullie."

Daarmee begint hij "A Million Scarlet Roses" te zingen, een Russische slow-dance klassieker.

Dit is het.

Ik wil dansen.

In een vertoon van ware paranormale krachten komt Dragomir soepel overeind en strekt zijn hand in een onmiskenbaar gebaar naar me uit.

In mijn ooghoek zie ik mijn ouders goedkeurend knikken en moeder kijkt Vlad scherp aan voordat ze naar Fanny gebaart.

"Mag ik deze dans?" mompelt Dragomir.

Ik pak zijn hand en spring overeind en bij het voelen van zijn sterke vingers om de mijne gaat mijn hart sneller kloppen.

Hij neemt een ballroom-danshouding aan.

Ik leg ook mijn andere hand in de zijne.

Wauw.

Zijn aanraking zet al mijn zenuwen in vuur en vlam en zijn nabijheid maakt het moeilijk om te ademen.

We beginnen op de muziek te zwieren.

Dubbel wauw.

Zijn kwikachtige ogen zijn hypnotiserend. Claimend.

Is de vloer vandaag een beetje wankel?

Ik voel me een beetje licht in het hoofd.

Ademloos.

Trillerig.

Ik druk me tegen hem aan.

Zijn harde delen drukken tegen mijn zachte en mijn ademhaling hapert.

Als de langzame dans als verleiding bedoeld is, dan is de missie geslaagd. Als het als voorspel bedoeld is, kom dan maar op met het hoofdgerecht.

Hij trekt me dichterbij.

Ik voel Everest tegen mijn buik drukken.

Hij leunt naar voren.

Dankzij mijn hoge hakken staan we oog in oog, dus het is maar een kwestie van een hartslag voordat onze monden reageren.

Drievoudig wauw.

De ruimte om ons heen lijkt te verdwijnen.

Ik ben pure sensatie - me alleen van zijn zachte lippen bewust, van zijn glijdende tong, van zijn grote, harde lichaam.

Over dat laatste gesproken, ik glip met mijn hand naar beneden en voel over zijn broek aan Everest.

Op hoeveel wauws zitten we nu?

Hij trekt zijn lippen weg en fluistert schor, "Niet hier."

Fuck.

Ik was weer vergeten waar ik was. Of het kon me niet schelen.

Ergens kan het me nog steeds niet *echt* schelen - ik wil hem zo graag.

Plotseling verandert de muziek. De langzame melodie wordt door de vrolijke klanken van een van moeders favoriete dansen vervangen: de Lambada.

Op een Boliviaans volkslied met de naam "Llorando se fue" gebaseerd, heeft deze melodie door de jaren heen zijn weg naar het repertoire van een aantal zangers en zangeressen gevonden en vanaf de eerste regel die Boris uitbrengt, herken ik "On the Floor" van Jennifer Lopez.

Met een verwaande grijns laat Dragomir zijn hand naar mijn onderrug glijden en trekt me naar zich toe - in de Lambada-positie.

Nog een wauw.

Met gebogen benen nemen we snelle stappen van links naar rechts, soms draaiend, soms zwierend en ondertussen bewegen we onze heupen zoveel mogelijk.

Of met andere woorden, in het openbaar droog wippen.

Ze hebben de oorspronkelijke inspiratie voor dit nummer niet zomaar "de verboden dans" genoemd. Het *zou* verboden moeten zijn - in ieder geval op de dansvloer van het restaurant van je ouders.

Vooral als die ouders al denken dat je een oversekste nymfomane bent.

"If you go hard, you gotta get on the floor," zegt Boris in zijn beste imitatie van JLo - die helemaal niet zo goed is.

Dragomir *is* echter hard. Dat is het probleem. Ik voel elke centimeter tegen me aan schuren en er wordt een beantwoordende druk in mijn kern opgebouwd.

Wauw nummer drieduizend.

Ik sta op het punt om te komen. Geen speeltjes, zelfs niet echt aanraken.

Vergeet dat hij "de ware" is. Hij lijkt meer op mijn persoonlijke orgasme-trigger - omdat ik er hier en nu een krijg, te midden van moeders feestje.

Dragomirs pupillen worden groter en zijn ogen

worden donkerder tot een rijke, diepe amber kleur. Ik denk dat hij het weet.

"Grab somebody, drink a little more," zingt Boris.

Ik negeer de teksten en concentreer me op mijn opbouwende orgasme.

Het is er bijna.

Ik heb nog een paar droge stoten nodig - ik bedoel, wiegen op de muziek.

Nog een klein beetje.

Ben er bijna.

Bijna-

Het lied stopt.

Nee!

Dragomir trekt zich weg - en ik begrijp waarom. We hebben zo goed staan dansen, dat mensen klappen.

Shit. Shit. Shit.

Ik vang Fanny's blik. Blozend knipoogt ze naar me.

Fucking fuck.

Het volgende nummer kan me beter een excuus geven om nog wat meer tegen Dragomir aan te wrijven.

Nee. Het is niet mijn dag.

Ik herken op basis van de eerste paar noten wat het nummer is. Dat weet iedereen. Boris zit op dit moment duidelijk in een Latin kick. Met zijn zwaarste Russische accent tot nu toe zingt hij: *"When I dance they call me Macarena."*

Als één strekken mijn moeders vrienden en al mijn

verre familieleden als een horde zombies hun armen uit.

Met een zucht doe ik hetzelfde, net als Dragomir. Dan draaien we samen met alle anderen onze handpalmen omhoog.

"They all want me." Boris lijkt echt van die zin te genieten en hé, waarom zou je de hoop *niet* levend houden?

Elk persoon legt zijn rechterhand op zijn linkerschouder en herhaalt de handeling met zijn andere hand.

Mijn bijna-orgasme is slechts een vage herinnering. Een dans kan niet dichter bij een koude douche komen dan dit.

We leggen onze handen op de achterkant van ons hoofd.

Schiet me nu maar neer.

De handen gaan op onze heupen en iedereen begint met die heupen te draaien.

Oké, dit is interessanter. Met zijn heupen die op die manier bewegen, lukt Dragomir het onmogelijke: de Macarena daadwerkelijk sexy maken.

Helaas voegt hij zich net als ik al snel bij alle anderen in een sprong van negentig graden opzij.

Sommige mensen maken een duikbeweging terwijl anderen klappen. Daarna herhaalt de reeks zich opnieuw. En opnieuw. En opnieuw.

Als het lied eindelijk stopt, trek ik hem naar me toe en fluister: "Laten we naar jouw huis gaan."

Zijn ogen worden groter, worden goudgroen en zijn gezicht raakt gespannen. "Bedoel je nu meteen?"

Ugh, hij heeft gelijk. We kunnen op dit moment niet gaan. De tweede gang is nog niet eens opgediend. Moeder zou het merken als we hem zouden smeren en ze zou op het podium springen en zingen: "It's my party and I'll cry if I want to."

Prima.

We blijven gewoon dansen.

"Dames en heren," zegt Boris in plaats van met een ander nummer te beginnen. "Dit is je kans om deze microfoon te pakken en een toost op onze lieve Natashen'ka uit te brengen."

Geweldig. Gaan ze dit doen? Het is meestal supersaai.

We gaan terug naar de tafel en vader schenkt een rondje shots in.

Mijn oudtante draagt een gedicht voor dat ze ter ere van mijn moeder heeft geschreven.

Als het gedicht gelukkig voorbij is, drinken we.

De obers serveren het gerecht shish kebab, dus daar drinken we op.

Iemand van moeders boekenclub wenst haar "stevige nakomelingen" en daar drinken we ook op.

Een van vaders gebruikelijke drinkmaatjes pakt vervolgens de microfoon. "Vrienden, het is niet goed om individueel te drinken, het is veel beter om dat als collectief te doen." Hij heft zijn wodkaglas op. "Op de kracht van het collectief."

"Klinkt als een communistische slogan," mompel ik terwijl ik mijn volgende shot drink.

"Kameraden," zegt de volgende persoon. "Laten we net zoveel verdriet hebben als er druppels op onze bril zitten."

Proost. Daar drinken we op.

De volgende toost is: "Laat er mensen in je leven zijn op wie je zou willen toosten, geen mensen waardoor je dronken wil worden!"

Nog een shot.

Dan nog een!

Ik begin de tel van zowel de toosten als de shots kwijt te raken - het enige wat ik zie is dat Dragomir het op de een of andere manier bij kan houden.

Indrukwekkend.

"Kan iemand me een Vovochka-grap vertellen?" vraagt Fanny wanneer de toost eindelijk voorbij is. "Ik vind ze heel leuk en Vlad weet er geen meer."

Ik buig me naar Dragomir en fluister in zijn oor: "Vovochka is het Russische equivalent van Jantje."

"Ik weet het," zegt hij. "Ik ken zelfs een paar van die grappen."

Houdt deze man dan niet op met indruk te maken?

"Ik ga wel eerst," zegt Alex en hij vult ieders shotglaasje bij. "'Hebben de ouders weer ruzie?' vraagt grootmoeder aan Vovochka. 'Ja,' antwoordt hij. 'Toen mama terugkwam van vakantie, had ze iets meegenomen dat *gonorroe* heet. Ze heeft het eerst aan papa gegeven, vervolgens aan oom Sergey en toen aan de overbuurman. Nu schreeuwen en vechten ze allemaal, maar ik weet niet zeker of het komt, omdat ze niet genoeg heeft meegenomen of omdat ze het niet eerlijk heeft verdeeld.'"

Fanny bloost en lacht, net als iedereen.

We nemen weer een shot.

"Ik weet er een," zegt Dragomir en mijn ouders wisselen een onder de indruk zijnde blik uit. "Grootmoeder vraagt aan Vovochka waarom hij huilt. 'Mam zei tegen pap dat hij een klootzak is en als antwoord noemde hij haar een koe.' Grootmoeder aait hem over zijn hoofd. 'Ja, dus?' Hij begint harder te huilen. 'Wat voor dier ben *ik* dan?'"

Iedereen grinnikt en nog een shot.

Ik weet dat ik het niet zou moeten doen, maar ik kan er niets aan doen. "Ik ken er ook een. Maar het is een vieze."

"Ga je gang," zegt moeder grootmoedig.

Alle ogen zijn nu op mij gericht, dus ik zeg: "De wiskundeleraar zegt, 'Vovochka, ik zal je 300 roebel geven. Als jij er 50 aan Vera, 50 aan Dasha en 50 aan Elena geeft, wat krijg je dan?' Vovochka's ogen beginnen opgewonden te glinsteren. 'Een orgie?'"

Meer gelach en wodka volgen.

"Ik weet er een," zegt moeder. "'Mam, kun je me een foto van pap geven,' vraagt Vovochka. 'Waarom?' antwoordt ze. 'Omdat de leraar de idioot wil zien die mijn huiswerk heeft gemaakt.'"

Een shot later vertelt vader er ook een: "Als de zesjarige Vovochka thuiskomt van school, vraagt zijn vader: 'Wat vond je van de nieuwe lerares?' Vovochka wrijft over zijn kin. 'Ik vond haar erg leuk. Jammer dat we zo'n enorm leeftijdsverschil hebben.'"

Nog een ronde met shots.

De obers komen eraan voordat iemand nog meer grappen kan vertellen. Ze hebben een toetje bij zich. In het bijzonder de taart die de naamgenoot van mijn hond is: Napoleon.

Gescoord. Nu is het sociaal acceptabel om te gaan.

Operatie "Dragomirs huis" is weer van start.

Hoofdstuk Drieëntwintig

*I*k sta op om onze excuses te maken, maar Boris begint vanaf het podium te praten. "Het is tijd voor een spelletje, dames en heren."

Moeder klapt in haar handen, zwaait naar Boris en wijst naar mij en Dragomir.

Boris grijnst. "Het lijkt erop dat we onze eerste vrijwilligers hebben."

Daar gaat onze ontsnapping.

Iedereen klapt als Dragomir en ik ons naar de inmiddels vrijgemaakte dansvloer begeven.

Boris geeft me een glow-in-the-dark kousenband en legt het spel aan ons uit.

Het is de Russische versie van wat Amerikanen soms op bruiloften doen: ik moet de kousenband om mijn been doen en het is de taak van Dragomir om hem eraf te halen.

Yep.

Wodka is een belangrijke voorwaarde voor dit spel.

Voordat een van ons terug kan krabbelen, word ik door de danseressen omringt, zodat ik wat privacy heb om de kousenband onder mijn jurk te doen.

Ik steek mijn been in de rekbare stof, grijns kwaadaardig en trek de kousenband zo ver mogelijk omhoog. Geen reden om Dragomirs taak *te* gemakkelijk te maken.

De dansers begeleiden me om in een stoel te gaan zitten.

Boris doet Dragomir een blinddoek om. Een leuke touch. De gastheer leidt Dragomir vervolgens naar mijn stoel en helpt hem op handen en voeten te gaan zitten.

Jammie. Als we straks eindelijk bij zijn huis zijn, dan denk ik dat ik dit hele scenario opnieuw wil creëren. Het kan heet zijn om hem geblinddoekt van mij te laten proeven.

Dragomir is in eerste instantie blindelings rond aan het voelen, maar al snel ontdekt hij mijn enkel.

Oh hemeltje. Warmte schiet door zijn aanraking langs mijn been omhoog. Dan glijden zijn vingers omhoog - en omhoog en omhoog, tot hij onder mijn rok helemaal boven is.

Ik ben gek op dit spel.

Ik wil het wel urenlang spelen.

Iedereen om ons heen juicht en roept en herinnert me eraan dat dit een openbare plek is, dus geen van mijn fantasieën staat op het punt om uit te komen.

Dragomirs vingers strijken langs de binnenkant van mijn dij. Dan, misschien expres, grijpt hij naast de kousenband en heeft hij uiteindelijk mijn string vast.

Oké. Een beetje hoger en naar links en-

Nee. Hij beseft zijn fout en grijpt eindelijk de kousenband vast.

"Nee. Pak het met je tanden!"

Was dat mijn *moeder* die dat net riep?

"Met je tanden," zingt iedereen. "Tanden, tanden!"

Grijnzend duikt Dragomir onder mijn rok.

Ik hap naar adem.

Zijn mond is bijna waar ik ervan droomde dat het zou zijn. Ik voel zijn warme adem door mijn snel smeltende string.

Is er net een zacht gekreun aan mijn lippen ontsnapt?

Tot mijn grote teleurstelling beweegt Dragomir zich weg van mijn pijnlijke clit en grijpt de stomme kousenband met zijn tanden vast.

Hij trekt.

De kousenband scheurt op mijn dij.

Dragomir komt onder mijn rok vandaan en staat op.

Bij het zien van de kousenband tussen zijn tanden juichen de toeschouwers hem wild toe.

Hij doet de blinddoek af en kust mijn wang.

Het gejuich is zo oorverdovend dat mijn hoofd begint te tollen.

Ik slaak trillend een zucht en keer op wankele

benen terug naar de tafel.

"Dag jongens," zegt Alex, terwijl hij opstaat. "Ik heb morgen een drukke dag, dus ik ga er vandoor."

Aha! Het dessert is opgediend en nu vertrekt Alex. Dat betekent dat het volkomen acceptabel is om door te gaan met Operatie Dragomirs Huis - en dat is goed, want ik sta op het punt van geilheid te barsten.

"Iedereen," zeg ik. "Dragomir en ik moeten ook gaan."

Vlad kust mijn wangen en Fanny lacht vrolijk en zwaait gedag.

Moeder loopt naar me toe en geeft me een berenknuffel.

Wacht, wat?

Dat heeft ze al jaren niet meer gedaan.

Voordat ik me kan herstellen, krijg ik een nog grotere verrassing. Vader geeft me niet alleen een knuffel, maar zegt ook: "Het was zo leuk om je te zien."

Het moet in de hel zo kil zijn als *The Day After Tomorrow*.

Dan wordt het gedrag van mijn ouders begrijpelijker.

Moeder omhelst Dragomir zo hard dat hij een aantal delen van haar kan voelen die hij niet hoort te voelen en vervolgens kwijlt ze in Winnie-stijl op zijn wangen.

Zodra ze klaar is, geeft vader mijn date een soortgelijke behandeling.

Ik ben zo verbluft als we eindelijk ontsnappen dat mijn stappen ongelijk zijn.

Als we Boris passeren, zoek ik in mijn portemonnee naar geld, vindt honderd dollar en steek het in zijn mollige hand. "Kies Vlad en zijn date voor het volgende spel," fluister ik. "Laat het weer de kousenband zijn."

Boris knikt.

Ik kijk even grinnikend naar mijn broer. Ik ben ervan overtuigd dat het mijn plek in zijn leven is om hem ertoe aan te zetten om meer plezier te hebben. En voor vandaag is die missie volbracht. Ik hoop alleen dat het fysiek niet mogelijk is om door blozen te sterven. Anders zou Fanny door wat ik op die stoel heb doorstaan, ter plekke kunnen overlijden.

Hé, misschien gaan ze dat soort dood naar haar vernoemen: het Fanny Pack-syndroom. Arme meid. Ik kan nog steeds niet geloven dat haar ouders haar Fanny hebben genoemd terwijl hun achternaam Pack is.

Misschien zijn de mijne *niet* de ergste.

"Je ouders zijn lieverds," zegt Dragomir terwijl we van de dansvloer gaan.

Is hij paranormaal begaafd?

Ik hik. Lieverds voor hem, misschien. "Moeder zou voor een kleinkind dat zo mooi is als jij haar ziel aan de duivel verkopen."

Wacht. Heb ik dat net hardop gezegd?

Shit. Zoals de meeste mannen, zal hij bij het horen van kinderen het waarschijnlijk op een lopen zetten - en ik kan hem niet weg laten rennen. Ik wil mijn zin met hem hebben.

Tot mijn schrik grijnst hij alleen maar. "Excuses, excuses. Je gaat onze weddenschap verliezen. Mijn ouders zijn net zo geobsedeerd door kleinkinderen, maar die van jou zijn vergeleken met hen nog steeds engelen."

Grr. Ik blijf wedstrijden verliezen. Ik kon hem niet onder de tafel drinken. Ik heb hem niet verslagen in *Beat Saber* - tenzij een blauw oog telt. En nu kon ik niet eens bewijzen dat mijn ouders erger zijn dan de zijne - hoewel ik in dit geval denk dat ik niet zo hard mijn best heb gedaan.

Als we het restaurant verlaten, voel ik een vreemd, onaangenaam gevoel in mijn maag. Als ik niet zou weten hoe nauwgezet mijn moeder met vers voedsel is, dan zou ik denken dat ik iets verkeerds had gegeten.

Dragomir zwaait met zijn telefoon naar me. "Fyodor zegt dat hij vastzit in het verkeer. Hij denkt dat hij hier over tien minuten kan zijn."

"Nee, laten we gewoon nu gaan." Ik wijs naar een taxi die al bij het trottoir staat te wachten.

Dragomir stemt ermee in en we duiken naar binnen. Hij ratelt zijn adres op, haalt een pak geld tevoorschijn en geeft de man er de helft van. "Breng ons daar snel heen en dan krijg je de andere helft," belooft hij.

De taxichauffeur knikt plechtig en geeft gas.

Terwijl de auto naar voren schiet, voel ik een

kleine aanval van wagenziekte opkomen, maar ik zeg niets. Snel bij het huis van Dragomir komen, is het ongemak waard.

Bovendien weet ik precies wat ik moet doen om mijn hoofd bezig te houden.

Ik bespring Dragomir en kus hem. Hard.

De kus waarmee hij antwoord is verzengend.

De taxi en de wereld verdwijnen. Het enige dat overblijft zijn die sensuele lippen en de sterke, warme, licht eeltige handen die over mijn lichaam dwalen.

Na wat als een minuut van gelukzaligheid voelt, komt de auto met piepende banden tot stilstand.

Zijn we er al?

De tijd vliegt als je op het punt staat om een orgasme te krijgen.

Dragomir geeft de rest van zijn geld aan de chauffeur en leidt me naar een chique wolkenkrabber. Tijdens de rit met de lift kussen we elkaar weer - maar het duurt maar een oogwenk voordat we eruit moeten.

"Welkom in mijn huis," zegt hij terwijl we een gigantisch penthouse binnenstappen. Voordat ik zelfs maar rond kan kijken, valt een beerachtig wezen me aan - en kwijlt mijn hele gezicht onder. Weer.

Gatver. De adem van Winnie is vandaag heel sterk. Ik moet ervan kokhalzen.

Ik moet me zo snel mogelijk schoonmaken. Niet alleen komt mijn maag bij de geur in opstand, maar Dragomir zal me op deze manier niet willen kussen.

Klaar met mij, begint de beer cockblocker op haar meester te kwijlen.

Hij haalt zijn natte doekjes tevoorschijn en biedt me er een aan, maar ik schud mijn hoofd. "Mag ik een gootsteen gebruiken?"

Met Winnie op onze hielen leidt hij me door een woonkamer waar elke plank vol met trofeeën staat.

Hmm. Elk gouden beeld heeft iets vaag fallisch in zijn hand. Kun je een trofee voor masturbatie krijgen?

Nee, ik betwijfel het. Als dat zo zou zijn, dan zou ik nu Olympisch goud hebben.

"Ik doe aan schermen," zegt hij, mijn blik volgend.

Schermen. Natuurlijk. Dat klinkt logischer.

"Hé," zeg ik, terwijl ik mijn best doe om niet te veel hondenkwijl in mijn mond te krijgen terwijl ik praat. "Je hebt valsgespeeld."

Hij trekt terwijl we de keuken binnenlopen een wenkbrauw op.

"Je had in *Beat Saber* een voorsprong, omdat je goed bent met een zwaard. Of een degen of wat dan ook," zeg ik terwijl ik naar de gootsteen loop om hondenzooi van me af te spoelen. Mijn foundation en blush zijn al verleden tijd, maar ik doe mijn best om mijn mascara er niet af te wassen. Als ik eruitzie als een wasbeer, dan zou Winnie misschien proberen om me op te eten.

Ze kijkt me al aan met een blik die honger kan betekenen.

Als ik klaar ben met het wassen van mijn gezicht, houdt hij me een handdoek voor.

"Sinds wanneer wordt goed in iets zijn als valsspelen beschouwd?" vraagt hij terwijl ik mezelf afdroog.

"Het lijkt voor een professional onsportief om op deze manier een beginneling te bespelen. Je bent eigenlijk een *Beat Saber*-oplichter."

Met een grijns leunt hij over de gootsteen en gooit ook wat water op zijn gezicht.

Ik maak van de gelegenheid gebruik om in de keuken rond te kijken of er eventuele foto's van een vrouw of vriendin staan. Gelukkig zijn er geen. Er is echter een foto van hem aanwezig waarin hij in volledige schermuitrusting is gekleed.

Oh jeetje.

Ik had me dit nog niet eerder gerealiseerd, maar die beschermende outfits zitten strak. En wat nog erger is, ze lijken verdacht veel op een coltrui.

Zodra ik de connectie maak, gaan mijn eierstokken in een hogere versnelling. Ik schraap mijn plotseling droge keel. "Ik wil dat je Winnie de komende uren bezighoudt."

Hij gaat rechtop staan en droogt zijn gezicht, zijn ogen worden donkerder terwijl zijn blik naar mijn lippen gaat. "Komt goed," zegt hij hees.

Hij reikt in de kast en haalt er iets uit dat op het dijbeen van een T-rex lijkt. Hij geeft het aan Winnie terwijl hij iets in het Ruskoviaans zegt en ze begint aan het bot te knagen.

Hij knikt naar de uitgang van de keuken.

Ik loop op mijn tenen langs Winnie de woonkamer in en hij volgt.

Eindelijk alleen.

Zich met een roofzuchtige gratie bewegend, sluit hij de afstand tussen ons en kust hij me weer.

De kamer voelt alsof hij draait.

Voor ik het weet, ruk ik zijn kleren uit en hij ontdoet mij van de mijne.

Eindelijk.

Dit. Gaat. Gebeuren.

Zonder de kus te verbreken, tilt hij me op. Even later ligt mijn blote rug op de bank en dwalen zijn ogen over mijn blote huid.

Hé, oneerlijk. Hij heeft nog steeds zijn broek aan, maar zijn gespierde torso maakt die zonde voor nu goed.

Terwijl ik die glanzende, licht gebruinde huid met mannelijk donker haar in me opneem, loopt het water me in de mond.

Hij leunt over me heen. "Vind je dit oké?" Zijn stem is hees, zijn blik met zoveel hitte gevuld dat ik huiver.

"Oh, ja. Meer dan oké."

Zijn gezicht verstrakt plotseling. "We moeten voorzichtig zijn. Ik wil niet in de voetsporen van onze honden treden."

Ik bevochtig mijn lippen. "Ik ben aan de pil."

Zijn uitdrukking wordt roofzuchtig. "Ik ben schoon."

"Ik ook," zeg ik en ik kus hem voordat hij nog meer tijd aan onbenulligheden kan verspillen.

We dansen met onze tong de Lambada.

Hij bijt op mijn onderlip.

Ik rits zijn broek open en laat mijn hand naar binnen glijden.

Everest voelt zijdezacht aan en zo hard als... nou ja, een berg.

Dragomir kust mijn nek en knabbelt er dan een beetje aan.

Mijn huid krijgt overal kippenvel.

Zijn tong gaat langs mijn sleutelbeen naar mijn rechtertepel.

Terwijl ik naar adem snak, klemt mijn hand zich om Everest heen en begin ik op en neer te strijken.

Hij kreunt van genot, maar trekt Everest weg terwijl hij zich een weg naar mijn navel likt, steeds lager en lager totdat hij precies daar is waar ik hem wil hebben.

Waar ik hem nodig heb.

"Ga liggen," beveelt hij hees.

Ik gehoorzaam maar al te graag. Hier en nu zal ik ontdekken of hij het is.

Als zijn warme adem mijn clit raakt, weet ik zonder enige twijfel dat hij dat is.

Dit gaat geweldig worden. Beter dan chocolade en puppy's.

Hij geeft mijn verlangende clit de kleinste likjes.

Ik kreun van genot.

Hij maakt zijn tong plat en maakt weer contact.

Het genot dringt door tot in mijn kern terwijl er weer een kreun van mijn lippen wordt gedwongen.

Zijn likken veranderen in kussen.

Mijn handen grijpen zijn haar. In dit tempo zou ik de arme man kunnen scalperen.

Zijn kussen veranderen weer in likken.

Ik laat zijn haar los en kom met een kreet klaar. Het genot is zo intens dat mijn tenen zich krampachtig krommen en elke spier in mijn lichaam trilt en trekt.

Het is bevestigd. Mijn drie jaar durende reeks orgasmes met alleen speeltjes is voorbij.

Hij kijkt me met pure mannelijke tevredenheid aan, zijn ogen zijn als gesmolten goud.

Mijn hartslag vertraagt een beetje en ik wurm me onder hem vandaan. "Nu mag jij gaan liggen."

Hij gaat op mijn plek liggen.

De kamer om ons heen draait als een achtbaan.

Vreemd. Moet de nagloeiing van het orgasme zijn.

Met vaste hand, verlos ik Dragomir van zijn stomme broek en bevrijd Everest uit zijn onderbroek.

Fuuuuuck. Ondanks Xenia's waarschuwing dat de Ruskovianen groot geschapen waren en ondanks dat ik het met mijn handen heb gevoeld, had ik niet verwacht dat Everest zo groot of zo mooi zou zijn.

Het roept me op dezelfde manier waarop de gelijknamige berg sensatiezoekers van over de hele wereld aantrekt. Ik begrijp waarom ze hun leven voor die klim riskeren. Het beklimmen van *deze* Everest staat nu op mijn bucketlist - en hem beklimmen zal ik, al is dat het laatste dat ik doe.

Maar laten we eerst eens kijken of hij in mijn mond past. Het is misschien lastig, maar ik ben een uitdaging nooit uit de weg gegaan.

Ik begin met een lolly-likje.

Dragomir kreunt en Everest trilt onder mijn tong en spoort me aan.

Daar gaan we.

Ik open mijn mond heel wijd en laat hem zover mogelijk naar binnen.

Wacht eens even. Ik heb meestal geen sterke kokhalsreflex, maar er klopt iets niet.

Iets activeert zich.

Uh-oh.

Het is alsof alle eerdere kleine issues - het misschien verkeerde eten, de hobbelige autorit, de hondenadem en de draaiende kamer - allemaal besluiten om als één geheel naar de oppervlakte te komen.

Oh mijn wodkagoden. Ik ontken dat ik nog een wedstrijd van Dragomir heb verloren.

Degene van het drinken.

Duizelig maak ik mezelf los van Everest en kom op wiebelige benen overeind.

Yep. Ik ben dronken. En wat nog erger is, de inhoud van mijn maag komt omhoog.

"Wat is er aan de hand?" Dragomirs gezicht is bezorgd.

"Toilet," hijg ik. "Toilet! Waar is het toilet?"

Hij springt overeind, maar ik ben te druk bezig om zijn glorieuze naaktheid te bewonderen.

"Hier." Hij haast zich door een gang en duwt een deur open voordat hij me aankijkt. "Gaat het met je?"

Ik kan geen antwoord geven, want daarvoor zou ik mijn mond open moeten doen.

In plaats daarvan spaar ik al mijn kracht, al mijn aandacht om het beloofde land te bereiken wat dat toilet is.

Ik doe mijn best om te sprinten.

Aangezien de wodka het energieverbruik van mijn kleine hersenen allang tot een slakkengang heeft verlaagd, eindigt mijn sprint in een botsing met de muur. Hard.

Nee. Nee. Nee.

Door de klap wil ik het bijna uitschreeuwen en dus doe ik mijn mond open.

Maar ik doe het niet. Als een held.

Ik moet mijn epische zoektocht naar dat toilet afmaken. De inzet kon niet hoger zijn.

Van al mijn wilskracht gebruikmakend, loop ik zo snel en zo recht als onder de gegeven omstandigheden mogelijk is. Als ze, naast masturbatie, Olympisch goud voor het lopen onder zware invloed zouden geven, dan zou ik die hierna in mijn zak hebben zitten.

Behendig niet tegen Dragomir of de deur lopend die hij nog steeds vasthoudt, duik ik het toilet binnen, val op mijn knieën en bid bij het geïmproviseerde porseleinen altaar heftig tot de wodkagoden.

Sterke handen houden mijn haar vast en boven me hoor ik kalmerende woorden.

Ik schaam me zo erg dat als ik door de tegels naar een ander appartement had kunnen vallen, ik dat zou hebben gedaan.

Dit is niet alleen een gebed, het is ook een voedseloffer - en ik hoop dat de wodkagoden van gekookte bieten, aardappelen, wortelen, uien, zuurkool, erwten en augurken houden.

Iedereen houdt van augurken, maar over de rest ben ik minder zeker.

In het altaar kijken is een grote vergissing.

Een ander gebed spuwt zich uit mijn mond, in een exorcist-stijl.

Dan nog een.

Op een gegeven moment raakt mijn spirituele ijver op. Trillend trek ik door en loop weg van het altaar.

Niet in staat om Dragomir aan te kijken, was ik mijn gezicht, pak dan de fles Listerine van de wasbak en neem een slok. Vervolgens pak ik de tube tandpasta, spuit wat in mijn mond, draai het rond in mijn mond en slik het door.

"Je mag hier nooit een Rus iets over vertellen." Mijn woorden klinken zelfs in mijn oren onduidelijk. "Ze zullen mijn lidmaatschap intrekken."

Hij wikkelt me zachtjes in een badjas. "Laten we je aankleden."

Ik laat me door hem naar de woonkamer leiden, waar hij me helpt om mijn kleren aan te trekken.

Winnie is er en net als Dragomir kijkt ze me bezorgd aan.

"Het gaat prima," lieg ik, maar mijn woorden zijn nu nog onduidelijker.

"Waarom ga je niet even liggen," zegt hij.

"Ik wil-" Ik hik. "Ik wil naar huis. Ik moet een dutje doen."

Hij fronst. "Zou het niet beter zijn als je bleef?"

Ik schud heftig mijn hoofd en voel weer een gebed opkomen. "Ik neem een taxi."

"Dat doe je niet."

Dit klinkt als een feit, dus ik ga niet in discussie en laat me door hem naar beneden leiden en de al wachtende limousine/camper in.

"Ga liggen," beveelt hij me zodra we binnen zijn.

Dat doe ik, dankbaar dat ik van mijn trillende benen af ben en hij gaat naast me zitten en streelt mijn haar.

"Dat is fijn," mompel ik terwijl mijn oogleden dicht vallen.

"Goed. Relax."

Ik doe wat hij zegt en even later ben ik weg.

Hoofdstuk Vierentwintig

*I*k word wakker in mijn bed en zou willen dat ik dat niet had gedaan.

Ik. Drink. Nooit. Meer.

Mijn hoofdpijn heeft migraine en de smaak in mijn mond is tegen de Conventie van Genève.

Hoe ben ik hier gekomen?

Is gisteravond echt gebeurd of was het een wrede nachtmerrie?

Gezien de geur van wodka in de lucht, is het gebeurd. Ik moet in de camper in slaap zijn gevallen. Maar wat is er daarna gebeurd?

Heeft Dragomir me als een bruid het huis in gedragen?

Dat klinkt eigenlijk best leuk. Ik hoop dat dat is gebeurd en niet, laten we zeggen, dat hij en Fyodor me samen bij mijn armen en benen als een zak met gefermenteerde aardappelen naar binnen hebben gedragen.

Ik gluur onder de dekens.

Geen kleren.

Interessant. Heeft hij me ook uitgekleed?

Zo ja, geen probleem. Hij heeft me bij hem thuis toch naakt gezien. Het is ook mogelijk dat ik mezelf heb uitgekleed, maar ik kan het me dankzij het door alcohol veroorzaakte geheugenverlies niet herinneren.

Hmm. Als ik mezelf heb uitgekleed, heb ik dan misschien ook mijn zin met Dragomir gehad?

Maar nee. Ik ben er vrij zeker van dat ik me die gedenkwaardige gebeurtenis zou herinneren. Gezien de omvang van Everest, zou ik ook wat pijn voelen en dat heb ik niet. Meer bijna het tegenovergestelde. Er zit een knagende leegte in mijn vrouwelijke delen die waarschijnlijk *pas* zal verdwijnen als ik Everest daar naar binnen heb gekregen - aangenomen dat dat na mijn faux pas van gisteravond nog mogelijk is.

Kreunend ga ik rechtop zitten en schuif mijn voeten in de pantoffels die iemand bij het bed heeft neergezet.

Boner rent de kamer binnen, zijn kwispelende staart gaat te snel voor mijn verwarde hersenen om te verwerken.

"*Ma chérie*, je ruikt naar de kont van een hond die gefermenteerde escargot in wodkasaus heeft gegeten. *Délicieux.*"

Ik strompel overeind.

Hmm. Mijn motorische controle lijkt terug te zijn. Dat is een begin.

Als ik de woonkamer bereik, trekt de bank mijn

aandacht. De kussens liggen niet waar mijn schoonmaakster ze meestal achterlaat.

Heeft Dragomir hier geslapen?

Het is mogelijk. Als onze rollen omgedraaid zouden zijn geweest, dan zou ik ook zijn gebleven om ervoor te zorgen dat hij niet in zijn eigen gebed zou stikken.

"Dragomir?"

Geen antwoord, maar als ik de keuken binnen strompel, wordt mijn theorie bevestigd.

Er staat een pan havermout op het fornuis, een glas met een vreemde vloeistof staat op tafel en mijn koffiepot is gevuld en klaar om te gaan.

Er ligt ook een briefje op de tafel:

Naar het werk. In de beker zit een Ruskoviaanse kuur tegen een kater. Drink het op en dan ben je weer zo goed als nieuw.

Ik drink het wondermiddel op. Het smaakt naar Pedialyte met augurkensap, melk en kersencola. Ik weet niet zeker hoe effectief dit als remedie tegen een kater is, maar als iemand me dit elke keer zou laten drinken, dan zou het een veel beter afschrikmiddel zijn om te drinken dan alleen een kater krijgen.

Tegen de tijd dat ik klaar ben met de havermout in mijn maag te forceren, herinner ik me weer hoe het is om mens te zijn.

Ik schenk voor mezelf een kopje koffie in en app Dragomir:

Bedankt voor het ontbijt. En dat je me naar huis hebt gebracht.

Hij antwoordt meteen:

Graag gedaan. Heb je even voor een videogesprek?

Ik laat mijn koffie op tafel staan, sprint de badkamer in, breng make-up aan en bekijk mijn gezicht.

Ik zie er niet op mijn best uit, maar ook niet op mijn slechtst.

Tuurlijk, antwoord ik en plof weer in de keukenstoel.

Er verschijnt meteen een videogesprek van Dragomir.

Ik neem op.

Achter hem moet zijn kantoor zijn - en het is zo groot als de appartementen van sommige mensen, met verschillende computerschermen die een glanzend wit bureau bezetten en een muur met boekenkasten waarop van alles staat, van economische leerboeken tot schermtrofeeën.

Doordringende lichtbruine ogen onderzoeken mijn gezicht. "De *barabul'ka* moet gewerkt hebben. Je ziet er al beter uit."

"*Barabul'ka?*" In het Russisch betekent dat woord 'rode mul'. Wat, ondanks dat het als het kapsel van een roodharige stripper uit de jaren tachtig klinkt, een soort vis is, ook wel een zeebarbeel genoemd.

"*Barabul'ka* is de naam van de remedie," zegt hij.

Was het dan eigenlijk visbouillon of gemengde rauwe vis? Bij nader inzien, ik denk niet dat ik het wil weten.

"Nogmaals bedankt." Ik neem een slok van mijn koffie. "En het spijt me van gisteravond."

Hij leunt in zijn troonachtige bureaustoel achterover. "Het geeft niet."

Ik trek een wenkbrauw op. "Ik kan niet geloven dat je je overwinning niet onder mijn neus wrijft. Ik zou willen dat ik die zelfbeheersing had."

Zijn ogen glimmen. "Opscheppen over jou eruit drinken zou net zoiets zijn als een operazangeres die opschept over het schrapen van haar keel."

Was dat een steek onder water? Als dat zo is, dan laat ik het gaan. "Je moet me iets voor je laten doen als bedankje dat je zo goed voor me hebt gezorgd."

Ik laat mijn tong over mijn lippen glijden voor het geval mijn bedoeling niet duidelijk is.

Missie geslaagd. Zijn blik wordt hongerig en zijn lichaam raakt gespannen, alsof hij op het punt staat om me te bespringen. "Wat had je in gedachten?"

"Wat dacht je ervan om vanavond langs te komen?" Ik doordrenk de vraag met zoveel mogelijk wellust. "Ik zal een... diner voor je maken. Ik hoop dat je komt."

Zijn stem wordt heser. "Ik zal er zijn."

"Goed," zeg ik, blaas hem een handkus toe en hang op.

Het is eindelijk zover - en deze keer is er geen wodka die ons tegen kan houden.

Duizelig van opwinding drink ik de rest van mijn koffie op en ren naar de slaapkamer om alles voor vanavond te regelen. Schone lakens - check.

Romantische muziek klaar om te gaan - check. Seksspeeltjes? Die zal ik voor nu overslaan.

Ik heb zelfs enkele LED-kaarsen rondom het bed gezet.

Nu moet ik verder met mijn voorwendsel en eten voor ons koken.

Wat zal ik maken? Geen idee, maar ik weet wel aan wie ik het moet vragen. Het is waar, ze kookt nu voor honden, maar daarvoor was ze een chef voor eten van mensen.

Ik bel Xenia en breng haar op de hoogte van mijn recente avonturen en vertel haar dan over mijn culinaire dilemma.

"Ik weet precies wat je nodig hebt," zegt ze enthousiast. "Dit zijn de ingrediënten die je in alle gangen moet verwerken: artisjokken, asperges, avocado, kokosnoot, dadels, bananen, eieren, mango, champignons, okra, pistachenoten, sesamzaadjes, peterselie en selderij. Meng als toetje gewoon walnoten met honing."

Zijn dat vier gangen als je het toetje meetelt? Ik begin in te zien waarom Boy-Toy er zo vrolijk uitziet.

"Schat, dat is een lange lijst," zeg ik. "En in welk gerecht kan zowel banaan als okra zitten?"

"Wie heeft gezegd dat ze in hetzelfde gerecht moeten zitten? Deze ingrediënten zijn bekende afrodisiaca van over de hele wereld. De Fransen geloven bijvoorbeeld dat artisjokken de geslachtsdelen verwarmen."

"Dat doen een aantal SOA's ook."

"Warm, niet branderig," zegt ze en ik hoor haar door de telefoon met haar ogen rollen. "Als Rus zou je moeten weten hoe krachtig walnoten met honing kunnen zijn. Neem een half uur na het eten een lepel en laat hem hetzelfde doen."

Moet ik als ik toch bezig ben wat Viagra in dat toetje verpulveren?

"Oké, dokter Xenia. Als je me nu een paar recepten kan geven die ik van al die dingen kan maken, dan zou dat geweldig zijn."

Ze belooft dat te doen en geeft ze binnen een uur door.

Ik bestel mijn boodschappen online en terwijl ik op de bezorging wacht, laat ik Boner uit en werk ik aan enkele ontwerpen. Als de boodschappen arriveren, begin ik met koken, ook al is het nog te vroeg voor het avondeten.

Als ik tegen het einde hiervan slechts twee gangen eetbaar voedsel heb, zal ik de inspanning als een succes beschouwen.

Ik ben bezig om een salsa met mango, avocado en peterselie te maken als Dragomir me een berichtje stuurt:

Kan ik nu even met je videobellen?

Ik stem ermee in en ren de keuken uit om mezelf presentabel te maken. Ik red het net, want een minuut later belt hij me.

Op het moment dat zijn gezicht op mijn scherm verschijnt, zie ik zijn grimmige uitdrukking en de moed zinkt in mijn schoenen.

"Het spijt me, maar ik moet het etentje afzeggen," zegt hij gespannen. "Mijn broer heeft een ongeluk gehad."

Hoofdstuk Vijfentwintig

"*O*h, nee! Wat is er gebeurd?"
Hij zet een draadloze koptelefoon op.
"Laat me naar de telefoonmodus overschakelen zodat
ik in kan pakken."

Inpakken?

Hij vertelt me dat een van zijn broers een enorme
adrenalinejunkie is die in de gevaarlijkste wateren
surft, van de steilste kliffen snowboard en ga zo maar
door. Deze keer is hij tijdens base-jumpen van de
hoogste wolkenkrabber in Moskou gesprongen. Er
ging iets mis en hij heeft zijn hoofd ergens tegenaan
gestoten, waarna hij door hun familie via een
helikopter naar Ruskovia is vervoerd.

"Hij ligt in coma." Dragomirs stem is met zoveel
pijn gevuld dat ik wou dat ik door de
elektromagnetische signalen heen kon reiken om hem
een knuffel te geven. "Ik vlieg vanavond naar
Ruskovia."

Vanavond? Ik was zo door zijn verhaal in beslag genomen dat ik onze plannen even was vergeten.

Ik ren de keuken in en zet het eten uit voordat het in brand vliegt.

"Hoe zit het met Winnie?" vraag ik. "Laat je haar bij Fyodor achter?"

"Nee. Hij gaat met mij mee en zij ook."

"Hoe? Ik bedoel, zal de luchtvaartmaatschappij geen wegtrekker krijgen?"

Heeft hij hen ervan overtuigd dat ze een hulpbeer is?

"Ik vlieg met een privéjet," zegt hij. "Ik zal mijn best doen om haar op haar gemak te stellen, maar eerlijk is eerlijk, ze houdt niet echt van vliegen."

"Als je wilt, kun je haar bij mij achterlaten," hoor ik mezelf zeggen.

"Dank je, maar ik kan je daar onmogelijk mee belasten."

Hij klinkt niet helemaal zeker, dus ik houd vol. "Is het in haar toestand wel veilig om te vliegen?" Ik heb geen idee waarom ik hem probeer over te halen om Winnie bij mij achter te laten. Ik bedoel, een beer in mijn kleine appartement? Serieus?

Misschien wil ik gewoon dat hij een reden heeft om contact te houden... oftewel een gijzelaar hebben.

"Stress is tijdens de zwangerschap niet ideaal," geeft hij toe. "Maar toch, ik kan je niet vragen om dit te doen."

"Je vraagt het niet. Ik bied het aan."

Hij is even stil. "Je weet niet wat dit zou betekenen."

Ik ben er vrij zeker van dat ik dat wel weet - en het scheppen van berenstront hoort er waarschijnlijk bij.

"Als we dit doen, dan moet je me voor al haar eten laten betalen," zegt hij. "Ze is een grote meid en de kosten om haar te voeden kunnen..."

"Dat is prima," zeg ik, terwijl ik de neiging heb om commentaar te geven op het understatement van de 'grote meid' opmerking. Ik kan haar eten betalen, geen probleem, maar als het hem een beter gevoel geeft om ervoor te betalen, dan zal ik er niet tegenin gaan.

"Ik zal ook een deel van je huur betalen aangezien-"

"Nu praat je onzin. Neem gewoon een zak met eten mee of wat ze ook maar nodig heeft. Als het op is, dan haal ik meer en dan zal ik je als je terug bent de factuur geven."

"Dank je," zegt hij met gevoel. "Je weet niet hoeveel dit voor mij betekent."

Geweldig. Nu krijg ik vanwege de bijbedoeling van mijn aardige gebaar een schuldgevoel.

"Wanneer breng je haar hierheen?" vraag ik.

"Over een uur?"

Ik loop mijn kast binnen en zoek een tas of rugzak die ik niet met mijn peniskunst heb versierd. "Prima wat mij betreft."

"Tot dan," zegt hij en hangt op.

Ik stop mijn telefoon in mijn zak, pak een

onversierde JanSport-rugzak en gooi hem vol met een paar leuke speeltjes uit de teledildonics-lijn die Fanny en Vlad voor me hebben getest. Deze speeltjes zijn voor gebruik door een man bedoeld en het zou mij en Dragomir in staat stellen om op afstand intiem te worden - ervan uitgaande dat ik hem de rugzak geef, wat ik niet zeker weet of ik dat zou moeten doen.

Enerzijds zouden we elkaar ondanks de plotselinge scheiding klaar kunnen laten komen. Het zal duidelijk niet zo leuk zijn als wat we vanavond zouden hebben gedaan, maar beter iets dan niets. Aan de andere kant, wat als hij er op de een of andere manier achter komt dat mijn bedrijf deze speeltjes maakt?

Maar aan de andere kant, hoe zou dat kunnen gebeuren? Zoals Vlad zei, maakt de manier waarop Belka is opgezet het onmogelijk om erachter te komen dat ik de eigenaar ben.

Misschien neem ik de beslissing als hij hier is.

Voor nu laat ik de rugzak bij de voordeur staan en pak ik wat spullen die ik voor het avondeten heb gemaakt in een to-go-doos voor zijn vlucht in.

Ik besteed het volgende uur aan het lezen van mijn e-mail. Blijkbaar zijn buttplugs in de vorm van Woody Harrelson trending. Heeft hij een nieuwe film uitgebracht of zo? Het is tenminste Liam Neeson niet. Ik weet niet hoe ik dat stukje nieuws aan Xenia zou hebben moeten vertellen.

Mijn deurbel gaat.

Boner sprint er zo snel heen dat hij bijna met zijn

kop tegen de deur aan glijdt.

Als ik de deur opendoe, doet de aanblik van Dragomir in een strakke trui en donkere spijkerbroek mijn maag fladderen - maar dan valt een beer mijn gezicht met een emmer speeksel aan, wat een domper op mijn overactieve libido zet.

"Hou op, Winnie." Dragomir sleept haar van me af. "Je gaat bij Bella logeren, dus je moet je als een brave hond gedragen."

Hij geeft me een nat doekje.

"Het is oké," zeg ik nadat ik kwijlvrij ben. "Ze *is* een brave hond."

Zich niet van ons bewust, likt Winnie vervolgens Boner.

"*Bonjour, ma petite.* Je tong is als het perfecte reepje spek, je kwijl als een hemels beenmerg."

"*Zdrastvuyte*, Napoleon Carlovich. Je bent mijn favoriete soort hondenmuffin - dekhengst. Je laat mijn met puppy's gevulde eierstokken zwijmelen en je maakt mijn tien tepels hard van verlangen."

Hmm. Deze sessie van mentaal buikspreken is snel geëscaleerd. Misschien zit er ook een beetje projectie tussen.

"Winnie's spullen zitten hierin," zegt Dragomir, terwijl hij een enorme koffer naar binnen rijdt.

Ik knipper met mijn ogen naar de koffer terwijl hij weer naar buiten stapt en er nog een naar binnenrijdt.

Twee koffers? Voor een hond?

Als *ik* op vakantie ga, dan neem ik er maar één mee - en die is kleiner dan deze twee.

Dragomir leest mijn uitdrukking verkeerd en opent de koffers en laat me zien dat de ene met hondenspeelgoed is gevuld, terwijl de andere een deken, een mand en etensbakken van de juiste afmetingen bevat, samen met enkele andere items die bedoeld zijn om een beer gelukkig te houden.

Ik trek mijn wenkbrauwen op. "Is dat alles?"

"Natuurlijk niet," zegt Dragomir. Hij gaat weer naar buiten en sleept een zak hondenvoer naar binnen waar gemakkelijk iemand van mijn lengte in past - zonder dat diegene zich in allerlei bochten zou hoeven draaien.

Voordat ik er iets over kan zeggen, draagt hij de zak naar de keuken, vult een gigantische kom met de inhoud en giet in een andere even grote kom wat water.

Alsof ze al jaren uitgehongerd wordt, valt Winnie het voer aan.

En ja, misschien eet ze wel voor tien, misschien zelfs wel voor vijftien.

"Misschien kun je Boner beter ook te eten geven," zegt Dragomir. "We willen niet dat ze jaloers op elkaar worden."

Instemmend, vul ik de bakken van Boner - die er in vergelijking met die van Winnie komisch klein uitzien. Zodra Boner begint te kauwen, sluipen Dragomir en ik weg. We nemen Winnie's koffers mee naar de woonkamer en verspreiden haar spullen zodat, om Dragomir te citeren, "ze zich thuis kan voelen".

Als hij met het laatste speelgoed klaar is, verschijnt er verdriet in zijn ogen - alsof hij Winnie al mist.

"Het komt wel goed met haar," zeg ik. "Daar zorg ik wel voor."

Hij komt dichter naar me toe en zijn uitdrukking veranderd in iets veel intensers. "Ik sta officieel bij je in het krijt."

Mijn blik gaat naar de slaapkamer, waar alles klaar staat voor een epische ontmoeting. "We zullen moeten bedenken hoe je het goed kunt maken."

Hij verwijdert in één stap de afstand tussen ons. "Ik moet gaan."

"Natuurlijk." Ik staar naar hem op, mijn hart bonst in mijn borst terwijl hij zijn handen op mijn schouders legt en zijn hoofd laat zakken.

Ik ga op mijn tenen staan.

De kus is minder hongerig dan onze vorige. In plaats daarvan is het met tederheid gevuld - en het lijkt een belofte te doen.

Een belofte dat er nog meer zal komen.

Met tegenzin trekt hij zich terug. "Het spijt me. Ik moet gaan."

"Natuurlijk. Ga naar je broer." Brak mijn stem nou net?

Plechtig knikkend loopt hij naar de deur.

Ik herinner me de items die ik voor hem heb klaargelegd en ren achter hem aan. "Neem dit mee." Ik geef hem de to-go-doos. "Dit zou vanavond ons avondeten zijn geweest."

Zijn ogen krijgen een warme gloed. "Dank je. Ik

neem contact met je op zodra ik ben geland en meer over de situatie weet."

Aangemoedigd duw ik de rugzak met seksspeeltjes ook in zijn handen. "Neem dit ook mee. Maar open het pas als je een moment van privacy hebt."

"Oké." Hij kust me opnieuw - dit keer zachtjes op mijn voorhoofd - en stapt naar buiten.

Ik sluit de deur met een zucht. Op de automatische piloot dragen mijn voeten me naar de woonkamer waar ik op de bank plof, mijn knieën tegen mijn borst houdt en voor de duizendste keer *Frozen* aanzet.

Op een gegeven moment komen Winnie en Boner de woonkamer binnen walsen.

Winnie grijpt een rubberen donut-speeltje ter grootte van een vrachtwagenband en nestelt zich naast me neer, terwijl ze de rest van de bank inneemt. Boner komt bij me op schoot zitten en tegen de tijd dat de credits voorbijkomen, voel ik me beter.

Omdat ik niet zeker weet of Dragomir Winnie heeft uitgelaten voordat hij haar hierheen heeft gebracht, ga ik met beide hondjes wandelen - en hoewel ik dat normaal gesproken niet zou doen, neem ik mijn telefoon mee, voor het geval hij vanuit het vliegtuig belt.

Als we het park binnenkomen, komt er een bekende koningspoedel op ons af. Ik herinner het me vanwege het leeuwenkapsel. Deze hond was laatst een etter naar Boner.

Yep.

Omdat zijn geheugen niet zo scherp is als het mijne, probeert Boner weer vriendelijk tegen de poedel te zijn.

De poedel laat grommend haar tanden zien.

Ondanks dat ze drie keer zo groot is, verschuilt Winnie zich met een jank achter me.

"Pom-Pom, je gedraagt je niet als een vriendelijke dame," zegt de eigenaar van de poedel tegen haar nadat ik ze allebei een boze blik heb gegeven.

De reactie van Boner van vandaag is bijna identiek aan de vorige keer. Hij blijft staan en kijkt me met een verwarde blik aan die lijkt te zeggen: "*Ma chérie*, ik dacht dat ik - de dekhengst - *onweerstaanbaar* voor teven was."

Ik trek hem terug voordat Pom-Pom hem aan kan vallen. Het grommende wezen heeft duidelijk hondsdolheid.

Als de poedel uit het zicht is, gaan we verder met lopen en aangezien ik mijn telefoon bij me heb, bel ik Xenia en vertel haar over mijn dag.

"Hmm," zegt ze als ik klaar ben.

"Hmm wat?"

"Je zult me weer een cynische Rus noemen."

"Ik zal je nog iets ergers noemen als je het niet verteld."

"Goed," snuift ze. "Hoe weten we dat er een gewonde broer in Ruskovia is? Wat als hij zijn perfect gezonde vrouw of vriendin gaat bezoeken?"

Ik knijp in de hondenriemen in mijn hand.

Ze heeft het over een Marco-scenario en ik kan niet geloven dat het niet eerst bij mij is opgekomen.

"Dat slaat nergens op," zeg ik, niet zeker wie ik probeer te overtuigen. "Hij had de kans om met me naar bed te gaan. Is dat niet wat vreemdgangers willen? Als we de daad hadden gedaan en hij had moeten gaan, *dan* zou dat een ander verhaal zijn geweest."

"Misschien is hij een zeldzame man met een geweten," zegt ze, nu wat minder zeker. "Toen het bedrog dichtbij kwam, begon hij zich schuldig te voelen en sprong hij in het vliegtuig om bij zijn wederhelft te zijn."

"En liet zijn hond bij mij achter? Klopt niet helemaal."

Ik hoop tenminste van niet. Ik wou dat ik zo zeker was als wat ik doe dat ik ben.

Xenia zucht. "Misschien *ben* ik gewoon cynisch. Maar als ik jou was, zou ik mijn ogen en oren openhouden als ik met hem praat."

Mijn maag voelt koud en benauwd aan. "Kunnen we alsjeblieft over iets anders praten? Hoe is het om verloofd te zijn?"

Xenia vertelt me graag alles over haar recente gesprekken met de mensen in haar leven en hoe alle Russen verrast waren dat een "vrouw van haar leeftijd" iemand heeft gevonden.

Tegen de tijd dat we klaar zijn met praten, ben ik thuis.

Terwijl ik de honden loslaat, loop ik naar binnen

en hou ik mezelf bezig met het ontwerpen van VR-pakken en daarna handel ik wat e-mails van de marketingafdeling af - alles om te voorkomen dat ik terug naar het schrikbeeld ga dat Xenia heeft opgegooid.

Het probleem is dat die stiekeme gedachten me overvallen als ik eindelijk in bed lig. De sexy opstelling in de kamer is een enorme herinnering aan Dragomir.

De koude spanning in mijn maag is nu nog erger en terwijl ik woel en draai, realiseer ik me iets.

Ik ben niet voorzichtig geweest.

Op de een of andere manier heb ik mijn hoede laten zakken en heb ik Dragomir naar binnen laten glijden en zich om mijn hart laten wikkelen. Niet dat ik verliefd op hem ben - daarvoor is het veel te vroeg - maar ik voel absoluut *iets*.

Fuck. Ik ben zo'n idioot.

Had Xenia gelijk? Zou hij door hebben kunnen gehad dat ik verliefd op hem begin te worden, voelde hij zich daar schuldig over en heeft hij besloten om te vluchten voordat de zaken zich verder zouden vorderen? Misschien is hij een van die mensen die denken dat seks niets betekent, maar als er gevoelens bij betrokken zijn, dat het dan echt vreemdgaan is.

Wat het ook is, ik ben blij dat hij me de ruimte geeft om erover na te denken. Het is een slecht idee om iets buiten lust voor hem te voelen. Of hij zich nou wel of niet heeft teruggetrokken, hij is nog steeds een potentiële investeerder in het project van mijn dromen en zoals hij zei, zaken en emoties mogen niet samengaan. Seks en zaken zijn ook geen geweldige combinatie, maar dat is tenminste vergeeflijker.

Toen ik hem voor het eerst had ontmoet had de man een coltrui aan, in godsnaam.

Dus heeft Xenia gelijk? Of is ze gewoon paranoïde, omdat ze weet dat ik de neiging heb om klootzakken aan te trekken? Doet het ertoe? Zelfs als Dragomir vrijgezel is, verbergt hij duidelijk iets over zijn verleden.

Dat zou op zichzelf al een afknapper moeten zijn.

Misschien kan ik, nu ik dit besef, wel slapen.

Nee. Gaat niet gebeuren, althans niet zonder enige hulp.

Ik sta op en sjok naar de keuken, onderweg bijna over Winnie struikelend. Ze ligt om Boner heen gevouwen, die in de zevende hemel lijkt te zijn.

Als ik eindelijk bij de koelkast kom, drink ik een glas melk op, in de hoop dat een voedselcoma me kan helpen om in slaap te vallen.

Het werkt niet. In plaats van te slapen, krijg ik last van brandend maagzuur.

Prima. Ik pak een willekeurig seksspeeltje, ga terug naar bed en probeer mezelf tot aan uitputting klaar te laten komen. Helaas visualiseert mijn verraderlijke geest elke keer als ik climax een naakte Dragomir - zonder uitzondering. Stomme geest.

Pas als de batterij-indicator van het speeltje begint te knipperen, kan ik slapen.

Hoofdstuk Zesentwintig

Terwijl ik de volgende ochtend mijn havermout eet, zie ik mijn hond iets vreemds doen. Als ik zou moeten raden, dan zou ik zeggen dat hij Winnie wil berijden. Hij heeft die blik die ik goed ken, degene die hij krijgt vlak voordat hij zijn seksspeeltje Remy aanvalt. Vanwege hun verschil in grootte komt hij echter niet eens in de buurt om de beer te bestijgen.

Hij kijkt alleen verlangend naar haar kont en jankt.

Winnie begrijpt niet wat hij wil of ze doet alsof ze dat niet weet.

"Je hebt haar al zwanger gemaakt," herinner ik hem.

"*Ma chérie*, wat heeft dat met *sekstijd* te maken?"

"Touché." Ik ga verder met eten.

Terwijl het ontbijt vordert, wordt mijn theorie

bevestigd. In plaats van de brokjes op te eten die ik voor hem heb neergezet, achtervolgt Boner Winnie.

Ze negeert hem en kauwt op haar eten.

Met een enorme inspanning springt hij op de keukenstoel. Dat brengt hem bijna op de juiste hoogte, behalve dat de stoel zestig centimeter van de billen van de beer verwijderd is, en ze lijkt niet bereid te zijn om naar achteren te komen.

Boner kijkt omlaag en dan naar zijn doel, zijn ogen berekenend.

"Doe het niet," zeg ik. "Je zal je nek breken."

Hij negeert me, springt - maar schiet zijn doel voorbij en landt op Winnie's rug.

Ze stopt niet eens met eten.

Hij kijkt naar beneden en dan naar mij.

"*Ma chérie*, help. *S'il vous plaît.*"

Ik pak hem vast en zet hem op de grond.

Als hij een andere vorm van hulp wil, dan kan hij dat vergeten.

Hij sjokt naar zijn kom om zijn verdriet met voedsel weg te eten. Daarna bespringt hij Remy, maar - en ik kan me er iets bij voorstellen - zijn gebruikelijke enthousiasme ontbreekt.

Ik werp een blik op mijn telefoon.

Niets van Dragomir.

Wacht, waarom kijk ik überhaupt?

Ik duik in mijn werk en slaag erin om gedurende de rest van de dag niet te veel aan hem te denken. Maar 's nachts kan ik niet in slaap komen. Het stoort me dat er geen telefoontje of berichtje van hem is gekomen.

Hij had nu al geland moeten zijn, lijkt me.

———

Als ik na weer een onrustige slaap wakker word, heb ik nog steeds niets ontvangen.

Is dit het? Word ik genegeerd?

Nee, dat is niet logisch. Ik heb zijn hond. Maar waarom belt of appt hij me dan niet?

Eindelijk verschijnt er na de lunch een videogesprek van Dragomir op mijn telefoon, die me van een dildo-ontwerp wegtrekt.

Mijn vinger schuift om te accepteren en ik draai de telefoon snel in een hoek om te voorkomen dat hij ziet waar ik aan werk.

Bekende lichtbruine ogen staren me vanaf het scherm aan. Prachtige ogen, ondanks hoe moe en verdrietig ze lijken.

"Hoi," zegt hij, terwijl hij me opneemt. "Sorry, ik heb niet eerder de kans gehad om contact op te nemen."

Ik kijk achter hem. Hij lijkt in een woonkamer te zitten met aan een muur achter hem een groot en duur uitziend tapijt - waardoor wandtapijten een andere manier zijn waarop Ruskovia op Rusland lijkt.

"Hoe gaat het met je broer?" vraag ik terwijl mijn geest verwoed probeert te bedenken wat ik met mijn op Xenia geïnspireerde vermoedens moet doen.

Hij ziet er gekweld uit. "Hij ligt in coma. De artsen weten niet wanneer hij wakker zal worden."

Shit.

Hij klinkt zo oprecht.

"Waar is hij?" vraag ik.

"Hier, in het ziekenhuis," zegt Dragomir.

Ziekenhuis? De achtergrond lijkt niet op een ziekenhuis.

Wauw. Als hij liegt, dan *is* dat een heel slecht karma. Maar hoe kan ik erachter komen?

Hij fronst en kijkt me aan.

Is er iets van mijn twijfels op mijn gezicht te zien?

"Hoe heet je broer?" flap ik eruit.

Niet erg subtiel, maar hé. Als hij dit verzint, dan zal hij stotteren en dan zal ik het merken. Of als hij me een naam geeft, dan kan ik die aan Vlad doorgeven om hem te helpen met rondsnuffelen - een win-win.

Zijn frons wordt dieper. "Is er iets aan de hand?"

Ja, dat was van mijn kant niet zo'n goed idee.

"Ben je nu in het ziekenhuis?" vraag ik en ik besluit er gewoon voor te gaan. "Op dit moment?"

Zijn ogen vernauwen zich. "Dat zei ik zojuist."

"Hoe komt het dan dat het op een woonkamer lijkt?"

Heeft iemand de thermostaat in mijn appartement hoger gezet? Ik begin als een varken bij een Bikram-yogapraktijk te zweten.

Hij kijkt naar het donzige kleed achter zich en draait zich dan weer om naar de camera. "Het is een privéziekenhuis. Waarom zou je de patiënten niet op hun gemak stellen?"

"Misschien..."

Zijn kusbare lippen worden strak. "Probeer je te zeggen dat ik niet in een ziekenhuis ben, ook al zeg ik je dat ik dat wel ben?"

Ik slik de plotselinge brok in mijn keel weg. "Een vloerkleed lijkt me niet erg hygiënisch."

Als ik de tijd zou kunnen terugspoelen, dan zou ik dit gesprek helemaal opnieuw beginnen en het over een andere boeg gooien.

Zijn blik verhardt. "Wil je zeggen dat ik je misleid?"

Mijn maag verdraait zich in een knoop en de woorden komen vanzelf over mijn lippen. "Luister, ik weet niet veel over je. Toen je zo plotseling wegging, begon ik me af te vragen of-"

"Genoeg." Hij reikt naar de telefoon en draait de camera om hem door de kamer te leiden.

In eerste instantie wordt mijn indruk van een woonkamer intenser. Ik zie een grote tv, pluchen meubels en een sierlijke salontafel die nog minder in een ziekenhuis thuishoort dan een vloerkleed. Maar dan komt er een bed in zicht en mijn borst trekt zich bij de aanblik pijnlijk samen.

Het is een ziekenhuisbed, zij het de chicste die ik ooit heb gezien. Rondom het bed staan standaards met wat intraveneuze vloeistoffen en voedingsstoffen moeten zijn, een beademingsapparaat, een monitor die bloeddruk en hartslag weergeeft en andere angstaanjagende medische apparatuur.

Mijn maag voelt net als de Siberische toendra koud en hard aan.

Al die apparatuur is aan een bewusteloze Dragomir bevestigd.

Ik hap in paniek naar adem en herinner mezelf eraan dat het Dragomir niet kan zijn. Ik heb hem net een seconde geleden gezien. Dit evenbeeld is zijn broer.

O God. Zijn *broer*.

Ik ben zo'n idioot. Ik heb op een van de ergste momenten van zijn leven aan hem getwijfeld. Als een van mijn broers-

Nee. Ik kan die gedachte niet eens afmaken.

Met een schokkerige beweging draait de telefoon terug naar Dragomirs gezicht.

Ik voel een irrationeel moment van opluchting om het bewijs te hebben dat het niet Dragomir in dat bed is - maar mijn opluchting is van korte duur.

De frons op zijn gezicht valt niet te ontkennen. Hij is net zo teleurgesteld in mij als ik.

Zijn stem is laag en hard. "Nu tevreden?"

"Het spijt me. Ik had niet-'

"Inderdaad," zegt hij. "Als je me nu wilt excuseren..."

Hij hangt op.

Ik staar een tijdje naar het zwarte scherm van mijn telefoon.

Op een gegeven moment knijp ik mezelf. Hard.

Nee. Geen nare droom. Helaas.

Dus... dit is het? Is wat er tussen ons stond te gebeuren nu over?

Ik voel me als hondenpoep - wat me aan mijn harige vrienden doet denken.

Ik negeer de zwaarte in mijn borst, maak een boterham, doe de honden hun riem om en ga naar het park.

———

"Jullie Russen zijn dol die beren," mompelt John terwijl hij Winnie in al haar donzige grootheid in zich opneemt.

Ik haal mijn schouders op en begin met een nieuw verhaal over waarom hij me een plezier moet doen om de boterham aan te nemen.

John kijkt me vreemd aan en neemt het eten aan. "Gaat het met je?" vraagt hij nors.

Hoe erg moet ik er wel niet uitzien als hij zijn gebruikelijke communisten beledigingen overslaat?

"Het gaat prima, bedankt voor het vragen."

"Nou." Hij neemt een hap van de boterham en slikt deze zonder te kauwen door. "Bedankt."

Bedankt?

Wauw.

Misschien moet ik met de loterij meedoen om het geld bij elkaar te krijgen dat ik voor mijn onderneming nodig heb. Tussen dit, de knuffel van moeder en dat "leuk je te zien" van vader, zou ik misschien wel de jackpot kunnen winnen.

"Dag, John," mompel ik terwijl ik terug naar huis ga.

Op de terugweg leiden de gedachten aan een loterij me naar een reeks overpeinzingen die ik wilde vermijden.

Hoe erg heb ik het bij Dragomir verprutst? Naast het feit dat ik nooit zijn lichaam heb gekregen, heb ik daarmee ook mijn kansen om de financiering voor mijn onderneming te krijgen verdoemd?

Ik denk dat de tijd het zal leren.

Er klinkt een videogesprek op mijn telefoon als ik mijn appartement binnenkom.

Honden op sleeptouw, ren ik naar binnen.

Als ik de telefoon pak, wil ik dat hij het is die me terugbelt.

Als ik de naam op het scherm zie, plof ik opgelucht op de bank neer.

Het universum moet me hebben gehoord.

Het is Dragomir.

Hoofdstuk Zevenentwintig

*M*et een bonzend hart neem ik op.

Hij ziet er moe uit, maar niet minder verrukkelijk.

Ik bedwing mijn opwinding. Hoogstwaarschijnlijk gaat hij de voorbereidingen voor Winnie treffen of zoiets.

"Het spijt me dat ik daarstraks heb opgehangen," zegt hij.

Ik maak de honden los en knipper met mijn ogen.

"Er kwam een dokter de kamer binnen," vervolgt hij. "Ik hoop dat je het begrijpt."

Heeft hij niet uit woede opgehangen? Is de man op zoek naar heiligdom?

"Ik ben degene die spijt heeft," flap ik eruit. "Je hebt met een tragedie te maken. Natuurlijk heb je geen ruimte in je leven voor mijn paranoia."

Hij zucht. "Je had een punt. We kennen elkaar niet zo goed en ik besef dat dat gedeeltelijk mijn schuld is. Mijn verleden hier in Ruskovia is... nou, ik praat er niet graag over."

"Het is niet alsof we officieel samen zijn om enige paranoia van mijn kant te rechtvaardigen," zeg ik en ik wou dat ik dat niet had gedaan, want hij verstijft door iets in die verklaring.

Hij betrapt zichzelf, jaagt zichtbaar de spanning weg en brengt de telefoon wat dichter bij zijn gezicht. "Vertel me eens... Is er een reden waarom je wantrouwig bent? Heeft iemand je gekwetst?"

Ik slik door de plotselinge zwelling in mijn keel heen. "De laatste man met wie ik iets had. Hij was getrouwd en dat heb ik het hele jaar dat we aan het daten waren niet geweten."

Dragomirs ogen worden groot en vernauwen zich gevaarlijk terwijl er een ader op zijn voorhoofd begint te pulseren. "Heeft hij erover gelogen?"

Ik knik en voel de hete schaamte op mijn wangen. Tot op de dag van vandaag voel ik me zo'n idioot. "Hij was een investeringsbankier bij Goldman Sachs, een onderdirecteur van hun afdeling fusies en overnames, dus hij moest op vreemde tijden werken - dat zei hij in ieder geval. Aan mijn kant was ik net klaar met studeren en bezig met het starten van mijn eigen carrière." Of liever gezegd, mijn eigen seksspeeltjesbedrijf, maar ik ben nog niet klaar om me met Dragomir in dat onderwerp te verdiepen. "We zagen elkaar maar één keer, hoogstens twee keer per week," vervolg ik, terwijl ik mijn best doe om de bitterheid uit mijn stem te houden, "en bijna nooit in de weekenden. Hij beweerde altijd dat hij een dringende bijeenkomst met een klant had waarop hij zich moest voorbereiden en ik ben er zeker van dat zijn vrouw dacht dat de willekeurige doordeweekse avonden en nachten die hij bij mij doorbracht, gewoon overwerk op kantoor waren."

Dragomir blaft iets boos in het Ruskoviaans. Het zal wel een vloekwoord zijn dat mijn ex terecht verdient, maar het lijkt toevallig heel veel op iets goedaardigs in het Russisch: *overvol* - het misselijke gevoel dat je krijgt als je te veel drinkt of eet.

Hij bevestigt mijn vermoeden en mompelt zachtjes "fucker" in het Engels voordat hij weer in de camera kijkt. "Ik zweer op het leven van mijn broer dat ik geen andere vrouw heb," zegt hij ernstig. "Helpt dat?"

Een andere vrouw? Maakt dat mij *de* vrouw in zijn leven?

Dat moet wel. Ik denk niet dat hij op het leven van zijn broer zou zweren als hij loog. Nooit, maar zeker niet onder de gegeven omstandigheden.

"Hoe gaat het met hem? Heeft de dokter iets gezegd?" vraag ik, blij om het onderwerp van mijn ex te laten voor wat het is.

Dragomirs uitdrukking wordt donkerder. "Hij heeft uitgelegd dat hij in een kunstmatige coma wordt gehouden. De hoop is dat het zijn hersenen tegen verdere zwelling zal beschermen."

Mijn borst vult zich met een knellende pijn. "Het spijt me. Ik weet niet eens wat ik moet zeggen."

"Ik kan het je niet kwalijk nemen. Ik weet zelf ook niet wat ik over het onderwerp moet zeggen." Zijn ogen lijken in dit licht meer bruin dan lichtbruin. "Het ergste hiervan is dat ik zo woedend ben op Tigger. Wat voor broer maakt mij dat?"

Heet zijn broer Tigger? Klinkt meer als een bijnaam, maar ik sla hem toch maar op voordat ik Dragomir een geruststellende glimlach geef. "Een menselijke. Als mijn broers er zelfs maar aan hadden gedacht om van een wolkenkrabber af te springen, laat staan dat ze het hadden gedaan, dan zou ik razend zijn. En als ze zichzelf daarbij verwond zouden hebben, dan zou ik ze waarschijnlijk zelf afmaken."

De kleinste zweem van een glimlach raakt zijn ogen. "Ik kan me dat gemakkelijk voorstellen."

"Dat kunnen zij ook, dat weet ik zeker - en daarom zullen er binnenkort geen Chortsky's zijn die gaan base-jumpen."

Dragomir knikt en zegt dan zachtjes, "Tigger is altijd een waaghals geweest, zelfs toen we kinderen waren. Elke keer als er iets van kattenkwaad in het huishouden was gebeurd, dan ondervroegen onze ouders hem eerst." Zijn blik kijkt in het niets. "Hij had een keer een granaat uit de Tweede Wereldoorlog uit een museum gestolen en die heeft hij in een vreugdevuur gegooid dat hij naast moeders favoriete prieel had aangestoken. Ik weet niet hoe hij het heeft overleefd, maar het prieel en de helft van de tuinen niet. Onze ouders hebben na dat incident een persoonlijk kindermeisje voor hem ingehuurd, maar hij dreef haar ertoe om te stoppen - en daarna nog vijf kindermeisjes."

Wauw. En mijn ouders klagen erover dat *mijn* broers als kinderen onruststokers waren.

"Broers kunnen problemen opleveren," zeg ik. "Toen ik zes was, hebben de mijne me mee naar Coney Island genomen. Ik was lang voor mijn leeftijd, dus lieten ze me op de Cycloon rijden - een gammele, extreem enge achtbaan. Toen we daarna gingen zwemmen, was ik zo duizelig dat ik bijna ben verdronken en mond-op-mondbeademing van een badmeester nodig had."

Hij fronst zijn wenkbrauwen, alsof hij zich zorgen maakt over mijn kinderjaren, en schudt dan afkeurend zijn hoofd. "Ze lijken *nu* tenminste beschermend tegenover je."

"Ze zijn altijd beschermd naar mij geweest. Maar toen dat incident zich voordeed, waren ze te jong om goede beslissingen te nemen - wat in feite betekent dat hun bescherming zich manifesteerde in het in elkaar slaan van pestkoppen die aan mijn vlechtjes durfden te trekken."

"Ik zeg nog steeds dat je het gemakkelijk had met slechts twee broers om je zorgen over te maken. Stel je er eens negen voor."

"Wacht." Ik kijk hem aan om te zien of er enig teken is dat hij een grapje maakt. "Heb je alleen maar broers?"

"Ja dat heb ik. Het is een bron van grote trots voor

vader dat hij zoveel zonen heeft verwekt." Dit laatste wordt met afkeer gezegd.

Ik fluit. "Dat moet een statistische anomalie zijn. Je arme moeder. Hoe ging ze met zoveel testosteron onder één dak om?"

Hij rolt met zijn ogen. "Moeder heeft haar handen nooit vuil gemaakt - daar waren de bedienden voor."

Bedienden? Ik herinner me zijn vermelding van het prieel van zijn moeder en de tuinen. Zijn familie klinkt meer dan alleen welvarend. Het laat maar zien hoe waar het hele cliché "geld maakt niet gelukkig" is. Hij ziet er duidelijk ongelukkig uit als hij eraan terugdenkt.

"Een kindermeisje was misschien beter dan het moederschap van mijn moeder," zeg ik, niet zeker of dat wel of niet troostend zal klinken.

Hij gnuift. "Jouw ouders zijn engelen vergeleken met de mijne."

Die strijd weer? Geeft hij nooit op? "Ze gedroegen zich gewoon aardig toen jij in de buurt was. Het zijn geen engelen."

Zijn ogen vernauwen zich. "De mijne hebben mij officieel onterfd. Tigger ook. Hebben de jouwe dat bij een van hun kinderen gedaan?"

Ik verschuif ongemakkelijk in mijn stoel. "Nee."

"Kunnen ze dat?"

Ik haal mijn schouders op. "Ze keuren de keuzes die ik heb gemaakt af en dat hebben ze me laten weten. Ik weet echter niet zeker of ze van plan zijn om hun ongenoegen *zo* officieel te maken."

Er verschijnt een grijns op zijn lippen. "Dus je geeft voor de verandering toe dat je verslagen bent."

"Ik geef helemaal niets toe. Tot en tenzij ik je zogenaamd helse ouders heb ontmoet, zal ik niet geloven dat ze zo slecht zijn als jij beweert."

Maar aan de andere kant, wil ik ze echt nog ontmoeten? Misschien is het beter om hem deze gewoon te geven.

De grijns verdwijnt. "Ze *zijn* zo erg als ik beweer."

Ik wou dat hij hier was, zodat ik hem kon omhelzen en in ieder geval een deel van zijn pijn weg kon nemen. "Wat heb je gedaan om ze kwaad te maken?"

"Ik wilde onafhankelijk zijn." Ik heb nog nooit iemand zoveel bitterheid in vier woorden horen kanaliseren. "Na mijn studie heb ik hun investeringen afgehandeld, maar toen ik genoeg kapitaal had verdiend om in mijn eentje rond te komen, deed ik precies dat en dat keurden ze af."

"Is dat alles?"

Zelfs zijn zucht klinkt bitter. "Ze willen niets liever dan hun zin krijgen."

Dus ze keuren hem af, omdat hij in wezen een bedrijf heeft gestart. Dat hebben we gemeen - hoewel ik het niet ga noemen, omdat ik nog niet klaar ben voor het gesprek van het bedrijf over seksspeeltjes.

"Hoe zit het met Tigger?" vraag ik. "Wat is hun probleem met hem? Zijn avonturen?"

Dragomirs neusgaten worden groter. "Ze noemen het zijn 'ongepaste gedrag'. Ik vermoed dat wanneer hij uit zijn coma komt, hun eerste woorden, 'we hebben het toch gezegd' zullen zijn."

Hmm. Misschien *zijn* zijn ouders toch erger dan de mijne.

Hij gaapt en herinnert me eraan hoe moe hij eruitzag toen hij belde.

"Wanneer heb je voor het laatst geslapen?" De vraag is baziger dan ik van plan was.

"In New York," zegt hij, nog een geeuw onderdrukkend.

"Je zou naar bed moeten gaan. Je hebt slaapgebrek en een jetlag. Als Tigger wakker zou worden, dan zou je in deze toestand nutteloos voor hem zijn."

Zijn vage glimlach keert terug. "Je bent wijs voor je leeftijd. Heb ik je dat al verteld?"

"Dat hoefde je niet. Ga nu."

"Dank je," zegt hij en staart me vreemd intens aan.

Ik slik hoorbaar. Waarom voel ik me plotseling als een vlieg die in barnsteen is blijven steken?

"Bel je me wanneer je wakker bent?" lukt het me om te zeggen.

"Afgesproken," zegt hij en hangt op.

Ik sta op van de bank en strompel naar mijn computer.

Woody buttplugs zijn nog steeds populair.

Oké dan.

Ik ben een tijdje bezig geweest met het ontwerpen van een clitoriszuiger.

Als het doel was om Dragomir te vergeten, dan weet ik niet zeker hoe succesvol ik was. Nu ik klaar ben, realiseer ik me dat het ontwerp verdacht veel op zijn lippen lijkt.

Xenia belt me, dus ik vertel haar over alles.

"Het klinkt alsof hij echt geen ander heeft," zegt ze als ik klaar ben. "Het spijt me dat ik je zo paranoïde heb gemaakt."

"Je hoeft je niet te verontschuldigen. Ik kan zelf nadenken." En mijn eigen bagage maakte me vatbaar om mannen te wantrouwen.

We kletsen nog wat, dan vraagt ze me om haar op de hoogte te houden van Tiggers herstel en hangt op.

Ik kijk naar mijn donzige metgezellen en zie Boner weer op de keukenstoel staan. Ik denk dat hij wacht tot Winnie komt drinken, zodat hij kan proberen haar van de juiste hoogte te bespringen.

"Ik zou Remy maar gaan berijden als ik jou was," zeg ik hem.

"*Ma chérie*, hoe kun je mijn baby *maman* met slechts een *maîtresse* vergelijken?"

Ik maak voor mezelf een boterham met kalkoen terwijl ik hem in de gaten houd. Zoals verwacht, komt Winnie drinken, maar ze positioneert haar kont zo dat Boner niet eens kan hopen om de sprong te maken.

Slimme beer.

Met een neerslachtige blik springt Boner van de stoel.

Aww. Als Remy er niet was geweest, dan zou ik zeggen dat mijn hond in een versie van de mannelijke hel leeft - een sexy vrouwtje in de buurt hebben, maar die altijd net buiten zijn bereik is. Aan de andere kant is hun seksuele opzet die van veel huwelijken, dus misschien is het overdreven om het de hel te noemen.

Ik neem de sandwich mee naar de woonkamer, zet Netflix aan en kijk door het aanbod. Hmm. Moet ik iets met Woody Harrelson gaan bekijken - ter ere van ons bestverkochte product?

Ik vraag me af of hij in een van zijn films een coltrui heeft gedragen.

Zodra ik mijn film heb gekozen, begin ik in mijn boterham te bijten, maar mijn tanden happen alleen maar lucht.

Ik staar naar mijn boterhamloze hand.

Wat voor de duivel? Kun je geheugenverlies krijgen door te geil te zijn?

Een vleugje hondenadem geeft me een hint en ik kijk achter me.

Yep.

Met onschuldige ogen en een snuit bedekt met kruimels, kauwt Winnie op wat de overblijfselen van mijn boterham lijken te zijn.

Hoe heeft ze het zo stiekem kunnen pakken? Als ik haar dat met sieraden zou kunnen leren, dan zouden we wereldberoemde dieven kunnen zijn.

"Gemene move, mijn eten stelen," zeg ik streng. "Trouwens, heb je vandaag niet al een bak met hondenvoer gegeten?"

"Tsk, tsk, Bella Borisovna. De eetlust van een zwangere vrouw te schande maken?"

Ik ga naar de keuken, steek nog een stuk kalkoen tussen twee sneetjes geroosterd brood en geef de hondjes wat van hun eigen eten, zodat ze ook bezig zijn met eten - een onfeilbare manier om mijn volgende boterham veilig te houden.

Na de film en een douche, trek ik mijn pyjama aan en ga eindelijk naar bed - maar niet om te slapen. Eerst wil ik mijn opgekropte driften met behulp van een vibrator uit onze teledildonics-lijn verlichten. De fantasie die ik in gedachten heb, is dat Dragomir het op afstand bedient en mijn orgasmes vanuit Ruskovia onder controle heeft.

Ik haal de gloednieuwe vibrator uit de doos en bereid me voor om hem aan mijn telefoon te koppelen.

Dit waanzinnig roze speeltje is van een speciaal materiaal gemaakt dat ik onlangs heb uitgevonden. Het voelt zacht aan en doet aan *kholodetz* denken - hoewel er geen varkenssnuit, varkensoren, kippenpoten of runderstaarten bij het maken van deze vibrator betrokken waren.

Bij het maken van speeltjes van Belka worden zelfs helemaal geen dieren geschaad. We testen niets op dieren... tenzij je Vlad en Fanny mee zou tellen.

Ik ontgrendel mijn telefoon en zoek naar de Belka-app die Vlad heeft geschreven, een met bedieningselementen voor het speeltje.

Plotseling verschijnt er een videogesprek op mijn scherm.

Mijn hart springt in mijn keel.

Ben ik al in slaap gevallen en ben ik aan het dromen?

Het is weer Dragomir.

Hoofdstuk Achtentwintig

*I*k ga zo zitten dat Dragomir het seksspeeltje op mijn bed niet kan zien en beantwoord zijn oproep.

Achter hem is een chique slaapkamer te zien die in een hotel of een penthouse moet zijn. Hij zit in een stoel in niets anders gekleed dan een badjas, waardoor ik bij het zien van de stevige groef tussen zijn borstspieren kan gaan kwijlen.

Zijn lichtbruine ogen zijn meer dan rood en geïrriteerd - de ogen van een gevangene die de verbeterde ondervragingstechniek ondergaat, namelijk slaapgebrek. Maar als hij me ziet, vormen zijn lippen een glimlach die me het gevoel geeft dat ik zonnestralen heb ingeslikt.

"Hoi, *eekhoornchick*," zegt hij. "Mis je me al?"

Mijn antwoordende grijns is maf. "Noemde je me nou net een eekhoornchick?"

Hij neemt de toon van een hoogleraar aan. "Het

Russische verkleinwoord voor Bella is Belochka, wat ook het woord voor een eekhoorn is. Het achtervoegsel 'chka' is een andere manier om een verkleinwoord te maken, vooral in het Ruskoviaans en dan is het 'chik'. Maar aangezien je zo'n beetje een Amerikaan bent, ben ik op het Engels overgeschakeld en kreeg ik chick en uiteindelijk *eekhoornchick*."

Ik rol speels met mijn ogen. "Heb je me net de mannen uitleg voor mijn koosnaam gegeven?"

"Sorry," zegt hij berouwvol. "Ik had moeten beseffen dat je zou begrijpen hoe ik dat had bedacht. Je bent slimmer dan ik. En natuurlijk beter in het Russisch."

"En dat je het niet vergeet. Maar wat nog belangrijker is, vind je niet dat ik door de bijnaam een beetje eekhoornig overkom?"

Zijn glimlach wordt breder. "Ik kan je *kiska* noemen."

"Dat is een poesje. Dat wist je wel, toch?"

Zijn linkerwenkbrauw gaat omhoog. "Het betekent *klein katje*."

"Poesje," zeg ik. "Geloof me, ik ben liever de eekhoornchick - ervan uitgaande dat ik jou in ruil daarvoor ook een koosnaam mag geven."

Hij houdt zijn hoofd schuin. "Dat hangt ervan af."

"*Drakenchik*," zeg ik. Terwijl ik zijn eerdere hoogleraarstoon nadoe, leg ik uit: "Dragomir lijkt in het Engels op 'dragon' wat 'draak' betekent en de verkleinde versie daarvan is in het Russisch *drakonchik*."

Hij fronst. "Het klinkt ook als Dr. A. Konchik. Betekent *konchik* in het Russisch niet het uiteinde van een penis?"

"Nee," zeg ik, terwijl ik mijn best doe om mijn gezicht in de plooi te houden. "Het is een algemeen woord voor punt, zoals dat van een potlood, pen, enzovoort. Maar als je wilt, *kan* ik je Dr. Punt noemen."

"Nee, bedankt, *drakenchik* is prima."

"Het is een deal. Vertel me nu eens waarom je niet slaapt."

Hij haalt zijn schouders op en de vermoeidheid keert terug naar zijn gezicht. "Ik heb het geprobeerd. Maar het ging niet."

"Dat is balen. Ik haat het als dat gebeurt."

Er verschijnt een grijns op zijn lippen. "Het is niet *helemaal* slecht."

Mijn ademhaling versnelt. Ik denk dat ik weet waar dit heen gaat.

"Toen ik het zat was om in bed te blijven liggen, ben ik op zoek gegaan naar iets om te doen, dus ik toen heb ik de rugzak geopend die je me had gegeven." Hij draait de camera om om me de seksspeeltjes te laten zien die op zijn bed liggen.

Yep. Wat ik al dacht. Maar zou dit echt-

"Dus, eekhoornchick." Zijn grijns wordt ronduit ondeugend. "Wil je dit uitleggen?"

Hoofdstuk Negenentwintig

*D*enkt hij dat hij me bij het zien van seksspeeltjes van slag kan krijgen? Ik, de vrouw die ze allemaal heeft ontworpen? Of - durf ik te hopen - staat mijn eerdere fantasie op het punt om werkelijkheid te worden?

Ik haal diep adem. "Dat zijn speeltjes van teledildonics. 'Tele' is Grieks voor 'ver' en het dildo-gedeelte spreekt voor zich." Ik werp een blik op het kruisgedeelte van zijn badjas. Hoewel het misschien mijn wensgedachte is, denk ik dat ik daar een glimp van Everest zie, die van de witte stof een tent maakt.

Dragomirs blik verandert in een felle kleur amber, de eerdere vermoeidheid is spoorloos verdwenen. "Wil je een van hen op mij gebruiken?"

Ik trek wellustig een wenkbrauw op. "Ja, maar jij krijgt niet al het plezier." Ik draai de camera om en laat hem de roze vibrator op mijn bed zien. "Dit speeltje werkt volgens hetzelfde principe als degene die jij hebt. Met de juiste app kun je met me doen wat ik van plan ben om met jou te doen."

Hij brengt de telefoon dichter bij zijn gezicht. Op basis van zijn gezichtsuitdrukking verwacht ik half dat hij een stuk van het scherm gaat bijten.

"Oké dan," gromt hij. "Kleed je uit."

Wauw. Het gaat *gebeuren*. Op de Donkey Kong-manier.

Ik doe mijn tanktop uit en laat mijn borsten zien.

Zijn ogen worden groot.

Ik draai mijn rug naar hem toe, steek mijn kont naar achteren en schuif langzaam mijn pyjamabroek naar beneden.

Zijn telefoon valt bijna uit zijn hand.

Ik draai me om en trek zo verleidelijk als ik kan mijn slipje uit.

Ik heb dit nog nooit eerder gedaan, strippen voor een camera. Wie had gedacht dat ik er zo heet van zou worden? Mijn tepels zijn hard en mijn clitoris klopt - en het beste moet nog komen.

"Fuck." Dragomirs gegrom klinkt gekweld. "Je bent perfect."

Ik beweeg de camera plagend dichter naar mijn gezicht en verberg tijdelijk mijn lichaam. "Nu ben jij aan de beurt."

Hij zet zijn telefoon veilig op een nachtkastje, loopt weg zodat ik zijn hele lichaam kan zien en laat de badjas vallen.

Mijn geest - en meer privé delen - staan op het punt van ontploffen.

Weer.

Het licht in zijn kamer benadrukt elke groef in zijn krachtige, prachtig gedefinieerde spieren, waardoor ik het scherm wil likken, mezelf aan wil raken en misschien naar Ruskovia wil vliegen.

Ja, zeker het laatste. Teleporteren zou nog beter zijn. De man is als dynamiet voor mijn eierstokken - en Everest is bijzonder verleidelijk. Het steekt als een berg naar de camera van de telefoon uit en steelt met gemak de schijnwerpers.

Heeft Dragomir een slimme zoomfunctie op zijn telefoon waardoor hij er nog groter uitziet? Of was het al zo groot toen het laatst in mijn mond ging? Hoe kan het zijn dat ik mijn kaak niet heb ontwricht?

"Wat nu?" vraagt hij hees.

"Doe dat maar om." Met een vinger die trilt van verwachting wijs ik naar de extra grote penisring op zijn bed. "Ik zal de vibratie regelen."

Als hij zich omdraait om het speeltje op te pakken, zie ik zijn strakke bilspieren en gespierde dijen - en mijn opwinding gaat nog een tandje hoger.

Iemand zou een standbeeld voor me moeten bouwen voor het nobele offer om hem als eerste te laten komen.

Hij draait zich om, penisring in de hand.

Ik staar terwijl hij hem over Everest laat glijden.

Het is officieel.

Dit is de meest seksueel geladen ontmoeting van mijn leven.

De krappe ring zorgt ervoor dat de Everest uitpuilt en er overal aderen opduiken.

Zou hij het erg vinden als ik met mezelf begon te spelen?

Nee. Het is leuker om me eerst op hem te focussen.

Toch is het moeilijk om de drang te weerstaan. Er is iets met sieraden en andere kleine accessoires waardoor naaktheid nog duidelijker wordt.

Ik schraap mijn keel, start de Belka-app op mijn telefoon en leidt Dragomir snel door het proces om mijn telefoon de controle over zijn ring te geven.

Als alles is ingesteld, klik ik aan mijn kant op de vereiste knop en Everest begint te trillen - alsof hij door een aardbeving is getroffen.

Dragomirs gezicht wordt strak en zijn kwikachtige ogen worden donkerder van de hitte.

Ik verhoog de snelheid van de vibratie een klein beetje.

Het lijkt onmogelijk, maar Everest ziet er nog groter en gezwollen uit.

Ondeugend lachend draai ik de snelheid naar zeventig procent.

Een donkere blos kleurt zijn hoge jukbeenderen.

Tachtig procent.

Hij kreunt, zijn handen ballen zich tot vuisten.

Ik wacht even en zet dan de ring op volle kracht.

Dragomir kreunt harder en Everest barst los.

Heilige vulkanen. Ik denk dat ik dat ding Vesuvius in plaats van Everest had moeten noemen.

Sperma schiet er in een stortvloed uit en landt overal, ook op de camera van de telefoon - wat zijn kamer een flets uiterlijk geeft.

Verdorie. Misschien hadden we de mouw moeten gebruiken? Op die manier zou de uitbarsting ingesloten zijn geweest.

Ik stop de vibratie.

Dragomir schuift de ring eraf, grijpt een paar tissues en ruimt de rotzooi op. Hij herpositioneert de camera en kijkt me met een hongerige blik aan. "Jouw beurt."

Eindelijk.

We koppelen mijn vibrator snel aan de app aan zijn kant, dan schuif ik weer op het bed.

"Klaar?" gromt hij.

Ik raak met de vibrator mijn clit aan. "Ja."

Met ogen die over me heen zwerven, begint hij de vibratie.

Fuuuuuck. Het voelt geweldig - honderd keer beter omdat hij de touwtjes in handen heeft. Masturbatie heeft dit met kietelen gemeen - het bij jezelf doen is heel anders dan iemand het voor je laten doen.

Met een blik van puur mannelijke tevredenheid verhoogt hij de intensiteit.

Er ontsnapt een kreun aan mijn lippen.

Hoewel mijn zicht wazig is, zie ik Everest weer omhoogkomen - wat me hoe onmogelijk ook nog meer opwindt.

"Ga door, eekhoornchick," ademt hij. "Kom voor me."

Ik sta op het punt om hem te gehoorzamen - maar dan vernauwen zijn ogen zich voor iets achter me en hij roept iets in het Ruskoviaans.

Mijn aankomende orgasme neemt af.

Wat voor de duivel?

Er gebeuren twee dingen tegelijk.

Mijn neus detecteert de geur van hondenadem en Winnie steelt met dezelfde ninja-vaardigheid die ze op mijn boterham had gebruikt de vibrator uit mijn handen.

"Hé!" schreeuw ik. "Geef dat terug."

Met kwispelende staart, stormt de beer de kamer uit.

"Zorg ervoor dat ze dat niet doorslikt!" hoor ik Dragomir schreeuwen terwijl ik opspring om de achtervolging in te zetten.

Juist. Dit is de tweede keer dat ze een speeltje te pakken krijgt dat onder mijn vrouwelijke sappen zit - en het derde speeltje in het algemeen.

Ik sprint achter haar aan.

Ze springt moeiteloos over mijn salontafel en met even onschuldige ogen als gewoonlijk kwispelt ze met haar staart naar me.

"Dit is geen spelletje," waarschuw ik streng terwijl ik de achtervolging in zet.

Ze vlucht en als haar mond niet bezet zou zijn - en nog belangrijker, als honden hadden kunnen praten - dan wed ik dat ze zou zeggen: "Als het geen spelletje is, waarom is het dan zo leuk, Bella Borisovna?"

Aangezien ik een mens ben en hopelijk slimmer, gebruik ik strategie en heb ik haar uiteindelijk in de keuken in een hoek klemgezet.

Boner kijkt ons met een scheef hoofd aan.

Ugh. Ik kan vanaf nu de speeltjes maar goed verborgen houden. Hij zal dit spelletje nu ongetwijfeld ook willen spelen.

Met veel moeite haal ik de vibrator uit Winnie's kwijlende muil.

Ze kijkt verlangend naar het roze voorwerp.

"Ik zal een roze speeltje voor je maken dat voor honden geschikt is," zeg ik tegen haar. "Maar niet deze."

Boner jankt.

"Ik zal er voor jou ook een maken."

Winnie ziet er nog steeds verdrietig uit, dus ik koop haar om met een koekje met baconsmaak, dat haar opvrolijkt.

Ik gooi de opgekauwde vibrator in de vuilnisbak, was mijn handen, ga terug naar de slaapkamer, doe de deur op slot en stel Dragomir gerust dat ze het speeltje niet heeft ingeslikt.

"Wil je doorgaan?" vraagt hij.

Schijt de beer in het bos - of steelt ze seksspeeltjes?

"Oh, ja."

Zijn antwoordende glimlach doet iets onfatsoenlijks met mijn binnenste. "Heb je nog een ander teledildonics-speeltje?"

Dat heb ik wel, maar ik weet niet zeker of ik het toe moet geven. Ik weet niet hoeveel speeltjes er nodig zijn voordat hij begint te vermoeden dat ik ze zelf maak. En nu ik naar zijn naaktheid staar, wil ik zo snel mogelijk klaarkomen - niet op zoek gaan naar een doos, hem openen, hem instellen met de app, enzovoort.

Ik plak een ondeugende grijns op mijn gezicht en laat mijn hand langzaam langs mijn buik glijden. "Wat dacht je van iets meer low-tech?"

Everest trilt goedkeurend. "Ja, eekhoornchick." Dragomirs stem zakt een octaaf. "Laat jezelf voor me klaarkomen."

"En ik wil dat jij hetzelfde voor mij doet," mompel ik, terwijl ik mijn vingers over mijn pijnlijke clit op en neer beweeg.

Hij pakt Everest vast.

Het orgasme dat mij eerder werd ontzegd, keert in een oogwenk terug - en genot explodeert met de intensiteit van een nucleaire explosie door mijn zenuwuiteinden.

Ik kreun zijn naam.

Hij gromt van genot.

Als mijn ademhaling gelijkmatiger wordt, betrap ik hem erop dat hij me met een eigenaardige intensiteit aankijkt. Alsof hij verdwaald is in een woestijn en ik een limoen-komkommer Gatorade ben.

"Ik denk dat ik een douche nodig heb," zeg ik met een ietwat hese stem.

Hij knippert met zijn ogen en de blik vervaagt en

wordt door weer een onfatsoenlijk sexy glimlach vervangen. "Natuurlijk. Ik kan er ook wel een gebruiken. Slaap lekker vannacht, eekhoornchick."

"Jij ook."

Ik wacht tot hij ophangt, maar dat doet hij niet. Hij kijkt me alleen maar aan en ik zie weer een hint van die verontrustende intensiteit in zijn ogen - dat vreemde verlangen dat me zowel boeit als van streek maakt.

"Ga je gang. Hang op," zeg ik.

Zijn lippen trillen. "Hang jij maar op."

"Nee, jij."

"Jij eerst."

Okay, het is officieel. Ik *zit* weer op de middelbare school.

Grijnzend zwaai ik naar de camera en hang op.

Hoofdstuk Dertig

*A*ls ik de volgende ochtend klaar ben met ontbijten, komt Winnie naar me toe en maakt een vreemd jankend geluid.

Wacht eens even.

Ik heb dat eerder gehoord.

Ik spring overeind, doe beide honden aan de lijn en ren naar buiten.

Zodra we het gebouw uit zijn, kijk ik om me heen om er zeker van te zijn dat er geen broos uitziende oude mensen in de buurt zijn. Ik wil niet dat ze een hartaanval krijgen.

De kust is veilig, dus ik kijk naar Winnie en zeg, "Kraken."

THPPTPHTPHPHHPH.

Ik neem een sprint, beide honden op sleeptouw, in de hoop de geur te ontlopen, maar de scheet die uit Winnie's kont komt, blijft maar doorgaan.

Als we voor een rood licht stoppen, geeft Boner

Winnie een blik, waaruit blijkt dat hij onder de indruk moet zijn. Ik wed dat hij zijn ziel zou verkopen om zelfs maar tien procent van zoveel gas te kunnen produceren.

De wind die in mijn gezicht waait, neemt tenminste het grootste deel van de dampen weg. Toch voelt het alsof we over een gruwelijk kerkhof lopen waar zieke eieren en kool komen om te sterven.

"Bedankt voor de waarschuwing," zeg ik tegen Winnie als we ver genoeg van de stank vandaan zijn. "Als je dat in het appartement had gedaan, dan had ik moeten verhuizen - en dan zou ik mijn borg zeker kwijt zijn geraakt."

Winnie hoort me niet. Haar aandacht is op iets aan de zijkant gericht.

Ik volg haar blik en verstijf.

Het is een zwarte kat die op het punt staat om ons pad te kruisen en er is niemand in de buurt om de vloek te verbreken, dus ik zal me als een idioot om moeten draaien.

Zoals gewoonlijk doet Boner alsof de kat niet bestaat - wat begrijpelijk is. Deze kat is voor hem wat een leeuw voor mij zou zijn. Maar aan de nadere kant, als er in Central Park een leeuw op zou duiken, dan weet ik niet zeker of ik zou doen alsof hij niet bestond.

De kat ziet Winnie, buigt zijn rug en blaast.

Winnie haast zich jankend om zich achter me te verschuilen.

De kat stopt met blazen, draait zich om en rent

voor zijn leven - hij denkt ongetwijfeld, *dat berengeval doet gek. Veiliger om uit de buurt te blijven.*

Oef. Slechte juju afgewend, lopen we verder - dat wil zeggen, totdat ik Pom-Pom, onze vijandige poedel, helemaal alleen op me af zie rennen.

Shit. De eigenaar moet de riem hebben laten vallen en het beest loopt nu vrij rond.

Die stomme zwarte kat moet dit toch veroorzaakt hebben.

Winnie staat achter me voordat ik zelfs maar met mijn ogen kan knipperen.

Onbewust van zijn eerdere interacties met de kwaadaardige poedel, kwispelt Boner met zijn staart.

Pom-Pom gromt en komt sneller onze kant op.

Mijn hart bonkt als een gek als ik Boner terugtrek. Ik weet niet wat ik moet doen. Zelfs als ik hem optil, kunnen we in de problemen komen. Ondanks hun gekke uiterlijk zijn koningspoedels grote honden die niet alleen Boner maar ook mij pijn kunnen doen.

Boner moet eindelijk het gevaar beseffen. Hij stopt zijn staart tussen zijn benen en jankt luid.

Aangemoedigd komt Pom-Pom op ons af.

Ik pak Boner op en bereid me voor om voor ons leven te vechten.

Het beest met krulhaar is bijna op bijtafstand.

Plotseling laat een bloedstollend gegrom de lucht trillen.

Het is hoe een hellehond zou klinken als je hem echt kwaad zou maken.

In eerste instantie denk ik dat het gruwelijke geluid uit Pom-Pom komt.

Maar nee.

Pom-Pom blijft met grote ogen stokstijf staan.

Ik kijk nog eens goed.

Winnie verschuilt zich niet langer achter me. Ze heeft zichzelf tussen ons en de aanvallende hond geplaatst en hoe moeilijk het ook is om te geloven, het gegrom komt uit haar muil.

Gezien dat hele "Ruskovia van wolven verlost"-gedeelte, is het misschien toch *niet* zo moeilijk om te geloven. Winnie's hele manier van doen is van schattig en knuffelig naar poep-in-je-broek wild veranderd. Nu lijkt ze ook heel erg op een beer - ze zien er schattig uit, maar kunnen dodelijk eng zijn als je aan hun verkeerde kant staat.

En dat is wat *dit* is.

Winnie is zojuist in een mamabeer verandert om mij en Boner tegen deze poedel met kaalgeschoren kont te beschermen.

"Doe nog een stap naar voren en dan laat ik haar riem los," zeg ik triomfantelijk tegen Pom-Pom.

De poedel is niet suïcidaal. Ze draait zich om, stopt haar staart tussen haar poten en rent weg - rechtstreeks in de armen van haar hijgende eigenaar.

Ik adem opgelucht uit en zet Boner op de grond.

Winnie ziet er weer uit als een lieverd, ze likt Boners gezicht en gaat verder alsof er niets is gebeurd.

Thuis ben ik teleurgesteld dat ik geen berichten van Dragomir op mijn telefoon heb. Er is echter een gemist telefoontje van mijn moeder - wat zorgwekkend is. Ze belt me bijna nooit en ze geeft er de voorkeur aan om uitnodigingen voor familie-evenementen als Facebook-berichten te sturen.

Is er iets gebeurd?

Ik herinner me de zwarte kat en mijn ademhaling versnelt. Ik bel haar snel terug.

"Hallo, lieverd," zegt ze terwijl ze opneemt. "Hoe gaat het met je?"

Lieverd? Hoe gaat het met je?

Wie is dit en wat heeft ze met mijn echte moeder gedaan?

"Het gaat prima, mam," zeg ik voorzichtig. "Is er iets aan de hand?"

"Natuurlijk niet. Ik realiseerde me net dat ik je al een tijdje niet meer heb gesproken."

Een klein understatement?

"Het gaat prima," zeg ik. "Hoe gaat het met jou?"

"Geweldig, geweldig. Hoe is het met Dragomir? Hoe gaat het tussen jullie twee?"

Ah. De dingen vallen op hun plaats. Dit telefoontje is een investering in het project "hou een schattig kleinkind in je armen".

"Met Dragomir gaat het niet zo goed," zeg ik en vertel haar over Tiggers ongeluk.

"Dat is vreselijk," zegt ze met oprecht gevoel.

"Zeg hem en zijn ouders dat ik voor Tigger een spoedig herstel wens."

"Tuurlijk." En dat zal ik zeker doen - als ik zijn ouders ooit ontmoet.

"Weet je," zegt ze, "ik heb een geweldige remedie die ze zouden moeten proberen."

Oh jeetje. Moeders remedies kunnen vergezocht zijn, zelfs voor Russen. En om de een of andere reden zijn ze erg op urine georiënteerd. Ik moest een keer over haar been heen plassen toen ze uitslag had en er was die keer dat Alex buikgriep had en ze erin was geslaagd om hem ervan te overtuigen om urine te *drinken* - maar die keer was het tenminste *zijn* urine.

"Ik weet zeker dat de artsen weten wat ze doen," zeg ik.

Als ik tegen Dragomir zeg dat hij op zijn broer moet plassen, dan denk ik niet dat hij het zou snappen. Hij zou zelfs kunnen denken dat ik van golden showers hou, wat niet zo is.

"Wat kan het kwaad om mijn kompres te proberen?" vraagt moeder.

"Hangt van het kompres af..."

Als het rauw lamsvlees is, zoals haar remedie tegen acne, dan kan hij E. coli-vergiftiging of erger krijgen.

"Laat een negentienjarig maagdelijk meisje een pond kool, twee uien, vijf teentjes knoflook en een steeltje peterselie kauwen. Verwarm het kompres tot lichaamstemperatuur en bedek de huid van Tigger een paar uur lang zo veel mogelijk."

Maagdelijk? Hoe zou dat medisch gezien helpen? Helpt een maagdenvlies meisjes om magische enzymen in hun speeksel te produceren? En waarom klinkt deze remedie als een recept voor een menselijke dumpling - zonder bloem?

Hé, de maagd hoeft tenminste op niemand te plassen. Dat is voor het eerst.

"Ik zal het aan Dragomir doorgeven," lieg ik. "Dank je."

"Graag gedaan. Ga hem nu bellen, zodat ze ermee aan de slag kunnen gaan. Het kan tegenwoordig moeilijk zijn om maagden te vinden."

Was dat een steek onder water naar mij, omdat ik mijn maagdelijkheid verloor toen ik achttien was, of een klacht over de moraal van millennials?

"Tuurlijk," zeg ik. "Bedankt mam. Doei."

Ik hang op, maar bel Dragomir niet. Misschien slaapt hij zijn jetlag weg. In plaats daarvan controleer ik mijn e-mail.

Interessant. Alex vertelt me dat we volgende week een afspraak met Marco en zijn mensen hebben - ik vroeg me af of hij met Dragomir naar Ruskovia was vertrokken.

Ik noteer de bijeenkomst in mijn agenda en stort me op het ontwerp van een pak en stop alleen om de honden en mezelf te eten te geven.

Als mijn brein pijn begint te doen van het werk, sta ik op en maak de slaapkamer klaar voor het geval Dragomir me weer belt.

In plaats van een vibrator, pak ik een clit-zuig

gizmo uit en leg het op het bed. Vervolgens trek ik mijn meest sexy bh en slipje aan en trek ik een leuke jurk aan.

Net als ik op het punt sta om wat Netflix te gaan kijken om de tijd te doden, gaat mijn telefoon.

Kan het waar zijn?

Ik pak de telefoon.

Jazeker!

Een videogesprek van Dragomir.

Hoofdstuk Eenendertig

*H*ij zit weer in die penthouse-achtige slaapkamer en ziet er veel meer uitgerust uit - en naar verhouding nog lekkerder.

"Hoi, eekhoornchick."

"Hallo, drakenchik," antwoord ik met een grijns. "Hoe heb je geslapen?"

Hij beantwoordt mijn glimlach. "Heel goed. Bedankt dat je me in hebt gestopt."

"Het was me een genoegen. Letterlijk. Hoe gaat het met je broer?"

De glimlach verdwijnt. "Hetzelfde. De artsen helpen niet. Hij zou vandaag, morgen of over een paar weken uit de coma kunnen komen - ze weten het echt niet."

"Dat is balen." Ik zit op mijn bed. "Laat het me weten als ik iets kan doen om te helpen." Behalve hem moeders remedie besparen.

Hij zit ook op zijn bed. "Je doet het al. Door met

jou te praten, worden mijn gedachten afgeleid."

Ik voel me zo fladderig dat het een wonder is dat ik niet naar het plafond zweef. "Bel me in dat geval wanneer je maar wilt praten, dag of nacht."

"Misschien hou ik je daar wel aan. Vooral omdat ik nog steeds in de tijdzone van New York zit."

"Is het tijdsverschil niet enorm?" vraag ik.

Hij knikt. "Tien uur."

"Je moet waarschijnlijk aan de lokale tijd gaan wennen. Het is niet goed voor je circadiane ritme om overdag te slapen en 's nachts als een vampier rond te lopen."

Hij zucht. "Ik denk dat ik zelf ook bijgelovig kan zijn. Ik kan er niets aan doen, maar ik heb het gevoel dat als ik naar de Ruskoviaanse tijdzone overstap, het zal zijn alsof ik accepteer dat Tigger niet snel zal herstellen - en het daardoor tot stand breng."

Niet voor het eerst wens ik dat ik hem via internet kon omhelzen. Zodra mijn VR-pak af is, zal knuffelen op afstand zeker een van de toepassingen zijn. Zoals het nu is, moet ik een andere manier proberen om hem op te vrolijken.

"Vertel me eens iets over Tigger," zeg ik zachtjes. "Een fijne herinnering."

Dragomirs mond buigt een beetje. "Nou, om te beginnen was hij van ons footballteam bijna altijd de spits. Hij scoorde meer doelpunten dan ik kon tellen."

Doelpunten? Worden ze geen touchdowns genoemd?

Ik trek een wenkbrauw op. "Weet je zeker dat je football bedoelt?"

"Ah. Sorry. Ik bedoelde natuurlijk voetbal. Mijn vaders droom was om genoeg zoons voor een voetbalteam te hebben. Hij heeft zijn wens gekregen, met uitzondering van de doelman die een neef was, vormden mijn broers en ik het team. In ieder geval voor een tijdje."

Hij vertelt me verder over hun sportieve avonturen en het lijkt hem op te vrolijken - vooral als hij vertelt over de keer dat ze erin waren geslaagd om een semi-professioneel team uit Rusland te verslaan.

Terwijl ik luister, krijg ik weer het gevoel dat zijn familie enorm rijk is. Het voetbalveld in de verhalen was "van hen", hun coach klinkt professioneel en dat team voor de cruciale wedstrijd werd vanuit Rusland overgevlogen.

"Hoe zit het met jou?" vraagt hij. "Hebben jij en je broers gesport?"

Ik schud mijn hoofd. "Het dichtst bij het spelen van sport was bij ons hockey op de Xbox spelen. Over het algemeen speelden we veel competitieve videogames, van vechten tot racen. Ik denk dat Alex zo zijn passie voor game-design heeft gekregen."

Hij lacht. "Heb je daardoor geleerd om zo competitief te zijn?"

Ik grijns. "Ik betwijfel het. Ik kon ze vrijwel moeiteloos in elk spel verslaan." Ik beweeg mijn behendige vingers. "Ik heb een bovengemiddelde hand-oogcoördinatie en een uitstekende reactietijd."

Zijn glimlach wordt breder. "Vergeet je bovengemiddelde, super verbazingwekkende nederigheid niet. Ik betwijfel of iemand daarmee kan concurreren."

"Ach, ja. En jij maar denken dat ik gewoon de meest sexy vrouw was die je ooit hebt ontmoet. Dat ben ik niet - ik ben ook de meest bescheiden."

Warmte glinstert in zijn ogen. "Ik zou je waarschijnlijk niet moeten aanmoedigen, maar jij *bent echt* de meest sexy vrouw."

Ik knipper met mijn wimpers naar hem. "Hetzelfde geldt voor jou, jij bent ook de meest sexy man - en ik weet niet zeker of je het beseft, maar je hebt zojuist een doos van Pandora geopend."

Hij houdt zijn hoofd schuin. "Wil je meer over de vrouwen weten met wie ik heb gedate?"

"Ik heb je over mijn ex verteld. Het is alleen maar eerlijk."

Hij moet het ermee eens zijn, want hij zegt, "Ik heb niet veel te vertellen. Er waren in mijn leven niet zoveel vrouwen en geen van die relaties was serieus - met uitzondering van mijn laatste." Zijn gezicht wordt donkerder. "Ze werkte bij het fonds van mijn ouders en toen ik mijn erfenis verloor, verloor ik haar ook." Hij schraapt zijn keel. "Het is eerlijk gezegd het beste. Ze was duidelijk in de verkeerde dingen geïnteresseerd."

Ja - en haar verlies is mijn enorme winst.

Hij brengt de telefoon dichter bij zijn gezicht. "Nu

moet jij me iets persoonlijks vertellen. Het is alleen maar eerlijk."

"*Frozen*," flap ik eruit nadat ik mijn hersens heb gekweld over iets om te delen naast het feit dat ik een bedrijf voor seksspeeltjes heb. "Het is mijn favoriete film."

Hij neemt dit veel serieuzer dan ik zou hebben gedaan als onze rollen omgedraaid waren.

"Dat kan ik met gemak geloven," zegt hij. "Het is een verhaal over rebellie en zelfactualisatie, nietwaar?"

Ik doe alsof ik geschokt ben. "Heb je *Frozen* nog nooit gezien?"

Hij ziet er echt op zijn plek gezet uit. "Ik heb het liedje gehoord. Telt dat?"

"Nee, dat telt niet," zeg ik met een gemaakte knorrigheid. "Je hebt nu een huiswerkopdracht. Je moet het bekijken."

Hij knikt - of hij gelooft me op mijn woord of hij acteert op Oscar-niveau. "Het staat op mijn to-do-lijst."

"Je zult me er later voor bedanken," zeg ik. "En hoe zit het met jou? Wat is jouw favoriete film?"

Hij wrijft over zijn kin. "Het is moeilijk om een favoriet te kiezen, maar degene die ik het meest opnieuw kijk is *The Princess Bride*."

"Onvoorstelbaar!" zeg ik met een grijns. "Het is eigenlijk heel goed voor te stellen. Het heeft al dat schermen, om nog maar van Robin Wright als

Buttercup te zwijgen. Ze is een van mijn favoriete actrices."

Hij trekt zijn wenkbrauwen op. "Is ze dat?"

"Heb je haar als generaal Antiope in *Wonder Woman* gezien? Of als Claire Underwood in *House of Cards*?"

"Dat heb ik en ze is geweldig. Maar zij is niet de reden waarom ik die film leuk vind - en het schermen ook niet. Ik hou van de boodschappen die erin zitten."

Ik frons. "Heeft het boodschappen?"

"Ja, natuurlijk. Zoals 'het leven is niet eerlijk'."

Ik knik. Dat is een punt.

"Wat nog belangrijker is" - hij kijkt me veelbetekenend aan - "het leert de les dat er met degenen die wachten goede dingen gebeuren."

Ik knipper naar hem.

Heeft hij het over zijn gebrek aan serieuze relaties? Ben ik het goede dat hem is overkomen nadat hij geduldig heeft gewacht? Als dat zo is, dan denk ik dat hij mijn ontmoeting net met Inigo Montoya heeft vergeleken die bloedige wraak op de moordenaar van zijn vader neemt - maar ik voel me nog steeds warm vanbinnen.

Omdat ik me niet op mijn gemak voel om hem om opheldering te vragen, informeer ik in plaats daarvan naar wat voor soort muziek hij leuk vindt.

Het blijkt dat we van hetzelfde soort muziek houden. We hechten zelfs meer waarde aan onze liefde voor Russische rockbands waar Amerikanen nog nooit van hebben gehoord - zoals Nautilus Pompilius. We houden ook allebei niet van Russische pop, behalve van een paar geselecteerde bands, zoals t.A.T.u.

Als we klaar zijn met over muziek te praten, gaan we verder met boeken en ook hier vertoont onze smaak veel overeenkomsten - de uitzonderingen zijn de technische boeken die ik voor mijn werk lees versus de boeken over schermen die hij leest.

Terwijl we blijven praten, krijg ik het gevoel dat hij elk klein detail van mijn leven wil weten. Ik voel me steeds schuldiger dat ik hem niet over mijn bedrijf vertel. Maar aan de andere kant is hij nog steeds terughoudend als het gesprek in de richting van zijn verleden in Ruskovia gaat, dus ik denk dat we daardoor enigszins gelijk staan, vooral als hij *daar* iets verbergt - iets waarvan ik niet langer denk dat het een andere vrouw is.

Nadat we wat op uren lijkt hebben gepraat, stuur ik het gesprek naar sexy tijden. Ik gooi mijn haar over mijn schouder en vraag, "Ben je tweehandig?"

"Helaas niet," zegt hij. "Hoezo?"

Ik wiebel wulps met mijn wenkbrauwen. "Ik wil nauwkeurig zijn als ik me voorstel dat je me aanraakt."

Hij gaat rechtop zitten. "Ik zal je eerst met mijn linkerhand aanraken. Dan - als je me vertelt dat het de meest verbluffende ervaring van je leven was - zal ik eindelijk toegeven dat ik *niet* linkshandig ben."

Ik grijns om de zin uit zijn favoriete film en draai

de camera om om hem de clitoriszuiger te laten zien die ik op mijn bed heb voorbereid. "Wil je een herhaling van ons teledildonics-avontuur?"

Hij draait zijn eigen camera om om me de speeltjes op *zijn* bed te laten zien, klaar voor gebruik. "Zoals je wenst."

"Oh, dat wens ik." Ik loop naar de slaapkamerdeur en doe hem deze keer op slot. "En ik mag als eerste."

Hoofdstuk Tweeëndertig

$\mathcal{W}$e kleden ons uit alsof onze kleren in brand staan.

Zijn vingers dansen op zijn telefoonscherm terwijl hij de clitoriszuiging instelt om onder de controle van zijn app te staan.

Ik ga languit op het bed liggen en maak het apparaat klaar.

"Je bent geweldig," zegt hij met een ontzagwekkende stem.

Mijn ogen dwalen over elke groef van zijn spieren voordat ik op Everest blijf hangen. "Je ziet er zelf ook niet slecht uit."

Zijn ogen glanzen. "Klaar?"

Ik breng de gizmo naar mijn clit. "Ja."

Hij gaat naar de bedieningselementen op zijn telefoon. "Sluit je ogen en stel je voor dat ik aan je zuig."

Goed idee. Ik doe wat hij zegt, maar voordat ik

mijn fantasie de vrije loop kan laten, begint het zuigen.

Fuck. Fuck.

Het beeld van zijn zachte lippen die op mijn clitoris zuigen, is me dankzij het goed ontworpen speeltje maar al te gemakkelijk voor de geest te halen.

De intensiteit van de zuiging neemt toe. Ik stel me voor hoe hij met die lippen zuigt en diep inademt, alsof hij mijn clitoris een zuigzoen wil geven.

Een intens orgasme begint zich in mijn kern te ontvouwen - en dat is voordat de vibratie begint.

Wauw.

De vibratie is moeilijker om voor te stellen dat hij dat doet - tenzij ik mezelf ervan overtuig dat hij een gedaantewisselaar is die in een kat kan veranderen en dat dit zijn gespin is.

Het maakt het orgasme echter niet uit hoe realistisch mijn fantasie is. Het explodeert door mijn zenuwuiteinden, waardoor mijn tenen zich krommen en er een gekreun van mijn lippen komt.

"Brave meid," mompelt hij hees.

In een poging om op adem te komen, doe ik mijn ogen open - en kijk nog een keer goed bij het zien van mijn vrouwelijke delen. De zuigkracht was zo sterk dat het meer dan de gebruikelijke hoeveelheid bloed naar mijn clitoris heeft getrokken, waardoor het nu bijna net zo groot als een kleine penis is.

Ik heb met dit speeltje nog nooit in een goed verlichte kamer gespeeld, dus dit is goed om te weten. Het is misschien ook goed dat Dragomir hier niet is om me van dichtbij te zien. Ik stel me voor dat een aantal mannen de kriebels zouden krijgen als hun vrouw een penis zou ontkiemen.

Maar aan de ander kant betwijfel ik of Dragomir een van die mannen zou zijn. Het is zelfs zo dat in vergelijking met Everest, sommige echte penissen op een clitoris lijken.

Ik lik mijn lippen. "Jouw beurt."

Hij onderzoekt de speeltjes aan zijn kant. "Heb je een voorkeur?"

"De mouw." Ik wijs naar het ding dat eruitziet als een zak die van een inktvis is gemaakt.

Hij pakt het ding op, smeert het in en staart me zichtbaar gretig aan terwijl we het met mijn app synchroniseren.

"Deze keer ga jij je ogen dicht doen," zeg ik. "Plaats jezelf daarin en stel je voor dat je in mijn poes zit."

Iets wat niemand weet, is dat ik dat specifieke speeltje op basis van mijn eigen vagina heb ontworpen. Het zijn de exacte afmetingen in termen van diepte, breedte en elasticiteit. Ik heb ook mijn best gedaan om de textuur precies goed te krijgen. Het heeft me ontelbare uren gekost om mezelf en prototypes van het speeltje te vingeren - maar ik ben altijd bereid om namens de vrouw offers te brengen.

Natuurlijk kan ik Dragomir hier niets van vertellen zonder mijn geheim te onthullen.

Over geheimen gesproken, ik hoop dat Vlad dit specifieke feit nooit te weten komt. Toen hij Fanny bij het testen van mijn teledildonics-lijn hielp, heeft hij zijn penis in een mouw net als deze gestoken.

Ja, daar ga ik niet over nadenken.

Met gesloten ogen schuift Dragomir Everest in de mouw. Ik let goed op - als het speeltje scheurt, dan heb ik in de toekomst misschien een groot probleem.

Nee.

Het is een goede pasvorm.

Mijn vaginale wanden knijpen zich in jaloezie samen.

"Hoe voelt dat?" vraag ik hees.

Dragomirs gezicht trekt samen in extase. "Eekhoornchick..." Zijn stem is een zacht gegrom. "Je poesje voelt geweldig aan."

Dat kan maar beter zo zijn.

Ik start de gepatenteerde heen en weer beweging van de mouw.

Hij verstijft.

Ik geniet van mijn macht en verhoog de intensiteit.

Hij kreunt.

Waarom, oh waarom heb ik de mouw niet doorzichtig gemaakt? Ik wil elk detail zien. Ach ja. Ik voeg een beetje vibratie aan de op en neergaande bewegingen toe.

Hij ademt luid uit.

Het is mijn beurt om te verstijven.

Hoorde ik net een klop? Zijn het de honden?

Nee. Boner kent die truc niet - en ik betwijfel of Winnie dat wel weet.

Waarschijnlijk mijn verbeelding.

Ik vergeet het en verhoog de intensiteit helemaal.

Het gezoem is nu super luid, maar ik denk dat ik een vrouwenstem Ruskoviaans hoor spreken.

Wat voor de duivel? Heeft hij een radio aan?

Ik zou echt iets moeten zeggen, maar ik kan mijn ogen niet van Everest afhouden - die hoe onwaarschijnlijk ook nog meer opzwelt.

Opmerkelijk genoeg past het in de mouw.

Oef. Als ik me er onbewust zorgen over had gemaakt of Everest in mij zou passen, dan zijn die nu weg - het is nu vervangen door een verlangen naar hem om terug te komen en met de inspiratie van de mouw ditzelfde te proberen.

Dragomirs nek verstrakt zich, zijn vuisten spannen zich aan en met een grom komt hij in de mouw klaar.

Als hij zijn ogen opent, zien ze er wild uit.

"Dat was fucking fantastisch," zegt hij hees met een onregelmatige ademhaling.

Plotseling klinkt er een piepend geluid van een deur die opengaat.

Met grote ogen kijkt Dragomir weg van de camera.

Er klinkt een luide vrouwelijke hap naar adem.

Dragomir draait zich om en roept iets in het Ruskoviaans.

Er klinkt een kreet dat klinkt als het Russische woord voor "sorry", gevolgd door het geluid van een deur die dichtslaat.

Ik tuur in de camera. "Moet ik jaloers zijn?"

Hij draait zich om, zijn gezicht omzoomd met een vleugje kleur. "Nee, sorry. Dat was alleen de dienstmeid. Ze wilde ongetwijfeld de kamer schoonmaken."

"Shit. Dat moet de klop zijn geweest die ik heb gehoord. Ik dacht dat het mijn verbeelding was."

Hij trekt een grimas. "Ze behoort te wachten tot gasten een bordje met 'alstublieft schoonmaken' aan de deur hangen."

"Ze dacht waarschijnlijk dat je weg was," zeg ik. "Je moet echt die deuren op slot gaan doen - het hotel heeft nu misschien een aanklacht van intimidatie aan hun broek hangen."

"Dit is geen hotel," zegt hij. "Ik logeer bij mijn ouders."

Huh. Meer bewijs van de rijkdom van zijn familie. Hun logeerkamer ziet eruit als een penthouse en ze hebben een dienstmeid die zich aan borden moet houden die door gasten zijn opgehangen.

Terwijl ik daarover nadenk, trekt Dragomir zichzelf uit de mouw en doet de deur op slot.

"Waar waren we?" vraagt hij, terwijl hij naar het bed terugkeert.

Ik grijns ondeugend. "We stonden op het punt de video naar onze laptops over te zetten, zodat we onze telefoons kunnen gebruiken om elkaar op hetzelfde moment te laten komen."

Hij vindt dat een goed idee en we doen wat ik heb voorgesteld.

Een paar keer.

Uiteindelijk zijn we allebei volledig uitgeput. Hijgend lig ik daar, mijn botten lijken zo erg op pudding dat ik de telefoon nauwelijks recht kan houden.

"Hoe was het voor jou?" vraagt hij door een gaap heen.

"Doet me aan standje negenenzestig denken." Ik gaap ook. "Het is moeilijk om bedieningselementen van een app te gebruiken als je van extase schreeuwt."

Zijn blik gaat met een hernieuwde honger over mijn lichaam. "Ik weet zeker dat het door te oefenen gemakkelijker zal worden."

"Absoluut," zeg ik en hoewel een deel van mij meer wil, smeekt mijn clit om genade. Met tegenzin stel ik voor, "Wat dacht je van morgen?"

Hij stemt er graag mee in en we keren terug naar de "jij hangt op"-dans van de vorige dag, totdat ik uiteindelijk zwicht en op hang.

In de met dromen gevulde slaap die volgt, bevind ik me in zijn armen en heb ik non-stop tientallen orgasmes.

Hoofdstuk Drieëndertig

*D*e komende dagen worden de videogesprekken met Dragomir een routine. Als ik naast het videobellen met hem wil praten, dan bel of app ik hem - en hij neemt altijd binnen vijf minuten of minder contact met me op. Het is eigenlijk griezelig hoe goed hij reageert, beter dan wie dan ook die ik ken. Ik denk graag dat het komt omdat ik een prioriteit in zijn leven ben. Het is natuurlijk mogelijk dat hij gewoon een van die mensen is die hun telefoon als een verlengstuk van zichzelf zien, maar het feit dat hij hem niet meeneemt als hij met Winnie gaat lopen, laat me daaraan twijfelen.

Hoe dan ook, elke keer dat we praten, leren we meer over elkaar en elke avond gebruiken we mijn teledildonics-speeltjes om elkaar klaar te laten komen.

Als ik twijfels had gehad of de wereld het VR-pak nodig heeft waar ik aan werk, dan zijn ze nu weg. Als het pak al bestond, dan zou deze tijd dat we uit elkaar zijn zoveel draaglijker zijn geweest - en wat voor ons geldt, geldt ook voor soldaten die overzee zitten, vissers die op langdurige expedities zijn, patiënten in quarantaine, enzovoort.

Toch is onze relatie, gezien de huidige technologieniveaus, zo zalig als er een op lange afstand kan zijn, behalve die ene vlieg die in de zalf zit: het feit dat zijn broer nog steeds niet uit zijn coma is gekomen.

"De artsen zeggen dat de zwelling in zijn hersenen afneemt," vertelt Dragomir me op een avond, "maar ze weten nog steeds niet zeker wanneer hij weer bij bewustzijn zal komen."

En hoewel hij het niet zegt, hoor ik het onuitgesproken 'als' in zijn woorden.

De week erop is onze ontmoeting met Dragomirs bedrijf.

"We hebben vandaag wat technische vragen voor je," zegt Marco om te beginnen.

Hij kijkt naar Alex alsof ik niet besta, dus ik zeg nadrukkelijk, "Ik zal ervoor zorgen dat ik al je vragen zo goed mogelijk zal beantwoorden."

"Het heeft met VR-ziekte te maken," zegt Marco, nog steeds naar Alex kijkend. "Hoe gaat je systeem dit voorkomen?"

Alex kijkt me aan.

Ik geef hem een bedankje met mijn hoofd. "Het belangrijkste eerst. Laten we het probleem definiëren."

Eindelijk zwaait iedereens aandacht naar mij.

Marco schraapt zijn keel. "VR-ziekte is een ziekte die mensen bij het gebruik van virtual reality krijgen. Toch?"

Ik zucht vanbinnen. Door zichzelf terug te trekken, heeft Dragomir de verantwoordelijkheid aan iemand gegeven die duidelijk niets van VR afweet.

"Dat is niet echt de algemene definitie van dat fenomeen," zegt Alex voordat ik de kans krijg om te antwoorden - en dat is maar goed ook.

Van ons twee is hij diplomatieker.

Marco werpt een blik op de techneut met een bril - Eugenius, als ik het me goed herinner.

"VR-ziekte is geen medische aandoening," zegt Eugenius. "Als je met het gebruik van VR stopt, dan verdwijnen de symptomen."

Marco fronst, waardoor ik me afvraag of hij dit ter sprake brengt om een excuus te hebben om ons geen geld te geven.

"Als ik mag," zeg ik met een klank van honing in mijn stem. "Ik heb op school een cursus VR gevolgd, dus ik kan het probleem gemakkelijk omschrijven. Evenals uitleggen hoe we het kunnen overwinnen."

Marco ziet eruit alsof ik in zijn soep heb zitten plassen.

"Terugkomend op de definitie," ga ik verder. "VR-ziekte is een reeks symptomen die sommige mensen bij het gebruik van VR ervaren, symptomen die vergelijkbaar zijn met die van reisziekte. In feite hebben de twee aandoeningen veel gemeen, want in beide gevallen is de onderliggende oorzaak dat de hersenen van de persoon tegenstrijdige berichten over beweging en de positie van het lichaam in de ruimte ontvangen."

Iedereen knikt en Marco wuift met tegenzin naar me om verder te gaan.

"Allereerst hebben de huidige VR-hardware en -software als geheel bij het bestrijden van dit probleem al enorme vooruitgang geboekt. Het aantal ruimtelijke graden bij het volgen van het lichaam van de gebruiker is gestegen, de vertraging is verminderd en de grafische prestaties zijn over de hele linie verbeterd." Ik kijk rond om er zeker van te zijn dat ik niemand kwijt ben geraakt. Het lijkt erop dat ik dat nog niet heb gedaan, maar het kan misschien wel gebeuren, tenzij ik minder technisch word. "Dit alles gezegd hebbende, moet ik erop wijzen dat ons product echt een enorm voordeel zal hebben als het om VR-ziekte gaat, omdat we het lichaamspak zullen hebben. Bij het dragen van het pak is de kans groter dat de hersenen van de persoon misleid worden door te denken dat de VR echt plaatsvindt, waardoor de belangrijkste onderliggende oorzaak van symptomen weggenomen wordt."

Vanaf hier begin ik met een waslijst met softwaretrucs die we van plan zijn te gebruiken om dit probleem verder te minimaliseren en dan geef ik het woord aan Alex om iedereen gerust te stellen dat hij van deze trucs software kan maken.

Wat ik niet benoem, is dat we een extra reden hebben waarom VR-ziekte voor ons geen grote zorg is. Je in VR verplaatsen is de grootste trigger voor de malaise en onze gebruikers zullen seks hebben - een meer stationaire inspanning in vergelijking met activiteiten zoals zwaardvechten, crossmotor racen en andere games.

"Bedankt," zegt Marco, maar hij ziet er niet uit alsof hij het meent. "Hoe zit het met vermoeidheid van de ogen? Is dat niet een ander probleem met VR?"

Hij is gewoon naar problemen aan het vissen. "Ons product zal minder vermoeide ogen veroorzaken dan dat van onze concurrenten en dit is waarom."

Moe van Marco's shit, geef ik ze een saaie lezing over spanning-accommodatieconflicten - de belangrijkste reden voor vermoeide ogen - en dan ga ik in op branchebrede oplossingen voordat ik een paar dingen noem die uniek voor ons zullen zijn.

Het grappige is dat, vanwege de geplande seksuele inhoud, vermoeide ogen een ander non-issue voor ons is - maar ik kan *die* kaart niet spelen.

Marco heeft duidelijk spijt van zijn vraag en probeert me toch nog een paar effectballen toe te gooien, maar ik sla ze allemaal weg totdat hij met tegenzin de vergadering beëindigt.

"Je bent goed," zegt Alex in het Russisch terwijl we thee halen in de coffeeshop waar Dragomir en ik onze eerste date hebben gehad.

"Had je het gevoel dat hij ons probeerde te saboteren?" vraag ik.

Hij knikt. "Maar je hebt hem tegengehouden. Dat is wat telt."

"Ik heb hem deze keer tegengehouden. Ik maak me zorgen over wat hij hierna zou kunnen proberen."

Alex klopt op mijn schouder. "In jou heeft Marco meer hooi op zijn vork genomen dan hij aan kan. Dat weet ik zeker."

We nemen een tafel en het gesprek gaat over meer persoonlijke zaken - met name het liefdesleven van mijn broer. Blijkbaar heeft moeder sinds haar ontmoeting met Dragomir achter Alex aangezeten, omdat hij haar enige kind is die nog steeds vrijgezel is. Dat brengt Alex ertoe om naar de laatste stand van zaken tussen mij en Dragomir te vragen, dus ik vertel hem over onze langeafstandsrelatie.

"Ga je dan niet verder met rondsnuffelen om meer over hem te weten te komen?" vraagt Alex, nadat hij alles heeft gehoord, hoe geweldig de dingen tussen ons zijn.

Terwijl ik hierover nadenk, blaas ik in mijn thee. Om de een of andere reden heb ik hier de laatste tijd niet over nagedacht. "Ik geloof niet dat hij nog een vrouw heeft," zeg ik ten slotte. "Maar ik denk wel dat hij iets verbergt. Ik heb gewoon geen kans gehad om dieper in zijn verleden te graven."

"Slimme meid," zegt Alex. "Vertrouw maar verifieer."

———

Als ik thuiskom, ligt er een pakketje op me te wachten.

Het is een geschenk van Dragomir - een sneeuwpop-outfit voor een hond van Boners formaat.

En niet *zomaar* een sneeuwpop.

Het is Olaf, van *Frozen*.

Grinnikend trek ik mijn arme hond de outfit aan.

"*Ma chérie*, ken je die *histoires morbides* van honden die hun overleden baasjes opeten? Iets zegt me dat die eigenaren honden dergelijke outfits lieten dragen - en dat de mensen niet door *natuurlijke* oorzaken zijn gestorven, als je begrijpt wat ik bedoel."

Winnie kijkt Boner met een verwarde uitdrukking aan.

"Napoleon Carlovich, je weet dat ik dol ben op de dekhengst die je bent, maar het spijt me te moeten zeggen, dat je niet genoeg dekhengst bent om die outfit te kunnen dragen."

Ik trek de outfit van Boner af voordat hij het aan flarden kan scheuren.

De volgende keer dat ik voor Halloween Elsa ben, koop ik hem met wat spek om om dit te dragen zodat ik een paar dozijn foto's kan maken.

Hoofdstuk Vierendertig

*D*e komende anderhalve week zetten Dragomir en ik onze videosessies in de avond voort. Op een dag belt hij me 's middags.

Ik neem meteen op. "Is alles goed?"

"Tigger is uit zijn coma gekomen." Dragomirs stem bruist van opwinding.

Met bonzend hart ga ik zitten. "Vertel me alles."

Hij legt uit hoe het is gebeurd. Blijkbaar had Tigger een paar uur geleden zijn ogen geopend en had hij Dragomir herkend, de persoon die toevallig naast hem zat.

"Hij is alles bij elkaar genomen erg helder," vervolgt Dragomir. "Hij heeft wat fysiotherapie en dergelijke nodig, maar de artsen zijn nu buitengewoon optimistisch."

Is het egoïstisch dat ik hem wil vragen wanneer hij naar de VS terug zal komen?

Ja, heel erg - daarom doe ik het niet. In plaats

daarvan vertel ik hem de waarheid: hoe blij ik voor hem en zijn familie ben. Uit de verhalen die hij me over Tigger als kind heeft verteld, heb ik het gevoel dat ik de waaghals al ken.

"Dank je," zegt Dragomir. "Ik ga nu weer naar hem toe. Ik wilde dit nieuws gewoon even met je delen."

Hij hangt op en ik ga weer aan het werk, waar mijn vreugde zich in een bijzonder creatieve oplossing vertaalt voor het probleem van het tepel knijpen van het VR-pak.

———

Tijdens ons videogesprek van die avond geeft Dragomir me weer een update over zijn broer. Blijkbaar is Tigger van plan om zijn fysiotherapie met hetzelfde enthousiasme aan te pakken als hoe hij zijn gevaarlijke stunts benadert, wat voor zijn herstel een goed voorteken is.

De updates die ik de komende dagen krijg, zijn allemaal hartverwarmender dan de vorige. Tiggers revalidatie verloopt als een droom en binnen de kortste keren maken hij en Dragomir wandelingen in de tuinen van hun familie.

Een paar dagen nadat de wandelingen zijn begonnen, belt Dragomir me weer buiten de gebruikelijke tijd.

Ik neem gretig op. "Hoi."

Zijn lichtbruine ogen zijn helder. "Wat denk je?"

"Wat?" vraag ik, maar ik denk dat ik het weet.

"Tigger stond te popelen om terug te keren naar New York en vanaf vandaag heeft de dokter het goedgekeurd."

Een gewicht dat al die weken op mijn schouders heeft gerust, lijkt eraf te vallen.

Ik ga Dragomir weer zien. Hem echt aanraken in plaats van in mijn fantasieën. Alle vieze dingen met hem doen die ik heb gepland.

"Hoelang is de vlucht?" vraag ik, terwijl ik mijn opwinding niet eens probeer te verbergen.

"Ik zal er over twee dagen zijn," zegt hij en fronst zijn wenkbrauwen. "Aangezien ze Tigger bijna kwijt waren, hebben onze ouders besloten om met ons mee naar New York te gaan en ze hebben wat tijd nodig om zich voor te bereiden."

Twee dagen.

Achtenveertig uur.

Tweeduizend achthonderdtachtig minuten.

Ben ik ooit in mijn leven zo opgewonden geweest?

"Mijn eerste bestemming bij aankomst is jouw huis," zegt hij.

Mijn hart maakt een sprongetje, maar ik trek mijn gezicht speels streng. "Je eerste bestemming is mijn slaapkamer."

Zijn ogen glanzen puur goud. "Zoals je wenst."

"En geen linkshandig gedoe. Geef alles wat je hebt. Ik wil vanaf het begin je dominante hand en pik."

Zijn gezicht wordt strak en zijn stem zakt weg tot

een zacht gegrom. "Oh, eekhoornchick, daar hoef je je geen zorgen over te maken. Ik heb je gewild vanaf het moment dat ik je zag en mijn verlangen is de afgelopen twee maanden alleen maar sterker geworden."

Ik staar naar hem. Kan een golf van lust iemand van zijn spraak beroven? Het enige wat ik als antwoord kan doen, is mezelf als een Victoriaanse dame koelte toewuiven.

"Ik kan maar beter gaan," zegt hij hees. "Zie je snel."

Hij hangt op en ik zit daar maar, alles duizelt. Ook ik heb hem sinds die eerste ontmoeting gewild. De tijd tussen toen en nu was als een martelend lange voorspelsessie.

Het idee dat we eindelijk zullen voltrekken wat er tussen ons virtueel is gebeurd, doet me huiveren van opwinding.

Hoofdstuk Vijfendertig

Terwijl ik op Dragomirs terugkeer wacht, masturbeer ik niet - ook al wil ik dat echt heel graag. Ik wil daar beneden geen pijn totdat Everest in beeld is. In plaats daarvan kan ik de opgekropte seksuele energie naar het werk kanaliseren, waarbij ik een hoop gigantische dildo's in een niet zo subtiel eerbetoon naar het object van mijn verlangen creëer.

Ik bereid me ook op het grote evenement zelf voor. Ik scheer haar van elke plek op mijn lichaam af waar ik het onaangenaam vind en de rest verzorg ik netjes. Ik verander de slaapkamer in een tantrisch heiligdom met sfeervolle kaarsen en muziek en - hoewel dit misschien een beetje te ver gaat - doe ik yogahoudingen die bedoeld zijn om mijn lichaam extra lenig te maken.

Als er eindelijk een telefoontje van Dragomir op

mijn telefoonscherm verschijnt, ben ik als een hormonale bom die klaar staat om te ontploffen.

Ik schuif met mijn vinger om te accepteren. "Hoi."

"Hé. Ik ben op het JFK-vliegveld en ik heb nieuws."

Dat nieuws kan maar beter zijn dat hij onderweg is naar mijn huis. "Wat is er aan de hand?"

"Weet je nog dat je mijn ouders wilde ontmoeten?"

Ik frons. "Ik wilde bewijzen dat die van mij erger zijn dan die van jou, maar tuurlijk. Hoezo?"

Zelfs als ik het vraag, heb ik hier een zwaar gevoel bij.

"Nou, ik heb mijn broer over je verteld en hij wil je ontmoeten - en toen onze ouders dat hoorden, vroegen ze om erbij betrokken te worden."

"Uh-huh," zeg ik behoedzaam. "En wanneer zou deze ontmoeting plaats moeten vinden?"

"Tigger houdt niet van het eten in een vliegtuig," zegt hij verontschuldigend. "Onze ouders ook niet."

Ik vervloek mezelf omdat ik niet heb gemasturbeerd. "Het is vandaag, gok ik?"

"Ben je over een paar uur beschikbaar?"

"Nou, ja." Ik heb mijn werkagenda voor de rest van vandaag op vrij gezet en als ik de moeite had genomen om een reden op te geven, dan zou er hebben gestaan 'om Dragomir plat te neuken'.

"Het is waarschijnlijk het beste," zegt hij niet overtuigend. "Het is niet meer dan eerlijk dat je ze ontmoet voordat we verdergaan met elkaar." Hij schraapt zijn keel. "Misschien verander je daarna van gedachten over mij."

"Waarom zou ik? Zelfs als je ouders de reïncarnaties van Stalin en Hitler zijn, wat heeft dat met jou te maken?"

Hij ademt hoorbaar uit. "Zou je in dat geval Winnie mee kunnen nemen? Mijn broer en ouders hebben Winnie's familie meegenomen. Ik weet zeker dat ze het op prijs zal stellen om voor een avond met haar familie herenigd te worden."

Ik kijk naar de beer die vlakbij ligt, die zich niet bewust is van ons gesprek. "Zijn hun honden haar familieleden?"

"Nou, ja," zegt hij. "De honden van iedereen in mijn familie komen uit dezelfde bloedlijn. Heb ik dat niet eerder gezegd?"

"Nee. Je hebt alleen gezegd dat Winnie van de zuiverste misha-bloedlijn was."

"Ah, juist. Mijn fout. Als het te veel moeite is, dan zou ik-"

"Ik neem haar wel mee," zeg ik, hoewel een deel van mij zich afvraagt of hij wil dat ik de hond breng, zodat hij het uit kan maken zonder een gijzelaar bij me achter te laten.

Maar nee. Wie vraagt je om hun ouders te ontmoeten *voordat* ze het uitmaken? Misschien wil hij Winnie terug, omdat hij nog steeds denkt dat zijn familie me af zal schrikken.

"Ik app je de tijd en de plaats," zegt hij. "Dank je voor je begrip."

Begrip, mijn achterwerk. Ik ben zo geil dat ik op het punt sta om mezelf tegen de keukentafel aan te wrijven.

"Zie je later," zeg ik en hang op voordat we in de 'hang jij eerst op'-lus komen.

Dan ren ik mijn inloopkast binnen en zoek verwoed naar een outfit die indruk op de incarnatie van het kwaad, ook wel bekend als zijn ouders, kan maken.

Hoofdstuk Zesendertig

*A*ls Winnie en ik de taxi verlaten, staat Dragomir bij de ingang van de Doro - het duurste restaurant van de stad. Zijn dikke, donkere haar is verwaaid, zijn stoppels zijn iets langer dan normaal en zijn lange, gespierde lichaam is in een nonchalante maar elegante outfit gekleed die uit een donkere spijkerbroek en een ivoren coltrui bestaat.

Een coltrui.

Hormonen help me. Ik zou hem zomaar in het bijzijn van zijn familie op de tafel aan kunnen vallen.

Voordat ik met mijn ogen kan knipperen, trekt Winnie met de kracht van een hongerige beer aan de riem - en ik struikel bijna als ze me naar haar baasje sleept, wiens gezicht ze als een ijshoorntje aflikt.

Ik kijk jaloers toe. Het moet fijn zijn om hond te zijn en dat dat gedrag sociaal acceptabel is. Ik wil ook aan zijn gezicht likken - en aan de rest van hem - maar in tegenstelling tot Winnie moet ik wachten.

"Kom hier," zegt Dragomir tegen me zodra hij zichzelf heeft bevrijd en zijn gezicht heeft schoongemaakt.

Grijnzend ga ik naar hem toe voor een knuffel. Het verandert snel in een kus die me de adem beneemt en mijn geilheid tot elandenniveau toe laat nemen.

"Ze zijn al binnen," mompelt hij, terwijl hij zich met tegenzin uit mijn klauwen losmaakt. "Ben je er klaar voor?"

Ik knik.

Hij legt zijn hand op mijn onderrug terwijl hij me het chique restaurant binnen leidt.

Is het verkeerd dat ik die hand wil likken?

Eenmaal binnen kijk ik om me heen en fluit zachtjes. Met alle schilderijen en standbeelden die er te zien zijn, doet de marmeren gang met het hoge plafond waar we doorheen lopen me aan het Metropolitan Museum of Art denken.

Als om de MET-associatie te versterken, begroeten een paar potige portiers ons in de meest buitensporige uniformen die ik ooit heb gezien: capes en hoeden van de Carabinieri, maar met de felle kleuren en pantalons van de Vaticaanse Garde.

Interessant. In de recensies van dit restaurant werden deze uniformen niet genoemd, maar ik moet toegeven dat ze aan de sfeer bijdragen. Afgezien van gekke outfits, zien deze gasten eruit alsof ze voor uitsmijters door kunnen gaan als iemand probeert om van de notoir astronomische rekeningen van deze plek weg te rennen.

Als één knikken de portiers/uitsmijters beleefd naar ons en openen ze de grote deuren die naar de eetzaal leiden.

Mijn adem stokt.

In het hele restaurant zijn slechts twee tafels gedekt. Aan een tafel zitten drie mensen - waarschijnlijk Tigger en de ouders. Aan de andere tafel, iets lager bij de grond, zitten twee gigantische honden uit grote kommen te eten.

"Een tafel voor honden?" fluister ik als Winnie's staart bij de aanblik in een helikopterrotor verandert.

Dragomir haalt zijn schouders op. "Mijn familie heeft de neiging om hun honden in de watten te leggen."

Als zijn behandeling van Winnie hier een voorbeeld van is, dan kan 'verwennen' een understatement zijn.

Gefascineerd bekijk ik iedereen.

In vergelijking met de honden aan tafel lijkt Winnie op een normale beer. De ene heeft een uitgesproken verwaande houding ondanks een grappig kapsel waardoor hij op een sierkussen lijkt die van een grizzlybeer gemaakt is, terwijl de andere dankzij de zwart-witte vlekken op een panda lijkt. En om de een of andere ondoorgrondelijke reden draagt hij een veiligheidsbril.

De mensen zijn net zo interessant. Dragomirs

moeder is een bleke schoonheid met ronde wangen die me aan de vrouwen doet denken die door de renaissanceschilders worden geportretteerd - een indruk die mogelijk door de sfeer van het restaurant beïnvloed is. De beide mannen aan de tafel lijken griezelig veel op Dragomir, hoewel de vader een snor heeft en een humeurige, zuurpruimuitdrukking op zijn gezicht heeft, terwijl Tiggers ogen van al het kattenkwaad glinsteren dat Dragomir hem heeft toegeschreven.

Met de hand die nog steeds op mijn onderrug rust, leidt Dragomir me naar de tafel met mensen.

Ze staan allemaal op om ons te begroeten.

"Iedereen, sta mij toe om jullie aan Bella voor te stellen," zegt Dragomir. "Bella, dit is mijn moeder, Bronislawa, mijn vader, Stanislaus, en mijn broer, Anatolio."

Ik herhaal wanhopig alle namen in mijn hoofd om er zeker van te zijn dat ik ze onthoud. Net als andere Ruskoviaanse woorden lijken de namen vaag, maar niet helemaal op Russisch. Vampiers uit Russische fictie hebben misschien zulke namen.

De grijns van de broer is aanstekelijk. "Leuk om je te ontmoeten, Bella. Noem me alsjeblieft Tigger. Dat doet iedereen." Net als Dragomir spreekt hij Amerikaans Engels zonder accent.

De moeder werpt Tigger een afkeurende blik toe. "Zo informeel," zegt ze met een mengeling van Britse en Slavische accenten. "Dit land heeft een slechte invloed op de manieren. Voordat je het weet, houden we allemaal onze messen in de linkerhand!"

Oh nee. Messen in de linkerhand? Het universum zou zeker imploderen.

Bronislawa onderzoekt me van top tot teen, fronst en strekt dan schuchter haar hand uit, alsof ze verwacht dat ik die kus - Godfather-stijl (of is het de Paus?).

In plaats daarvan geef ik haar met een onhandige vuist een stoot tegen haar hand.

Ze kijkt me aan alsof ik haar gezicht heb gelikt.

Tigger verandert zijn grinnik in een hoest en Dragomirs ogen krijgen lachrimpels in de hoeken.

Bronislawa trekt haar hand weg.

De vader - Stanislaus - zegt de hele tijd niets, blijft daar gewoon staan fronsen.

Dragomir zegt iets tegen hem in het Ruskoviaans. De vader kijkt me aan, buigt bijna onmerkbaar zijn hoofd, zegt met koude beleefdheid iets in het Ruskoviaans en gaat weer zitten.

De enige woorden die ik kan onderscheiden zijn "Bella" en "pozor"; de laatste betekent in het Russisch 'schande' of 'oneer'. Hopelijk betekent het in het Ruskoviaans iets anders. In Praag betekenen borden met "pozor" eigenlijk "waarschuwing" - niet dat zo'n woordkeuze in een zin als "Aangenaam kennis te maken, Bella" beter zou werken.

Te oordelen naar Dragomirs blik, zou zijn vader inderdaad iets gemeens tegen me gezegd kunnen hebben.

Ach ja, het telt niet als ik niet weet wat dat iets is. Tot nu toe zijn mijn ouders nog steeds erger. Niemand hier heeft over niet-bestaande kleinkinderen geklaagd, noch mij vanwege mijn passie in het leven beschaamd.

"Onze vader spreekt geen Engels," fluistert Tigger samenzweerderig tegen me en ik krijg het gevoel dat hij bedoelt 'verwaardigt zich niet om Engels te spreken'.

"Waarom breng je Winnifred niet naar haar familie en sluit je dan bij ons aan," zegt Bronislawa aanmatigend.

Ik volg Dragomir terwijl hij Winnie naar de tafel met honden leidt. Ze raakt steeds meer opgewonden naarmate we dichterbij komen en als we een paar meter bij hen vandaan zijn, draait de pandahond met bril Winnie's kant op, blaft en kwispelt met zijn staart.

"Dat is Caradog," zegt Dragomir terwijl ze likjes in het gezicht en snuffels aan de kont uitwisselen. "Hij is de broer van Winnie en de beste vriend van Tigger."

"Ik had het kunnen raden," zeg ik. "Maar waarom heeft hij een bril? Gaat hij ook parachutespringen?"

Dragomir haalt zijn schouders op. "Het kan zijn om het gezichtsvermogen te verbeteren of om gevoelige ogen te beschermen. We zullen het aan mijn broer moeten vragen."

Klaar met Caradog, wendt Winnie zich tot de verwaande, op een kussen lijkende beer.

Het wezen doet alsof Winnie er niet is.

"Dat is Gruffydd, de hond van mijn ouders," zegt Dragomir met een rol van zijn ogen. "Hij is de vader van Caradog en Winnie."

Gelukkig heeft Winnie een dikke huid en herstelt ze snel van Gruffydds afkeer - en hopelijk zonder papa-problemen. Ze snuffelt gewoon even aan Caradogs kont en neemt dan plaats aan de tafel, waar al iets wat lekker ruikt in een kom staat te wachten.

Mijn mond loopt vol water en deze keer niet alleen bij het zien van Dragomir. Als wat op deze plek voor hondenvoer doorgaat zo geweldig ruikt, dan is het menselijke voedsel ongetwijfeld goddelijk.

We gaan terug naar de tafel met mensen en gaan naast Tigger zitten.

"Ik hoop dat je het niet erg vindt, ik heb het grote kaasplateau besteld," zegt Tigger terwijl hij in zijn handen wrijft.

Alsof hij op die aankondiging wacht, verschijnt er vanuit de keuken een persoon in dezelfde funky outfit als de uitsmijters, met een enorme houten plank in zijn handen.

Het blijkt het kaasplateau in kwestie te zijn - en het is het grootste bord dat ik ooit heb gezien, met kazen van elke kleur, geur en consistentie, van zacht tot keihard.

Stomme coltrui. De gedachte aan iets 'keihard' breekt mijn concentratie en versnelt mijn ademhaling.

Nee. Ik moet ertegen vechten. Ik wil niet dat zijn ouders denken dat ik een nymfomaan ben.

Stanislaus mompelt iets dat misschien gratie is in het Ruskoviaans en reikt naar een beschimmeld, blauwgekleurd hapje dat naar een leger ongewassen voeten ruikt. Terwijl hij het vastpakt, zie ik zijn gezicht in profiel en iets ervan komt me vaag bekend voor, hoewel ik niet kan achterhalen waarom.

Vervolgens is Bronislawa aan de beurt, terwijl ze voor zichzelf een paar van de vijf verschillende zachte kazen op een bord legt.

Ik wacht tot Tigger en Dragomir zijn geweest, maar Dragomir duwt de plaat naar me toe.

"Bronislawa," zeg ik, terwijl ik mijn best doe om als de engel die ik niet ben te klinken. "Is er een kaas die u aan zou raden?"

Zo. Olijftak.

"Mijn naam wordt als Bronislawa uitgesproken," zegt ze, wat voor mij precies klinkt als wat ik net heb gezegd.

"Bro-nis-la-wa," zeg ik voorzichtig articulerend.

"Nee. Het is Bro-nis-la-wa." En weer zegt ze het precies zoals ik het deed.

Weet je wat? Ze kan die olijftak ergens in stoppen. "Bedankt voor de correctie. Is er een kaas waarvan u denkt dat ik die moet proberen?"

Ze wijst naar een geel, ziekelijk uitziend stuk aan de rand van de plaat. "Wat dacht je van gewoon Amerikaans?" Wat ze onuitgesproken lijkt te laten, is, "Net als jij."

Ik sta op het punt om haar over mijn Amerikaan

zijn te corrigeren als ik Dragomir onder de tafel in mijn knie voel knijpen.

Is hij gek? Tussen zijn coltrui en dat knijpen in, verlies ik even mijn denkvermogen.

Als de hormonale stijging afneemt, herinner ik me dat Ruskovianen niet van Russen houden en dat was waar ik zelf op uit was.

Ik geef Bronislawa een neppe glimlach, pak de Amerikaanse kaas en proef hem.

Wauw. Het is zo goed dat ik kreun van genot. Hoewel het herkenbaar is als Amerikaanse kaas van het type dat iemand op een burger kan smelten, is het het lekkerste exemplaar in zijn soort en daarom verbazingwekkend goed.

Het is net als de platonische vorm van Amerikaanse kaas - waar elke andere plak van deze substantie naar streeft, maar nooit bereikt.

Bronislawa fluistert Stanislaus iets in het Ruskoviaans toe en ik herken één woord: *shlyuha*.

In het Russisch betekent dat *slet*.

Was dat een verwijzing naar mijn gekreun? Hoe groot is de kans dat het woord in het Ruskoviaans *heilige* betekent?

Gezien de frons van Dragomir en Tigger, niet erg groot.

Ik doe iets heel kinderachtigs. Ik veins een niesgeluid dat twee woorden bevat: *sama shlyuha*.

In het Russisch betekent dit dat *jij de slet bent*.

Bronislawa's ogen worden groot - het Ruskoviaans

en Russisch moeten genoeg op elkaar lijken om te begrijpen hoe mijn niesgeluid klonk. Dragomir en Tigger lijken een glimlach te onderdrukken, terwijl de vader nog steeds een gezicht als steen heeft. Voordat iemand iets kan zeggen, pakt Tigger geanimeerd een monster van elke kaas en Dragomir gaat meteen op zoek naar een paarse substantie waarvan ik aanneem dat het ook een of andere vorm van gefermenteerde babyvoeding voor zoogdieren is.

"Klaar voor de volgende gang?" vraagt Tigger, terwijl hij snel zijn portie op eet. "Culinaire avonturen zijn het enige type dat ik op dit moment mag beleven."

Zodra iedereen knikt, klapt hij in zijn handen en rent een andere grappig geklede kerel met een gigantisch dienblad in zijn handen de keuken uit. Daarop staan vijf steaks met aardappelpuree en diverse groenten - een vrij eenvoudig aanbod voor een dergelijke luxe plek.

Ik wacht tot iedereen begint te eten voordat ik voor mezelf een stuk vlees snij en in mijn mond steek.

Bij de Michelin-sterren.

Een voedselgasme explodeert door mijn smaakpapillen.

Ik heb geen idee welk dier ik net heb geproefd, maar het is heerlijk zacht, perfect sappig en hemels aards.

Ik zit te genieten totdat ik Bronislawa weer afkeurend naar me zie staren.

Wat?

Heb ik weer gekreund?

Nee. Het is erger dan dat.

Ik houd mijn mes in mijn linkerhand.

Het is bevestigd.

Ik ben een smerige barbaar.

Hoofdstuk Zevenendertig

Ik verwissel mijn bestek van de ene hand naar de andere en in de hoop mijn blunder te verbergen, vraag ik, "Wat voor soort vlees is dit?"

"Reekalf," zegt Tigger.

"Hertenvlees," zegt Bronislawa tegelijkertijd.

Ik wacht tot iemand laat blijken dat ze een grapje maken, maar dat gebeurt niet.

Geweldig. Ik heb er net van genoten om Bambi op te eten.

Vanaf dat moment vermijd ik het vlees en probeer ik de puree en de groenten - die, niet verwonderlijk, ook de beste blijken te zijn die ik ooit heb gehad.

"Vind je het vlees niet lekker, schat?" vraagt Bronislawa me.

"Nee, Bambi is heerlijk," zeg ik. "Ik heb gewoon niet veel honger."

Ze houdt haar hoofd schuin. "Weet je zeker dat dat het is?"

"Wat zou het anders kunnen zijn?"

Ze haalt haar schouders op. "Ik vraag me gewoon af of je let op wat je eet."

Ik verslik me bijna in een spruitje. "Pardon?"

Zegt ze dat ik dik ben?

Ze trekt haar neus op. "Je lijkt me een model of een actrice. Letten die niet altijd op wat ze eten?"

Gezien de onsmakelijke manier waarop ze de woorden *model* en *actrice* uitspreekt, had ze net zo goed *sloerie* en *hoer* kunnen zeggen.

Van de positieve kant bekeken heeft ze me niet dik genoemd.

"Bella is een ondernemer," zegt Dragomir nadrukkelijk, zijn toon merkbaar koeler. "Ze is zelfs aan het MIT afgestudeerd. Voor het geval je het niet weet, dat is de meest elite technische universiteit ter wereld, met een acceptatiegraad van zeven procent."

Ik wil Bronislawa bijna bedanken dat ze zo'n sekreet is. Ik had nooit gedacht dat als een man me zo zou verdedigen het me zo op zou winden. Dragomir heeft zojuist allerlei seksuele gunsten verdiend.

Wacht, wie neem ik in de maling? Tussen hoe geil ik al was en zijn coltrui, zou ik al alle dingen in de slaapkamer doen die hij zou willen, geen verdediging vereist.

"Tigger," zeg ik, terwijl ik besluit het onderwerp te veranderen voordat ik spontaan ontbrand, "kun je een paar leuke avontuurlijke dingen in New York noemen - het liefst die waarbij je geen lijf en leden op het spel hoeft te zetten?"

"Met een luchtballon vliegen," zegt Tigger zonder aarzelen. "Je kunt er met een parachute die aan de mand vastzit vanaf springen. Op die manier hoef je niet eens te weten hoe je er een moet gebruiken."

Hij gaat verder met meer ideeën van die strekking en ik doe alsof ik geïnteresseerd ben, hoewel ik er in geen miljoen jaar iets van zou doen. Ik vind het prettig als mijn schedel niet gebroken is, heel erg bedankt.

Om de tijd te doden, laat ik stiekem mijn hand onder de dekking van zijn servet over Dragomirs dij glijden en dan hoger en hoger, totdat ik voel dat Everest uit zijn broek naar buiten wil springen.

Dragomirs kaak spant zich aan, maar hij blijft zijn Bambi-steak eten en doet zijn best om niets aan zijn familie te laten zien.

Indrukwekkend.

Uiteindelijk heb ik medelijden met ons allebei en trek ik mijn hand weg.

Er komt een luide blaf van de hondentafel. We draaien ons allemaal om en zien weer een andere uitsmijter met een ander dienblad de keuken uit rennen.

Dat is een nieuwe definitie van verwend worden.

In een opwelling gooi ik mijn stem dicht bij waar Winnie's muil is, waardoor het nors en zwaar geaccentueerd wordt:

"Rustig aan, Caradog Gruffyddovich. Het te snel eten van kittenstoofpot kan brandend maagzuur veroorzaken."

Tigger en Dragomir lachen, maar de ouders kijken me aan alsof ik een tepel op mijn voorhoofd heb gekregen.

Ik eet vanaf dat moment in stilte en als iedereen behalve ik zijn Bambi heeft verslonden, trilt mijn telefoon.

Het is een bericht van Dragomir:

Geef je het nu toe?

Ik zorg ervoor dat niemand me kan zien reageren en typ:

Geef wat toe?

Als Dragomir stiekem naar zijn telefoon gluurt, rolt hij met zijn ogen.

Win ik de wedstrijd van slechtste ouders?

Ik denk er een halve seconde over na en antwoord dan met een volmondig *nee*.

Bijna tegelijkertijd buigt Bronislawa zich naar haar nog steeds fronsende echtgenoot en ratelt iets in het Ruskoviaans met af en toe een blik mijn kant op.

Ik begrijp een paar woorden en zinsdelen die naast de eerdergenoemde *pozor* in het Russisch een betekenis hebben, waaronder "rebellie", "slechts een fase" en "kan beter".

Dragomir moet het gehoord hebben, want zijn uitdrukking wordt razend en hij springt overeind.

"Ik hoef geen toetje," zegt hij koeltjes. "We kunnen beter gaan."

Tigger kijkt zijn ouders teleurgesteld aan en staat dan ook op. "De artsen hebben gezegd dat ik me niet te veel in moest spannen, dus ik moet ook gaan."

Bronislawa kijkt beide zoons afkeurend aan. "Als je moet."

"Een genoegen, zoals altijd," zegt Dragomir, zijn stem druipt van het sarcasme.

We halen Winnie en haar panda-achtige broer en gaan op pad.

Als we bij de sjieke deuren komen die uit de eetzaal leiden, maakt Winnie het inmiddels bekende gejank.

Dragomir lijkt het niet gehoord te hebben.

Ik kijk stiekem over mijn schouder. Zowel Bronislawa als Stanislaus geven me een vuile blik.

Prima. Dat was hun laatste kans om mijn wraak te ontlopen en ze hebben het verpest.

Ik doe net alsof ik mijn tas laat vallen, kniel om hem op te pakken, haal diep adem en fluister naar Winnie: "Bevrijd de Kraken."

THPPTPHTPHPHHPH.

Dragomirs ogen worden groot als hij naar Winnies scheet genererende kont staart.

Met een hondachtige grijns laat Caradog een nog luidere wind - en ik dacht niet dat het luider dan die van Winnie kon worden.

Dragomirs vastberaden uitdrukking doet me aan brandweermannen denken die eropuit trekken om een brand te bestrijden. Hij grijpt mij en Tigger stevig bij de elleboog en sleurt ons naar buiten, samen met de nog steeds schetenlatende honden.

Hoewel ik mijn adem inhoud terwijl we de gang uit rennen, weet de smerigheid op de een of andere manier tot in mijn zintuigen door te dringen en het is zo erg dat ik spijt krijg van wat ik heb gedaan.

In plaats van voor hun leven te rennen, trekken de uitsmijters/portiers tot mijn schrik ergens gasmaskers vandaan - misschien hun pantalons - ze zetten ze op en rennen naar binnen.

In de verte hoor ik Bronislawa en Stanislaus kokhalzen en Gruffydd janken of ook scheten laten. Het is moeilijk te zeggen welke van de twee het is.

Tegen de tijd dat we buiten komen, hebben de honden gelukkig geen gas meer.

Dragomir houdt een zakdoek tegen zijn neus en laat zijn limo-camper komen. Het moet al die tijd rondom het blok hebben gereden.

Met gierende banden stopt het voertuig en springen we erin.

"Fyodor, gas erop," roept Tigger.

Terwijl de camper naar voren schiet, hervat iedereen eindelijk zijn normale ademhaling - behalve de honden. Ze hebben de hele tijd van het aroma genoten.

Zodra we op adem zijn gekomen, begint Tigger te grinniken. "Kun je je de uitdrukking op moeders gezicht voorstellen?"

Dragomirs ogen krijgen lachrimpels en we barsten alle drie in lachen uit.

"Waar gaan we heen?" vraag ik uiteindelijk.

"Een bar?" stelt Tigger voor.

"Nee," zegt Dragomir streng. "Je bent nog steeds aan het genezen, dus we gaan je bij je hotel afzetten."

Hij zegt het niet, maar ik weet zeker dat de volgende stop een van onze huizen is. Dat kan het tenminste maar beter zijn.

Tigger gooit een aantal alternatieven op in plaats van naar huis te gaan, maar Dragomir wuift ze allemaal weg.

Het blijkt dat Tiggers hotel maar een paar blokken van mijn appartement verwijderd is. "Ik heb het hem aanbevolen," legt Dragomir uit nadat we Tigger hebben afgezet. "Ik heb daar pasgeleden gezeten omdat mijn huis ontsmet werd. Dat was toen we elkaar hebben ontmoet."

Ah. Dat verklaart waarom ik hem maar één keer in het park tegen ben gekomen.

De camper komt naast mijn gebouw tot stilstand.

Mijn hart begint wild in mijn borst te bonzen. "Kom je mee naar boven... voor wat thee?"

De blik die Dragomir me geeft, lijkt te zeggen: "Gebruikt een beer winderigheid als wapen?"

Ik bijt op mijn lip. "Laten we gaan."

Hij aait Winnie's vacht en zegt tegen haar: "Fyodor brengt je naar huis. Ik zie je morgen."

Morgen? Is hij van plan om bij mij te blijven slapen? Mijn hartslag is op het niveau van een paniekaanval als we uitstappen en naar mijn appartement sprinten.

Boner kijkt ons teleurgesteld aan als we binnenkomen. "*Ma chérie*, waar is *ma petite*?"

"Een momentje," zeg ik tegen Dragomir en breng Boner naar de keuken, waar ik hem een kom met zijn favoriete eten geef om hem van zijn vermiste geliefde af te leiden.

Zodra Boner vrolijk staat te kauwen, ren ik terug, pak Dragomir bij de hand, sleep hem naar mijn slaapkamer en doe de deur op slot.

Dragomir negeert de romantische inrichting van de kamer en kijkt me met een honger aan die met de mijne overeenkomt.

Even houden we een staarwedstrijd in revolverheld-stijl. Dan bespringen we elkaar.

Onze lippen ontmoeten elkaar in een diepe, verrukkelijke kus en in mijn buik veranderen rupsen in geile vlinders. De kamer lijkt om ons heen te draaien alsof we in een NASA-trainingsmachine zitten.

We scheuren elkaars kleren uit zonder de kus te verbreken en ik ben me er vaag van bewust dat ik misschien zijn coltrui heb gescheurd.

Whatever. Ik zal tientallen vervangers voor hem halen.

Met een gegrom dat klinkt als "je bent zo de klos, eekhoornchick", tilt Dragomir me als een bruid in zijn armen op, legt me dan op het bed en wacht dan even om zijn verhitte blik over mijn naakte lichaam te laten glijden.

Duizelig van verwachting verslind ik hem ook visueel - elke harde spier, elke verrukkelijke hoek en last but zeker niet de minste, de bergachtige glorie van Everest.

Als zijn blik eindelijk weer naar mijn gezicht

terugkeert, zijn zijn ogen donkerder dan ik ze ooit heb gezien. Met spieren die zich met panterachtige gratie buigen, voegt hij zich bij me op het bed.

Eindelijk.

Hier. Gaan. We.

Hoofdstuk Achtendertig

*H*ij kust mijn nek. Of liever gezegd, hij zuigt eraan.

Ik schraap met mijn nagels over zijn rug.

Hij verplaatst de kus naar mijn linker tepel en knabbelt eraan tot ik kreun van genot.

Ik voel zijn tevreden glimlach op mijn tepel. Dan gaat zijn tong langs mijn borst, langs mijn navel en naar beneden naar mijn reikhalzend afwachtende clit.

Na alle spanning is het genot dat dit veroorzaakt onbeschrijfelijk. Vergeleken met zijn tong zuigt mijn clit-zuigapparaat waardeloos.

Mijn ogen rollen terug.

Als tongen IQ-tests zouden kunnen doorstaan, dan ben ik er zeker van dat die van Dragomir in het bereik van tweehonderd zou vallen, samen met andere genieën - zo slim is het.

Plaagt hij me?

Fuck dat.

Ik pak met mijn vuist zijn haar vast om hem tegen te houden en stoot tegen zijn tong.

Gescoord!

Het orgasme gaat door elke zenuwcel en ik roep zijn naam.

Als hij opkijkt, is er een zelfvoldane uitdrukking op zijn gezicht te zien.

Hij *was* me aan het plagen. Gemeen.

Laag in mijn keel grommend, trek ik hem naar me toe voor een diepe kus. Terwijl ik mezelf aan zijn lippen proef begin ik met mijn handen over Everest te wrijven.

Meer zachtjes aaien. Ik kan ook plagen.

Hij verstijft - in elke betekenis van het woord.

In navolging van zijn eerdere bewegingen laat ik mijn tong naar zijn hals glijden, ga lager naar zijn rechtertepel, omcirkel oh zo plagend rondom zijn tepelhof en knabbel dan zachtjes aan zijn tepel.

Zowel Everest als zijn tepel verharden en ik vervolg mijn reis verder naar beneden, over zijn wasbord en langs de landingsbaan tot ik bij zijn ballen ben.

Met een gemene grijns geef ik ze een katachtige lik.

De ballen spannen zich van opwinding aan.

Daar gaan we dan. Ik geef Everest een langzame lik als aan een lolly en word met een trilling beloond die als dit een echte berg zou zijn geweest een rotsverschuiving zou hebben veroorzaakt.

Zijn handen grijpen mijn haar vast en zijn adem wordt onregelmatig. "Ik wil je zo verdomd graag."

Ik bekijk Everest, mijn eigen adem wankel van opwinding. De laatste keer dat ik dit hele ding in mijn mond nam, ging dat niet zo goed. Maar ik wil het toch nog een keer doen. Het was absoluut de alcohol in mijn systeem die me in de problemen bracht, niet mijn kokhalsreflex.

Maar deels om te plagen, deels uit voorzorg, neem ik hem voorzichtig, langzaam in mijn mond, de zijdezachte huid hard en heet op mijn tong.

Is hij net gewoon nog groter en harder geworden? Is er nog bloed over om de rest van Dragomirs lichaam te laten functioneren?

Hij kreunt en ik ga gulzig verder. Na wekenlang op afstand met Everest te hebben gespeeld, heb ik precies geleerd wat hij wil en ik gebruik die vleselijke kennis nu om Dragomir zover te krijgen om mijn naam van genot te grommen.

Als je net zo geil bent als ik dan is het probleem met plagen, dat je jezelf net zo veel martelt als je slachtoffer.

Als de pulserende pijn in mijn kern ondraaglijk wordt, kijk ik omhoog in zijn amberkleurige ogen. "Ik wil je in me hebben."

Hij beweegt zich als een wervelwind. Voordat ik nog een keer kan ademen, heeft hij me op mijn knieën.

Dat is een serieuze vaardigheid om te hebben.

Hij likt mijn opening van achteren, zijn tong steekt een paar centimeter in mijn spleet.

Wauw.

Zo vies. Zo heet.

"Ben je klaar, eekhoornchick?"

Ik kan alleen maar jammeren.

Hij duwt Everest heel zachtjes bij me naar binnen.

Heilige bergbeklimming.

Zo klaar als ik ook mag zijn, er is een moment waarop het rekken ongemakkelijk is. Gelukkig gaat het snel voorbij en wordt het door gelukzaligheid vervangen.

Hij grijpt bezitterig mijn billen beet en trekt ze uit elkaar.

Oké, dit wordt met de seconde heter.

Hijgend kijk ik over mijn schouder.

Zijn ogen branden van nood en zijn naakte lichaam is volkomen glorieus - doet me aan het standbeeld van een Griekse god denken.

De eerste stoten zijn langzaam en zacht.

Ik stoot terug, naar een harder ritme en scherpere sensaties verlangend.

Zijn eeltige handen knijpen in mijn billen en zijn stoten worden hongeriger, dringender.

Ik bal mijn vuisten in de lakens.

Hij versnelt zich.

Mijn gekreun van genot verandert in geschreeuw terwijl de spanning in mijn kern tot een crescendo aanzwelt.

Terwijl ik zijn naam roep, kom ik klaar.

Tegelijkertijd stoot hij nog dieper en ik voel zijn bevrijding in een warme uitbarsting in me komen terwijl hij van genot kreunt.

Hij laat mijn kont los en omhelst me van achteren.

Ik zak op het bed neer. Met tegenzin laat hij me los en ik gebruik het beetje kracht dat ik nog heb om me om te rollen en naar hem op te kijken.

Hij kruipt naast me en houdt zichzelf op zijn elleboog omhoog. Hoewel hij nog steeds onregelmatig ademt, is er een tedere uitdrukking op zijn prachtig gebeeldhouwde gezicht te zien.

"Dat was ongelooflijk," mompel ik en ik voel me ineens ongewoon verlegen.

Hij strijkt een verdwaalde lok haar van mijn voorhoofd. "*Jij bent* ongelooflijk."

Blozend prik ik in een zweetdruppel die langs zijn gebogen deltaspier glijdt. "Je blijft vannacht toch hier?"

Wat ik eigenlijk wil vragen is, "Wil je voor altijd blijven? Denk je dat dit iets tussen ons - wat het ook is - kan werken?"

Zijn blik wordt zachter. "Als je me wilt hebben, dan blijf ik vanavond... en morgenavond en de avond daarna."

Wauw. Zitten we op dezelfde golflengte? Ik wil verder vragen, maar ik durf niet zo goed. In de nasleep van seks zeggen mannen van alles wat ze niet menen.

Met moeite orden ik mijn verstrooide verstand.

"Ik denk dat ik een douche nodig heb." De woorden komen er verleidelijker uit dan ik bedoelde.

Zijn ogen worden kleiner. "Ik breng je wel."

De daad bij zijn woorden voegend, staat hij op, tilt me in een brandweergreep op en loopt vastberaden naar de douche.

Terwijl ik van de warmte van het water dat op ons stroomt geniet, begint Dragomir me in te zepen.

Een meisje zou hieraan kunnen wennen.

Als ik schoon en schuimig ben, spoelt hij me af en wast dan mijn haar - hij geeft een kreun veroorzakende hoofdmassage waar de beste kapsalons trots op zouden zijn.

Het is bevestigd. Ik wil deze man als mijn spa-slaaf houden.

En als seksslaaf, natuurlijk.

Met een kwaadaardige grijns begin ik hetzelfde voor hem te doen.

Verdorie. Door zijn harde spieren in te zepen, krijg ik het warm en begin ik weer opgewonden te raken en te oordelen naar de reactie van Everest op mijn handelingen zou Dragomir ook nog wel een rondje kunnen.

"Kun je lotion op mijn rug smeren?" vraag ik terwijl ik me afdroog. "Ik word zonder zo droog."

Hij kijkt me waarderend aan. "Nu?"

"In de slaapkamer." Ik doordrenk mijn woorden met vleselijke belofte en pak dan de fles lotion met mijn ene hand en Everest met de andere.

Zijn ogen worden groot terwijl ik hem voorzichtig die kant uit leid.

"Ik heb een man altijd al zo letterlijk bij zijn pik mee willen nemen", zeg ik met zwoele stem. "Ik had tot nu toe geen toegang tot een slachtoffer van de juiste grootte."

Everest schokt in mijn hand.

"Fijn dat ik je van dienst kan zijn," gromt Dragomir.

Als we de slaapkamer bereiken, laat ik Everest los en spring met mijn kont omhoog op het bed. "Ik ben er klaar voor."

Hij schraapt zijn keel. "Voor lotion?"

Ik draai me om en doe alsof ik mijn niet-bestaande parels vasthoud. "Wat anders?"

Hij pakt de lotion ruw vast en ik draai me om, mijn hartslag versnelt.

In plaats van me aan te vallen, wat ik half had verwacht, hoor ik hem in de fles met lotion knijpen.

Oh hemeltje.

In plaats van me alleen maar te hydrateren, begint hij aan een eerlijke en heerlijk erotische massage, beginnend met mijn schouders, langs mijn rug en benen naar beneden en eindigend met een orgastische voetmassage.

"Komt er ook een happy end?" vraag ik naar adem happend als hij geen lichaamsdelen meer heeft om een spabehandeling te geven.

Hij draait me om.

"Eerst moet ik de voorkant insmeren."

Gaan we weer plagen? Ik denk dat ik ermee begonnen ben.

Zijn poging tot plagen is wreed succesvol. Tegen de tijd dat hij klaar is de lotion op mijn borsten te smeren, ben ik klaar om op mijn knieën om zijn pik te smeken.

Met zijn kenmerkende atletische gratie bewegend, doet hij de lotion weg en bedekt mijn lichaam met de zijne.

Terwijl Everest in mijn buik prikt, adem ik diep in om met dat bedelen te beginnen, maar voordat ik een woord kan zeggen, laat hij zijn hoofd zakken zodat zijn lippen langs mijn oor strijken.

"*Nu* kun je dat happy end krijgen," fluistert hij.

Echt wel.

Ik pak Everest en stop hem bijna in mezelf, waarbij ik de eerste, bijna pijnlijke oprekking negeer.

Oh ja. Dat voelt goed.

Dragomir neemt het vanaf daar over, zijn stoten traag en sensueel.

Nog meer geplaag?

Hij kijkt me in de ogen en verstrengeld zijn vingers met de mijne.

Oké. Dus niet plagen.

Ik vind dit leuk.

Als de laatste sessie het beste als hard neuken kan worden omschreven, dan lijkt dit iets heel anders te zijn.

De woorden "liefde bedrijven" komen in me op, maar ik ban het voorlopig uit, ik ben nog niet klaar om te midden van zulke gelukzaligheid gevoelens te evalueren en etiketten op dingen te plakken.

Hij versnelt geleidelijk aan en ik vergeet alle lastige terminologie als een orgasme dat twee keer zo sterk is als het vorige door me heen jaagt en me dwingt om te schreeuwen. Weer.

Ik wil dat hij ook klaarkomt, dus ik gebruik mijn kegelbal getrainde spieren en ik knijp uit alle macht in Everest.

Met neusgaten die groter worden, komt Dragomir weer klaar en omhelst me dan stevig, alsof hij me nooit meer wil laten gaan. Ik druk mijn gezicht tegen zijn nek en adem zijn warme mannengeur in.

Fuck, deze man is alles.

"Nog een douche?" fluister ik na wat als een uur van zware oxytocineproductie voelt.

"Ik weet niet zeker of we de moeite moeten doen." Hij neemt mijn linkerborst in zijn hand en ik voel Everest weer groeien - een prestatie waarvan ik dacht dat het fysiek niet mogelijk was. "Wat dacht je ervan om al je speeltjes hierheen te halen zodat we kunnen spelen?" vervolgt hij.

Meteen zo geil als een Amish-tiener die Pornhub op zijn Rumspringa heeft ontdekt, haast ik me om te gehoorzamen en *al* de speeltjes die ik bezit te pakken.

Terwijl ik ze op het bed gooi, realiseer ik me dat de stapel enorm is.

Verdacht enorm.

Oeps.

Tot mijn opluchting trekt Dragomir niet eens een

wenkbrauw op - alsof hij eraan gewend is dat vrouwen genoeg speeltjes hebben om een winkel voor volwassenen van voorraad te voorzien.

Moet ik hem vertellen dat ik ze heb gemaakt?

Ik wil het echt heel graag.

Voordat ik een woord uit kan brengen, grijpt Dragomir een vibrator die hem aanspreekt, drukt op de "aan" -knop en raakt me ermee aan.

Laat maar zitten. Ik kan het altijd nog bekennen als ik niet op de rand van een nieuw orgasme zit.

Of nog een.

Of nog een.

Na keer of tien houd ik op met tellen. Het enige dat ik weet is dat de zon al opkomt als we eindelijk in een zweterige hoop ineengestrengeld in slaap vallen.

Hoofdstuk Negenendertig

"*E*ekhoornchick, ik moet werken," hoor ik een stem van ver zeggen.

Ik wrik met tegenzin mijn zware oogleden open.

Te oordelen naar de zon in de kamer, is het al ver voorbij mijn gebruikelijke tijd om op te staan.

Dragomir staat bij het bed, in een pak gekleed.

Hmm. Heeft Fyodor dat vanmorgen voor hem afgeleverd of is hij een tijdje geleden wakker geworden en is hij in zijn gescheurde kleding van gisteren gaan winkelen?

"Het spijt me," zegt hij. "Ik moet echt gaan."

Oh, tuurlijk. Dat. Hoewel mijn brein niet volledig functioneert, duw ik de dekens naar beneden om zoveel mogelijk van mezelf bloot te leggen. "Weet je zeker dat je moet gaan?"

Een spier in zijn kaak trekt. "Ik zou willen van niet. Dankzij mijn reis loop ik bij sommige projecten ver achter. Ik heb vandaag al alle niet-essentiële vergaderingen overgeslagen, maar de volgende batch zijn bedrijfskritische investeringen."

Shit. Ik ben helemaal vergeten dat ik met een potentiële investeerder naar bed ben geweest.

Nou, ik denk dat het daar nu te laat voor is.

"Goed, ga," zeg ik met een gespeelde frons en bedek mezelf. "Je *zult* het goed moeten maken als je terugkomt."

"Oh, dat zal ik zeker." Zijn ogen zijn met verzengende hitte gevuld. "In de tussentijd heb ik in de keuken wat ontbijt voor je neergezet. Je zou wat meer moeten eten en rusten. Je hebt je kracht nodig als ik terugkom om voor mijn zonden te boeten."

Daarmee verlaat hij de kamer en laat me rood en hijgend achter.

Nadat ik ben afgekoeld, discussieer ik met mezelf om weer in slaap te vallen, maar mijn maag rammelt, dus ik ga naar dat ontbijt kijken.

Wauw. Dragomir heeft alle bases gedekt. Op tafel staan Eggs Benedict, wafels, vijf soorten jam, een karaf versgeperst sinaasappelsap, een theepot en een grote koffie.

Hij meende het echt, dat hele "op krachten zijn" gebeuren.

Voordat ik ga eten, vul ik Boners bak en roep hem.

De kleine man sjokt de kamer binnen en kijkt om zich heen alsof hij iets hoopt te zien. Omdat hij wat het ook is niet vindt, laat hij zijn hoofd hangen en begint lusteloos aan zijn voer.

Aww. Hij moet Winnie missen. Ik zal Dragomir vragen haar snel weer mee te nemen om hem op te vrolijken.

Nadat ik genoeg voedsel heb gegeten om me gedurende de volgende twee nachten van non-stop orgasmes te voorzien, ga ik met Boner wandelen.

Hij is beslist niet zijn normale zelf. Verlangend aan elk stukje gras snuffelend waar Winnie op heeft geplast, negeert hij alle andere honden die we tegenkomen en is hij in minder dan een kwart van de gebruikelijke tijd klaar om terug te gaan.

Thuis ziet Boner er ellendig uit terwijl hij zijn water drinkt - en daar zijn acteervaardigheden voor nodig, vooral voor een chihuahua met grote oren.

"*Ma chérie,* ik kan het niet veel langer zonder *ma petite* uithouden. Als ze niet terugkomt, dan gooi ik mezelf van de koelkast."

Ik pak mijn telefoon en app Dragomir:

Laten we onze honden elkaar zo snel mogelijk weer laten zien.

Terwijl ik op antwoord wacht, verplaats ik de keukenstoel bij de koelkast vandaan - voor het geval dat.

Zoals gewoonlijk duurt het niet lang voordat Dragomir contact met me opneemt.

Ik kan Fyodor vragen om ze vanavond samen uit te laten.

Ik vertel Boner het goede nieuws en vertel Dragomir dat de gezamenlijke wandeling geweldig zou zijn.

Aan de behoeften van de hond voldaan, laat ik mezelf gapen. Hardop.

De hele nacht niet slapen begint me op te breken.

Nou, het mooie van het hebben van een eigen bedrijf - in ieder geval een op afstand gerund bedrijf zoals het mijne - is dat je een rustige dag kunt nemen wanneer je maar wilt.

Vandaag wil ik dat.

Ik zoek een slaapmasker, maar voordat ik mijn telefoon uit kan schakelen, gaat hij over.

Het is een telefoontje van Vlad.

Aangezien we elkaar al een tijd niet hebben gesproken, neem ik op.

"Hé jij," zeg ik met een glimlach.

"Hé, zus. Hoe gaat het?"

"Geweldig. Dragomir is terug."

"Ah, eindelijk. Wanneer is dat gebeurd?"

Ik vertel hem over de recente gebeurtenissen. Als ik bij het diner van gisteravond aankom, vraagt hij me om de namen van de broer, de ouders en zelfs de honden een paar keer te herhalen - alsof hij aantekeningen maakt.

Het is duidelijk dat hij nog steeds van plan is om over Dragomir rond te snuffelen zoals we dat eerder hadden besproken. Ik verduidelijk dit echter niet. In feite doe ik alsof ik het helemaal vergeten ben. Het is misschien gek, maar het helpt me om met het knagende schuldgevoel om te gaan. Ik heb Dragomir leren kennen, heb zijn vertrouwen gewonnen en moet daarom zijn privacy respecteren. Er is ook dit: ik ben zo veel om hem gaan geven dat ik bang ben om iets raars te ontdekken.

Nee, dat is geklets. De schuld is in ieder geval gemakkelijk weg te rationaliseren. Als Vlad snuffelt zonder dat ik hem dat vraag, hoe kan dat dan mijn schuld zijn? Ik bedoel, ik kan hem tegenhouden, maar hij houdt zo veel van rondneuzen dat hij het alsnog zou kunnen doen, zelfs als ik hem vraag om dat niet te doen.

Zo. Het maken van afspraken met mijn geweten is nog nooit zo eenvoudig geweest. Ik ben misschien wel op weg om sociopaat te worden.

"Ben je er nog?" vraagt Vlad, terwijl hij me uit mijn mijmering trekt.

"Sorry. Waar ben jij mee bezig geweest?"

"Te veel werken," zegt hij. "Maar dat gaat veranderen. Fanny en ik gaan kamperen."

Ik haal de telefoon bij mijn oor vandaan en staar er onbegrijpelijk naar. "Kamperen? Zoals in een tent, met teken, insecten in je kont - dat allemaal?"

"Ik vraag je niet om mee te gaan," zegt hij terwijl ik de telefoon weer naar mijn oor breng. Ik kan hem aan de andere kant bijna met zijn ogen horen rollen. "Het is Fannychka's idee. Ze heeft een dag vrij genomen en wil een avontuur met overnachting, waarbij we ons volledig van de dagelijkse sleur los kunnen maken."

Ik krab op mijn hoofd. "Ik denk dat ze gewoon alleen met jou in het bos wil zijn, haar grote sterke beschermer."

"En wat is daar mis mee?"

"Sorry, geniet ervan," zeg ik en bespaar hem mijn tirade over hoe hij iets soortgelijks zou kunnen bereiken door voor hen allebei oordopjes te kopen, zijn wifi-router uit te schakelen en zijn telefoon in de magnetron te stoppen. "Hoe gaat het tussen jullie twee? Kamperen lijkt me een grote stap... althans voor mij."

"Geweldig," zegt hij - en aangezien mijn broer normaal gesproken terughoudend is om zijn gevoelens te delen, sta ik versteld van die woorden. Dat wil zeggen, totdat hij verder gaat en zegt, "Ik denk dat zij de ware is. Wist je dat?"

Om de een of andere reden flitsen kwikachtige bruine ogen door mijn hoofd. "Ja. Ik denk dat ik precies weet wat je bedoelt."

Hij schraapt zijn keel. Ik denk dat hij zich net heeft gerealiseerd dat hij zijn quota voor het delen van emoties voor deze eeuw heeft overschreden. "Ik moet nog wat voor de reis van vanavond inpakken, dus ik kan er maar beter aan beginnen."

"Geniet ervan. En blijf uit de buurt van beren."

Hij hangt grinnikend op.

Ik lach naar de telefoon. Toen ik Vlad vroeg om me met de app voor de teledildonics-seksspeeltjes te helpen, was het laatste wat ik had verwacht dat hij in het proces zijn wederhelft zou vinden.

Ik voel me warm en tevreden en gaap weer.

Juist. Te veel seks en te weinig slaap.

Ik zet het slaapmasker op en val in slaap zodra mijn hoofd het kussen raakt.

———

De stomme deurbel gaat en ik word wakker uit een natte droom waarin Dragomir in een spandex coltrui te zien was, gewapend met futuristische seksspeeltjes waarvan ik hoop dat ik ze kan reproduceren als ik weer aan het werk ga.

Het gerinkel gaat door terwijl ik een badjas aantrek en naar de deur loop en over Boner heen stap - ik heb hem in jaren niet zo opgewonden gezien. "Wie is daar?"

"Fyodor," zegt een stem die als Dragomirs butler klinkt. "Mijn excuses, ik heb Lady Winnifred bij me en ze staat te popelen om zich in haar biologische behoeften te voorzien."

Lady Winnifred? Heeft hij nog nooit een sessie van de Kraken meegemaakt?

Als om dat te bevestigen blaft Winnie en Boner wordt nog gekker van vreugde. Berenferomonen moeten hem koekoek hebben gemaakt.

"Een momentje," zeg ik en ren weg om mezelf presentabeler te maken voordat ik met Boners riem terugkom.

Als de deur opengaat, is er een uitzinnig geblaf, gesnuffel en een gelik aan snuiten.

"*Ma petite*! Het *lot* heeft je gebaad en je bij me gebracht."

Ik geef de riem aan Fyodor. "Bedankt."

Hij knikt op zijn butlermanier en vertrekt.

Ik kijk op mijn telefoon.

Yep. Dragomir had me over deze huisinvasie ingelicht. Ik denk niet dat hij had gedacht dat ik lui genoeg was om de halve dag weg te slapen.

Er is ook een bericht van Fyodor:

Ik kom eraan.

Ik moet hem leren om te wachten voordat hij de volgende keer weer zomaar op komt dagen. Ik had weg kunnen zijn. Maar aan de andere kant zou ik niet willen dat Boner door mij tijd met Winnie misloopt, dus misschien geef ik Dragomir wel een reservesleutel… alleen voor Fyodor, natuurlijk.

Een voicemail van Vlad springt vervolgens in het oog. Hij heeft me een uur geleden gebeld.

Hé, zus. Ik heb eindelijk iets over Dragomir ontdekt. Bel me snel terug. Je zult dit willen horen.

Shit.

Mijn handen trillen zichtbaar terwijl ik verwoed Vlad bel.

Ik krijg zijn voicemail.

Ik app hem om me *nu* te bellen en wacht al nagelbijtend een minuut.

Dan nog een.

Dan een half uur.

De deurbel gaat. Het is Fyodor. Hij geeft me Boners riem en vertrekt voordat ik met hem over het protocol voor de volgende keer kan praten - of gerichte vragen over Dragomir kan stellen.

Bevrijd van de riem, zoekt Boner zijn seksspeeltje Remy en begint erop te wippen.

Betekent dit dat Winnie hem niets heeft gegeven? Ik dacht dat ze het misschien wel zou doen - afstand zorgt ervoor dat zelfs bij honden de liefde sterker wordt. Aan de andere kant, voor zover ik weet, misschien heeft ze het wel gedaan, maar is hij oversekst geraakt en moet hij de rest er nu vanaf verbranden.

Klaar met Remy, gaat Boner liggen, sluit tevreden zijn ogen en begint zachtjes te snurken.

Nog steeds geen teken van Vlad.

Wat voor de duivel?

Dan weet ik het weer. De stomme kampeerexcursie. Hij is er waarschijnlijk al - zonder telefoonontvangst.

Verdomme. Wat heeft hij ontdekt?

Ik begin te ijsberen terwijl mijn eerdere zorgen over Dragomir weer de kop opsteken.

Tot op de dag van vandaag gedraagt hij zich over bepaalde onderwerpen terughoudend. Heeft Vlads ontdekking daarmee te maken? Zo ja, wat is het dan?

Dragomir heeft op het leven van zijn broer gezworen dat hij geen andere vrouw had, à la Marco, maar wat als dat een leugen was?

Hij heeft me ook nooit een verklaring voor die privédetective met de camera gegeven. Waar ging dat allemaal over? En waarom gebruikte Dragomir bij de dierenarts gouden munten? Komt hij toch uit de criminele onderwereld?

Veel vragen, geen antwoorden.

Ik kijk woedend naar mijn telefoon. Vlad heeft gezegd dat hij één nachtje ging kamperen. Betekent dit dat ze morgen ook nog in het bos gaan wandelen?

Hoelang moet ik wachten voordat ik weet wat hij ontdekt heeft?

Ik stop met ijsberen en bel Xenia.

"Je moet het hem gewoon vragen," zegt mijn vriendin als ze helemaal op de hoogte is.

"Het Dragomir vragen. Gewoon zo?"

"Ja. Op die manier krijg je vandaag je antwoorden."

"Misschien..."

"Niet misschien. Doe het."

"Prima," zeg ik met een zucht.

"Goed. Nu dat geregeld is, vertel me over de seks."

Dat doe ik en ik kan me bijna visualiseren dat ze naar de vibrator reikt die ik haar heb gegeven, maar dat ze dan zou zweren dat ze dat nooit zou doen.

"Hoe gaat het met Boy-Toy?" vraag ik als ik me realiseer dat ik non-stop over mezelf heb gepraat. "Heb je zelf geen verhalen om te delen?"

"Je weet dat ik daar niets over vertel," zegt Xenia tot mijn ergernis.

"Nee, dat weet ik niet," lieg ik.

"Sommige dingen zijn privé," zegt ze verdedigend.

"Ik heb je net alles verteld. Heb je ooit van quid pro quo gehoord?"

"Jij vindt het niet erg om over dat soort dingen te praten. Ik wel."

"Je zuigt."

"Ja, dat doe ik." Giechelt ze meisjesachtig. "Bij Boy-Toy. Ben je nu tevreden?"

Eigenlijk kan het beeld dat ik nu in mijn hoofd heb Kerstmis voor altijd verpesten, dus misschien is het maar beter dat ze besloten heeft om niet te veel te delen.

Mijn telefoon piept, waardoor mijn hart een sprongetje maakt.

"Ik heb net een berichtje van Dragomir gekregen," zeg ik ademloos.

"Ga kijken wat er staat. Als hij toch een andere vrouw heeft, dan zal ik je helpen om hem in elkaar te stampen."

"Afgesproken," zeg ik en hang op.

Het bericht van Dragomir werpt nergens licht op. Het zegt alleen:

Moet overwerken. Eet alsjeblieft zonder mij.

Grr.

Ik doe wat hij zegt en kijk dan naar *Frozen* om mezelf te kalmeren.

De deurbel gaat.

Gerichte vragen dwarrelen door mijn hoofd terwijl ik me haast om de deur te openen.

Maar zodra ik Dragomir zie, sterven de vragen op mijn lippen.

Fuck. Mij.

Hij draagt een strakke zwarte coltrui.

Hij moet zich hebben omgekleed voordat hij hierheen kwam.

Tenzij... is dit weer een natte droom?

Hij stapt naar binnen, trekt me naar zich toe en drukt zijn mond tegen de mijne, me met zijn lippen en tong verslindend terwijl zijn handen mijn kont knijpen en kneden.

Oké. Het is echt.

Vragen? Welke vragen?

Elkaar kussend alsof ons leven ervan afhangt, strompelen we naar mijn slaapkamer en laten onze kleren als de pornoversie van Hans en Grietje - minus de incest - overal achter.

Zodra we op het bed vallen, begint een herhaling van de sekstiviteiten van gisteravond – behalve dan het, hoe ongelooflijk ook, deze keer intenser is.

Om vier uur 's nachts heb ik genoeg orgasmes gehad om in het Guinness Book of World Records te worden opgenomen en voel ik me als een uitgeperste sinaasappel die door een vrachtwagen is overreden.

Oké. Nu de seks voorbij is, zal ik vragen wat ik wilde vragen.

Ik gaap zo hard dat ik bijna mijn kaak ontwricht.

Misschien kunnen we praten nadat ik mijn hoofd in de kromming van zijn schouder heb laten rusten?

Ja. Dat is het plan.

Ik ga knus tegen hem aan liggen en sluit mijn ogen.

Ik word wakker vanwege de stomme zon die op mijn gezicht schijnt.

Dragomir is nergens te bekennen, maar op mijn kaptafel ligt een briefje:

Ik wilde je niet wakker maken, maar ik moest gaan. Het kan vanavond weer laat worden. Geniet van het ontbijt en verzamel je krachten.

Dragomir.

Geniet van het ontbijt, mijn kont.

Ik heb hem nog niet geconfronteerd en nu moet ik tot de avond wachten?

Vlad kan tegen de vanavond maar beter op komen dagen.

Terwijl ik mijn frustratie met moeite in bedwang houd, eet ik het verrukkelijke ontbijt dat Dragomir heeft achtergelaten met het kennelijke doel me dik te maken. Dan ga ik met Boner wandelen en probeer ik weer een dutje te doen.

Nee.

Door de vragen kan ik niet slapen, dus ik kanaliseer de onrustige energie in mijn werk.

Als ik honger krijg, maak ik een boterham, maar voordat ik erin kan bijten, gaat mijn telefoon.

Zou het kunnen?

Jazeker!

Eindelijk.

Het is Vlad die belt.

Ik sta op het punt om Dragomirs geheim te leren kennen.

Hoofdstuk Veertig

"Wie doet zoiets?" vraag ik Vlad zodra ik zijn stem hoor. "Hoe kun je zo'n voicemail voor me achterlaten en van de aardbodem verdwijnen?"

"Sorry," zegt hij, maar het klinkt niet alsof hij het echt meent. "Het was niet het soort informatie dat ik telefonisch wilde bespreken."

Ik knijp mijn ogen tot spleetjes. "Oh, nee, dat doe je niet. Je gaat me niet dwingen om naar je kantoor te komen. Sterker nog, laat me nog een seconde langer wachten en ik zal ervoor zorgen dat je er spijt van krijgt. Weet je mijn tiende verjaardag nog?"

"Rustig. Laten we tenminste op een videogesprek overschakelen. Die apps doen tenminste alsof ze genoeg om privacy geven om versleuteling te gebruiken."

Mijn kiezen op elkaar klemmend, hang ik op en schakel over op video.

"Zeg op," zeg ik zodra ik Vlads gezicht zie. "Nu."

"Oké, het zit zo. Terwijl ik op Fanny zat te wachten toen ze zich klaarmaakte, heb ik met behulp van de namen die je me hebt gegeven wat rondgesnuffeld."

Ik vernauw mijn ogen tot spleetjes naar hem. "En?"

"En ik heb iets gevonden."

"En?" Mijn stem gaat in volume omhoog.

"En ik heb ontdekt wie hij werkelijk is. *Wat* hij is."

"*Wat* hij is? Als je 'een weerwolf' zegt of een andere grap maakt, dan zal ik je wurgen."

Hij komt dichter bij de camera. "De waarheid klinkt misschien als een grap, maar ik verzeker je dat dat niet zo is. Ik moet het zelf nog steeds verwerken, om eerlijk te zijn."

Ik voel een hol gevoel in mijn maag. "Wat is hij?"

"*Knyaz*," zegt Vlad plechtig.

Ik knipper. "Wat zeg je?"

"*Velikiy knyaz.*"

Ik knipper sneller. "Ik snap het nog steeds niet."

Vlad fronst. "Het betekent in het Ruskoviaans hetzelfde als in het Russisch. De grootvorst."

Op dit punt knipper ik in morsecode. "Een prins? Zoals Hans?"

Vlad trekt een wenkbrauw op. "Is dat de slechterik van *Frozen*?"

"Serieus?"

Hij en Alex lachen mijn favoriete film altijd uit,

maar er is een tijd en een plaats voor deze dingen. "Hoe kan Dragomir een prins zijn?"

Vlad haalt zijn schouders op. "Weet je dat Ruskovia een heersende monarchie heeft?"

Ik knik. Dat is een van de weinige dingen die ik over die plek wist voordat ik een van zijn inwoners had ontmoet.

"Dragomirs achternaam is niet altijd Lamian geweest. Dat is waar hij het in veranderd heeft toen hij naar Amerika verhuisde. Hij werd als Cezaroff geboren." Hij kijkt me aan voor tekenen van herkenning. Als hij die niet ziet, voegt hij eraan toe, "Zoals in de Cezaroff-dynastie. Zoals in, een koninklijke prins."

Mijn hersens spannen zich in om dit te verwerken.

Een prins.

Een vorst.

"Is hij getrouwd?" vraag ik gevoelloos.

"Nee," zegt Vlad. "Ik denk dat zijn nobele status het enige is dat hij voor je verborgen heeft gehouden. Al het andere dat hij je heeft verteld, is waar - inclusief het feit dat hij onterfd was. Dat is algemeen bekend."

"Ja, natuurlijk," zeg ik bitter. "Hij heeft gewoon een beetje zwak uitgedrukt wat er op het spel stond - het vermogen om een heel land te regeren."

"Hij ging toch niet echt regeren," zegt Vlad. "Te veel oudere broers."

Oudere broers. Natuurlijk. De dingen beginnen op hun plaats te vallen - zoals waarom het profiel van

Stanislaus er zo bekend uitzag toen we laatst zaten te dineren.

Ik heb het al eens eerder gezien, op die gouden munt die Dragomir de dierenarts gaf.

En er is meer. De initialen op zijn zakdoek: DC. Het moet voor Dragomir Cezaroff staan.

Andere kleine dingen zijn nu ook logischer. Zijn perfecte Engels, de verhalen over zijn familie die bedienden in dienst hebben en de tuinen, tuinhuisjes, voetbalvelden...

"Gaat het?" Vlads toon is zachtaardig.

Oh, tuurlijk. Ik ben nog steeds aan het bellen.

Ik schud mijn hoofd. "Ik kan dit maar beter in mijn hoofd gaan verwerken."

Hij leunt naar de camera. "Wil je dat ik langskom?"

"Nee. Dank je. Dit is iets wat ik alleen moet verwerken."

Hoe erg ik een broederlijke knuffel zou kunnen gebruiken, moet ik online en dit allemaal zelf controleren, omdat een deel van mij het nog steeds niet heeft geaccepteerd.

"Het spijt me," zegt Vlad en deze keer klinkt het alsof hij het meent.

Ik glimlach zwak naar hem. "In tegenstelling tot moeder schiet ik nooit de boodschapper neer. Het is bovendien niet zo dat je erachter bent gekomen dat hij getrouwd is."

Ik zou willen dat ik net zo sereen kon zijn als dat ik probeer te lijken.

"Laat het me weten als je iets nodig hebt," zegt Vlad. "Als je wil dan hack ik in zijn..."

"Bedankt, maar nee. Kunnen we straks even praten?"

"Natuurlijk."

"Oké, doeg."

Ik haast me naar mijn computer en zoek de naam *Cezaroff*.

Er duikt een stortvloed aan resultaten op.

Het merendeel zijn artikelen in het Ruskoviaans die mijn browser gemakkelijk vertaalt. De ene gaat over Dragomir Cezaroff die als tiener een schermwedstrijd wint. Talloze anderen gaan over zijn problemen met zijn ouders.

Interessanter is dat er iets in het Engels is. Blijkbaar heeft het feit dat ze koninklijk zijn, de familie Cezaroff op de radar van roddelbladen in de VS en daarbuiten gezet. Hoewel ze niet zo populair als hun Britse equivalenten zijn, zijn deze prinsen nog steeds interessant genoeg om geobsedeerd door te zijn.

Ik scan het Engelse materiaal en vindt niets over Dragomir - misschien vanwege zijn onterfde status?

Ze zijn echter dol op zijn andere broers. Tigger - onder zijn volledige naam Anatolio Cezaroff - is een bijzonder hoofdbestanddeel. Er zijn artikelen over zijn gekke avonturen, berichtgeving over zijn recente ongeluk (met clickbait-titels als "Zal hij doodgaan?") En speculaties over de vrouwen met wie hij is gezien.

In feite plaatst het meest recente artikel hem in de

Doro op de avond van ons diner daar. De schrijver beweerde dat zijn volgende stunt een prestatie van overeten zou zijn.

Wacht eens even.

Ik herken de foto van de persoon die dit artikel heeft geschreven.

Het is de cameraman, degene waarvan ik dacht dat het een privédetective was. Nu snap ik waar hij achteraan zat. Hij had gehoopt dat Dragomir iets nieuwswaardig zou doen of hem naar een verhaal over zijn meer nieuwswaardige familieleden zou leiden.

Er vallen meer dingen op hun plaats.

Dat vreemde ontwerp van diamanten op Dragomirs Patek Philippe-horloge is het familiewapen van Cezaroff en het Ruskoviaanse schrift erop is het familiemotto: "In traditie, kracht."

De grappig geklede mensen die ik in het restaurant voor uitsmijters/portiers aanzag, waren eigenlijk de koninklijke garde - wat misschien zou verklaren waarom ze gasmaskers klaar hadden staan.

Zelfs de honden zijn beroemd. Het misha-ras is oorspronkelijk eeuwen geleden voor de koninklijke familie gefokt. Tot op de dag van vandaag krijgt elke Cezaroff de zuiverste misha-pup die er is. In feite staat de koninklijke familie erom bekend er altijd een te hebben - een beetje zoals de Starks in de *Game of Thrones* met hun reuzenwolven. Dragomir loog niet toen hij zei dat hij Winnie die naam niet had gegeven. Alleen de koning - of tsaar - heeft de naamgevingsrechten en Dragomirs snobistische vader zou natuurlijk een chique naam gebruiken.

Hoe meer ik leer, hoe dommer ik me voel, omdat ik het niet allemaal zelf heb uitgevogeld. Ik word ook steeds bozer.

Ik spring overeind en ijsbeer door het appartement.

We kennen elkaar al twee maanden, maar hij heeft iets van deze omvang voor me verborgen gehouden. Ik heb hem verteld hoeveel pijn het me heeft gedaan toen de laatste man met wie ik uitging, door weglating heeft gelogen, maar hij heeft hetzelfde gedaan.

Hoe kon hij?

De hele tijd wist ik zijn echte naam niet eens.

En te bedenken dat ik bijna voor hem was gevallen. Of ben gevallen - wat misschien de reden is waarom dit zoveel pijn doet.

Ik stop met ijsberen en bal mijn handen tot vuisten.

Dit is wat ik krijg, omdat ik zo stom ben om te vertrouwen. Ik had beter moeten weten.

Dragomir voelde zich tot me aangetrokken - dat is al een waarschuwing. Ik trek altijd smeerlappen aan, maar ik dacht dat het deze keer misschien anders zou zijn. Einstein had gelijk toen hij zei, "De definitie van waanzin is steeds weer hetzelfde doen en dan andere resultaten te verwachten."

Nou, mijn waanzin eindigt nu.

Of binnenkort.

Ik moet hem nog steeds onder ogen zien.

Ik draai me om.

Ja dat is een geweldig idee. Ik marcheer naar zijn werk en hem ga hem even vertellen wat ik ervan denk. Waarom niet? Hij verdient mijn toorn.

Ik voel me een beetje beter, ren mijn kast binnen en trek de meest sexy outfit aan die ik bezit - een geweldige zwarte jurk. Ik bedek het met een kort motorjack en trek een paar laarzen met hoge hakken aan.

Laat hem maar zien wat hij gaat verliezen.

Vervolgens breng ik make-up aan, in oorlogstijl.

Terwijl ik naar de deur loop, stapt Boner in mijn pad en jankt jammerlijk.

Geweldig. De arme kerel mist Winnie nu al.

Ik voel een golf van schuldgevoelens die niet door mij gedragen zouden moeten worden. Gezien wat ik ga doen, verliest Boner de toegang tot Winnie - maar het is niet mijn schuld.

Hopelijk zal Boner verdergaan met zijn leven.

Hopelijk kunnen we dat allebei.

Toch, gedreven door het schuldgevoel, pak ik Boners riem.

Als hij dit ziet, fleurt hij een beetje op, zoals ik wist dat hij zou doen. Een riem buiten de gebruikelijke wandeltijd betekent avontuur en daar houdt hij van.

———

Met Boner op mijn schoot in de taxi komt er de hele weg naar Dragomirs kantoor stoom uit mijn oren. Als ik de lobby van het gebouw binnenkom, moet Boner rennen om mijn woedende stappen bij te houden.

Ik stap in de lift en kijk woest naar de knoppen.

Het is net bij me opgekomen dat ik niet weet waar Dragomir eigenlijk is. Het enige gebied waar ik hier ben geweest, is de vergaderruimte waar Alex en ik over Project Morpheus hebben gesproken.

Ik besluit mijn zoektocht daar te beginnen, neem de lift naar die verdieping en sprint naar de kamer.

Geen Dragomir. Marco is er echter wel, met het hele team van onze bijeenkomsten.

Prima.

Als ik de locatie van Dragomir uit Marco moet slaan, dan zij het maar zo.

Ik adem diep in en storm naar binnen.

Hoofdstuk Eenenveertig

*M*arco's begroeting is spottend. "Bella. Wat een toeval. We hadden het net over je."

Verward blijf ik op een wurgafstand van hem staan. "Ik ben hier niet voor jou."

Zijn mond wordt vlakker. "Dat zou je wel zijn als je het onderwerp van onze discussie zou weten."

Ik knijp in de brug van mijn neus. "Waar heb je het over? Ik heb geen tijd voor-"

"Ik heb iedereen net je geheim verteld," zegt Marco, die me grof onderbreekt.

Mijn geheim?

Gaat dit over het feit dat ik met zijn baas naar bed ga? Als dat zo is, dan zal dat geen-

"Je hebt een bedrijf dat Belka heet," kondigt Marco aan en ik blijf stokstijf op mijn plek staan. "Een bedrijf dat smerigheid maakt." Hij komt zo dicht bij me staan dat ik de muffe koffie in zijn adem ruik. "Dus je snapt wel dat we niet met een goed geweten in een project kunnen investeren waar *jij* lid van bent."

Terwijl ik hiervan uit balans ga, klinkt er aan mijn voeten een laag gegrom. Net als ik is Boner niet zo blij met Marco's toon.

"Waar is Dragomir?" eis ik.

"Hoezo?" vraagt Marco. "Hij heeft zichzelf teruggetrokken. Onze beslissing is definitief. Je hoeft hem niet meer met leugens lastig te vallen."

"Leugens?" Ik ontbloot mijn tanden. "Daar zou jij alles van weten, nietwaar?"

Iedereen in de kamer lijkt op het puntje van hun stoel te zitten. Het gebeurt niet elke dag dat je in een zakelijk omgeving getuige van een show als deze kunt zijn.

Marco kijkt verontwaardigd. "Wat wil je daarmee zeggen?"

Ik hou hem met een blik vast die vuurspuugt. "Weet je Ruskoviaanse vrouw van de Amerikaanse af? En hoe zit het andersom?"

Marco wordt wit en de mensen om ons heen beginnen onder elkaar te fluisteren, sommigen fronsen.

"Ze liegt," zegt Marco, niet erg overtuigend.

"Ik wil het bewijs met alle plezier naar iedereen in de kamer e-mailen." Ik pak mijn telefoon en zwaai ermee in de lucht.

Ik bluf natuurlijk. Ik heb geen idee of Vlad het

bewijs heeft of dat ik Marco's leven wel in die mate wil ruïneren.

Marco probeert mijn telefoon te pakken, maar ik ruk hem terug en kijk iedereen aan.

Te oordelen naar de uitdrukkingen overal om ons heen gelooft niemand Marco meer.

Het grommen van beneden wordt door een vreemd geluid vervangen.

Marco kijkt naar beneden en begint in het Ruskoviaans te vloeken.

Ik volg zijn blik en mijn ogen worden groot.

Het is Boner. Hij heeft zijn poot zo hoog mogelijk opgetild en hij doet zijn behoefte op Marco's voet.

Brave jongen. Dat is wat klootzakken verdienen.

Marco's uitdrukking wordt razend en ik zie zijn been achteruitgaan - vermoedelijk om mijn hond te schoppen.

Mijn hand gaat instinctief naar voren en voor ik het weet, heb ik Marco's zachte, verschrompelde ballen in mijn hand.

Gatver.

"Schop hem en jij zal met een falset gaan zingen," snauw ik.

Marco lijkt nu klaar te staan om *mij* te schoppen, dus ik bereid me voor om te knijpen voor alles wat ik waard ben.

"Laat ze met rust," zegt Eugenius. Hij wijst met zijn telefoon naar Marco en neemt ongetwijfeld een video op.

Marco wordt rood en mompelt onder zijn adem obsceniteiten, maar zet met nadruk zijn been neer.

Ik trek Boner weg, zeg "dankjewel" tegen Eugenius en laat de viezigheid in mijn hand los, terwijl ik een mentale aantekening maakt om mijn handpalm te ontsmetten totdat hij rauw is.

"Je kunt maar beter weggaan," zegt Eugenius tegen me.

Yep. Marco is dertig kilo zwaarder dan mij en zou, ondanks de aanwezigheid van zijn collega's, kunnen besluiten geweld te gebruiken.

Ik loop naar buiten met mijn rug recht en denk na over wat ik moet doen als ik in de lift stap.

De post-adrenaline-crash raakt me hard en ik voel me niet klaar om Dragomir te trotseren. Ik hoef het ook niet echt te doen. Als Marco van de seksspeeltjes weet, dan zal Dragomir dat ook weten. Voeg daar mijn ongepaste gedrag van zojuist aan toe en ik weet zeker dat het voorbij is.

Ik ren het vervloekte gebouw uit en houdt een taxi aan.

Halverwege mijn huis gaat mijn telefoon.

Het is Dragomir.

Even ben ik geneigd om op te pakken, maar wat zou het punt zijn?

Het is voorbij. Een confrontatie zou de pijn alleen maar verlengen.

Ik laat de oproep naar de voicemail gaan.

Ik kan mezelf niet tegenhouden, ik luister er een

paar seconden later naar. Zijn boodschap is kort: *we moeten praten.*

Mijn geschreven bericht is even beknopt en ter zake: *Nee, bedankt, Koninklijke Hoogheid.*

Hij belt weer en ik laat het naar de voicemail gaan.

Hij appt vervolgens: *Bel me.*

Dat doe ik niet. In plaats daarvan negeer ik de volgende oproep en zet mijn telefoon uit.

De rest van de weg naar huis aai ik Boner om mezelf te kalmeren en als ik mijn appartement binnenstap, loop ik regelrecht naar de woonkamer.

Zoals ik me nu voel, moet ik de grote jongens inschakelen: *Frozen.*

Helaas voel ik me nog steeds rot als de credits voorbijkomen. Zelfs nog erger - en dat had ik niet verwacht. Ik dacht dat het net zo zou zijn als toen ik het met mijn getrouwde ex had uitgemaakt. Het deed natuurlijk pijn, maar ik voelde me ook bevrijd toen ik die pleister eraf trok.

Deze keer niet. Deze keer voelt het alsof de pleister die ik heb geprobeerd te verwijderen van schuurpapier is gemaakt dat een kwaadaardig gestoord genie aan mijn hart heeft geplakt.

Waarom voel ik me zo?

Is het omdat Dragomir zich dieper in mijn hart heeft genesteld dan mijn ex ooit heeft gedaan? Of - en dit is verontrustend - is het omdat zijn leugen minder kwaadaardig is en daarom mijn reactie niet rechtvaardigt?

Mijn maag voelt ijskoud aan terwijl ik daar verder over nadenk.

Zou het kunnen dat ik me niet bevrijd voel, omdat een deel van mij weet dat ik zelf ook niet zo onberispelijk ben? Dragomir is tenslotte niet de enige die informatie heeft weggelaten. Ik heb hem niet over mijn bedrijf met seksspeeltjes verteld en er zou een argument kunnen worden aangevoerd dat mijn leugen egoïstischer is - in het begin verborg ik de waarheid zodat ik zijn medewerking kon krijgen om in mijn onderneming te investeren.

Ik spring overeind en begin door mijn appartement te ijsberen, terwijl herinneringen aan onze langeafstandstelefoongesprekken door mijn hoofd vliegen - samen met alle verschillende manieren waarop hij me tot een orgasme heeft gebracht.

Als ik Boner bijna vertrap, ga ik zitten en pak mijn telefoon.

Tijd om eerlijk tegen mezelf te zijn.

Ik wil Dragomir nog steeds, leugens of niet.

De vraag is: wil hij mij nog? Toen hij eerder belde, was het toen om het uit te maken of wilde hij zich voor het verbergen van zijn ware identiteit verontschuldigen?

Als het het laatste is, dan moet ik hem misschien vergeven.

Ik had het hem zelfs kunnen vergeven als ik erin was geslaagd om zijn kantoor binnen te stormen - ervan uitgaande dat Dragomir de juiste dingen had gezegd.

Met een hart dat als een razende klopt, zet ik mijn telefoon weer aan.

Het is het moment van de waarheid.

Ik bel Dragomir terug.

De oproep gaat naar voicemail.

Mijn hart voelt alsof het krimpt.

Neemt hij wraak, omdat ik niet op heb genomen?

Ik wacht vijf minuten en staar de hele tijd naar de telefoon.

Hij belt niet terug.

Mijn hart verschrompelt verder. Hij heeft voorheen altijd binnen vijf minuten contact met me opgenomen.

Misschien zit hij in een vergadering? Of is hij volgens zijn gewoonte zonder telefoon met Winnie aan het lopen?

Voor het geval dat, bel ik opnieuw en laat een voicemail achter: *Bel me*.

Vijf minuten later app ik hetzelfde bericht.

Misschien heeft hij 's werelds rijkste man in zijn kantoor? Of is hij over een deal van miljard dollar aan het onderhandelen?

Een nagelbijtend uur verstrijkt zonder antwoord.

De excuses van vergaderingen en de hond uitlaten lijken met elke minuut zieliger te worden.

Twee uur later moet ik het toegeven.

Ik heb het verkloot en misschien is er geen weg meer terug.

Hoofdstuk Tweeënveertig

*I*k wil huilen, maar ik vecht tegen de drang. Boner is gevoelig voor mijn humeur en het arme ding lijdt al aan de afkickverschijnselen van de beer.

Ik pak mijn laptop en duik in plaats daarvan in het werk.

Nee. Ik ben zo afgeleid door het nutteloos om de twee seconden controleren van mijn telefoon dat ik niet eens de meest eenvoudige buttplugs kan ontwerpen.

Ik ga met Boner wandelen in plaats van zinloos door het appartement te ijsberen, maar aangezien ik mijn telefoon bij me heb, is het een uur van in zelfmedelijden wentelen en onophoudelijk mijn telefoon controleren.

Als Boner klaar is met al zijn behoeften te doen, breng ik ons naar huis, maar in plaats van mijn gebouw binnen te gaan, stop ik, vol plotselinge vastberadenheid.

De wandeling heeft mijn hoofd voldoende leeggemaakt om een beslissing te nemen.

Als Dragomir mijn telefoontjes niet beantwoordt, dan ga ik hem face-to-face confronteren. Als hij dingen wil beëindigen, dan zal hij het in mijn gezicht moeten doen. Niet dat ik gedwee zijn afwijzing zal accepteren - ik ben van plan om voor ons te vechten als het moet.

Ik neem een taxi en stuur hem weer naar het kantoor van Dragomir.

Als we daar aankomen, pak ik Boner onder mijn arm en ren naar dezelfde vergaderruimte voor het geval het geluk met mij is en Dragomir daar is.

Dat is hij niet.

De mensen van eerder die dag zijn dat wel. Gelukkig is Marco er niet bij.

Ik zet Boner op de grond en bereid me voor om naar binnen te gaan, maar Eugenius ziet me en stapt de gang in.

"Heb je het al gehoord?" Hij klinkt onder de indruk.

Mijn wenkbrauwen knijpen zich samen. "Wat gehoord?"

"De financiering," zegt hij een beetje verward. "Het is net goedgekeurd."

Ik wrijf over mijn wenkbrauwen. "Maar Marco-"

"Is ontslagen," zegt Eugenius met afkeer. "Hij was de drijvende kracht achter die aanvankelijke afwijzing.

De rest van ons voelde zich veilig genoeg om in je onderneming te investeren toen we erachter kwamen dat niet alleen je broer een succesvol bedrijf kon runnen."

Ik zou hier extatisch over moeten zijn, maar dat ben ik niet. Niet als dit geld me de man heeft gekost waar ik om geef.

"Waar is Dragomir?" Ik weersta nauwelijks de neiging om de informatie uit Eugenius te schudden.

"Hij is meteen nadat hij Marco had ontslagen vertrokken," zegt Eugenius.

"Dus waar is hij?" eis ik.

Eugenius zet fronsend zijn bril recht. "Is alles goed?"

Wil hij dat ik hem door elkaar schud? "Ik moet hem gewoon even spreken. Alsjeblieft. Het is belangrijk."

De man verschuift van voet naar voet. "De baas vertelt ons niets over zijn doen en laten. Het leek een privéaangelegenheid te zijn, iets dringends."

Dringende privéaangelegenheid.

Durf ik het te hopen? Zou hij naar mijn huis zijn gegaan om hetzelfde gesprek te voeren waarvoor ik hier naartoe ben gekomen?

"Dank je wel, Eugenius. Ik kijk er naar uit om met jullie samen te werken."

Ik negeer de blos op zijn gezicht en ren terug en als ik in de taxi spring, kijk ik op mijn telefoon.

Niets.

Ugh. Waarom dacht ik dat Dragomir zonder te

bellen naar mijn huis zou gaan? Natuurlijk zou hij dat niet doen.

Voor zover ik weet, was de financiering zijn afscheidscadeau.

Maar hoewel ik mijn best heb gedaan om mezelf op de teleurstelling voor te bereiden, trekt mijn borst zich pijnlijk samen als ik bij mij thuiskom en Dragomir niet in of in de buurt van het gebouw zie. Als ik bij mijn deur kom dan groeit de pijn tot Everest-niveaus.

Hij is er niet.

Ik was toch niet de dringende persoonlijke kwestie.

Wat verwaand van mij om te denken dat ik het was. Zijn ouders zijn niet alleen in de stad, maar zijn broer is ook nog aan het herstellen.

Oh shit.

Wat als er iets met hem is gebeurd?

Dat soort noodsituatie zou de radiostilte kunnen verklaren.

Ik grijp een zeer verwarde Boner en ren mijn gebouw weer uit - dit keer op weg naar Tiggers hotel, dat gelukkig in de buurt zit.

"Ik ben hier voor Anatolio Cezaroff," hijg ik naar de hotelbediende.

Hij kijkt me langs zijn neus aan. "Meneer Cezaroff verwacht geen bezoekers."

Ik adem opgelucht uit. "Dus hij is in orde? Hij is pasgeleden gewond geraakt en zijn broer Dragomir is vermist, dus ik dacht dat er misschien iets-"

"Ik zal eens kijken of ik hem aan de lijn kan krijgen," zegt de receptionist verwaand. "Wat is je naam?"

"Zeg hem dat Bella er is - Bella van Dragomir."

Ik hoop tenminste dat het laatste stukje waar is of zal zijn.

De man toetst met zijn pink een nummer in en wacht een paar seconden. "Hallo. Er staat hier een dame die zegt dat ze Bella van Dragomir is."

Hij wacht een paar seconden en beschrijft dan snel hoe ik eruitzie.

"Hij zei dat hij naar beneden komt," laat hij me weten nadat hij heeft opgehangen. "Hij zei ook dat als je Bella niet bent, maar een gekke stalker, dat hij aangifte zal doen."

Een stalker? Is dat een grapje of heeft Tigger daar echt mee te maken? Wat nog belangrijker is, als Tigger niet het noodgeval is, waar is Dragomir dan en waarom negeert hij mijn telefoontjes?

Zou hij al zo snel naar een andere vrouw kunnen zijn overgestapt?

Nee. Zo is hij niet.

Prins of geen prins, ik ken hem. Ik weet hoe hij echt is.

Er komt een ondenkbare optie bij me op en een adrenalinestoot doet mijn hartslag stijgen.

Wat als Dragomir in de problemen zit?

Wat als hij door een auto is aangereden? Of dat zijn camper een ongeval heeft gehad?

Mijn geest was duidelijk met zorgen over Tigger

gevuld, maar nu het naar die donkere plek is gegaan, kan ik niet van die verlammende angst afkomen.

Wacht. Nee. Ik ben stom aan het doen. Tigger zou niet in zijn hotel zitten chillen als Dragomir gewond zou zijn.

Tenzij... hij het niet weet.

Ik begin bijna op mijn nagels te bijten wanneer Tigger uit de lift stapt.

Als hij me ziet begint hij te grijnzen - niet iets wat hij zou doen als Dragomir in de problemen zat.

"Weet je waar hij is?" flap ik eruit, terwijl ik hem bijna bij de liftdeuren tackel.

Zijn grijns wordt breder. "Bedoel je Dragomir?"

"Dat lijkt me duidelijk."

"Heeft hij het je niet verteld?"

Ik bijt op mijn lip. "Ik heb misschien eerder tegen hem gezegd dat hij me niet moest bellen, dus..."

"Oh." Tiggers grijns verdwijnt. "Wat is er gebeurd?"

"Maakt niet uit. Waar is hij?"

Tigger fronst. "Bij dokter Delomalov natuurlijk."

Eerst stuurt het woord *dokter* mijn angst door de stratosfeer, maar dan wordt de volledige naam me duidelijk. Dat is de-

"Heb je echt geen idee?" Tigger werpt een blik op Boner. "Ik dacht dat van alle mensen, jij dit zou verwachten." Hij grijnst weer. "'Gewone burger maakt koninklijke zwanger' - dat is wat alle Ruskoviaanse kranten zullen zeggen zodra ze erachter komen."

"Dokter Delomalov is toch de dierenarts?" zeg ik ademloos.

"Dat is hij."

"Is Winnie aan het bevallen?"

"Bingo."

Mijn adem suist er van opluchting uit.

Dit verklaart alles.

Het kantoor van dr. Delomalov heeft geen mobiel bereik, dus als Dragomir er de afgelopen uren is geweest, dan weet hij niet eens dat ik klaar ben om te praten.

"Ik moet naar dat kantoor," zeg ik dringend tegen Tigger. Ik wend me tot de receptionist. "Kunt u een taxi voor me bellen?"

"Zal *ik* je een lift geven?" stelt Tigger voor. "Ik heb een Lamborghini gehuurd en heb nog steeds geen kans gekregen om hem uit te testen."

"Tuurlijk. Wat me daar het snelst brengt."

"Ik zal de parkeerbediende zeggen dat hij de auto voor u moet halen," zegt de receptionist.

We stappen naar buiten en een paar minuten later komt er een zwarte Lamborghini aanrijden - het nieuwste model met alle toeters en bellen.

De parkeerbediende doet de autodeur voor me open en ik klauter naar binnen.

Hmm. De veiligheidsgordels zien eruit als die in een raceauto zitten. Ik ben geen grote fan van snel gaan - is het te laat om dat nog te zeggen?

Ik maak me behoedzaam vast, open het raam voor Boner en kijk op mijn telefoon.

Nog steeds niets.

Tigger gaat achter het stuur zitten en kijkt verontrustend opgewonden.

"Je hebt eerder met dit ding gereden, toch?" vraag ik.

"Maakt het uit? Zet je schrap."

"Wacht. Dat klinkt niet goed-"

Tigger draait het stuur scherp naar rechts en geeft gas.

Met een geur van brandend rubber scheurt de Lamborghini met een snelheid van Mach 1 vooruit - of in welk tempo de supersonische jets ook mogen vliegen. De zwaartekracht drukt me plat in mijn stoel en Boner jankt terwijl ik hem tegen mijn borst druk. De wind door het open raam is als een orkaan, dus ik laat mijn dodelijke greep op Boner lang genoeg los om op de knop te drukken om hem te sluiten.

"Gast," zeg ik als het windtunneleffect weg is. "Toen ik zei 'wat me daar het snelst brengt', bedoelde ik *levend*."

In de tijd die ik nodig heb om die woorden uit te spreken, zijn we vier blokken verder.

"Maak je geen zorgen," zegt Tigger, terwijl hij door een oranje stoplicht rijdt. "Leef een beetje."

Leven is het doel.

Boner lijkt op het punt te staan om over te geven. "*Ma chérie*, ik ben van gedachten veranderd over zelfmoord. Kun je dit krankzinnige *mens* zover krijgen dat hij langzamer gaat rijden?"

"Zijn er bij Winnie's bevalling complicaties

opgetreden?'" vraag ik Tigger in de hoop dat hij langzamer gaat rijden als hij moet praten.

Nee. Hij vertraagt niet eens een kilometer per uur. "Ik denk het niet. Dragomir wilde gewoon dat het veilig zou zijn."

Veilig willen zijn is duidelijk een concept dat Tigger niet snapt.

Ik vraag verder niets meer - we hebben een grotere overlevingskans als hij zich op het rijden concentreert.

De rest van de rit is als een scène uit *The Fast and the Furious* en zal de bron van mijn toekomstige nachtmerries zijn. Het enige goede dat ik erover kan zeggen, is dat het snel voorbij is.

Heel snel.

"Ga," zegt Tigger als we met brandende banden tot stilstand komen. "Ik ga parkeren en dan kom ik naar boven."

Met wiebelige knieën loop ik naar het kantoor van de dierenarts, Boner zit in shock onder mijn arm.

Als ik naar binnen stap, zit Dragomir daar.

Hij ziet er zo bezorgd uit dat je zou denken dat het zijn vrouw was die aan het bevallen was, niet zijn hond. Maar als hij mij ziet springt hij overeind.

"Hoi," zeg ik onzeker.

Zijn lichtbruine ogen glanzen. "Hoi."

Ik adem diep in. Ik heb alle lucht nodig om te zeggen wat ik wil zeggen.

Het is nu of nooit.

Hoofdstuk Drieënveertig

*V*oordat ik een woord kan zeggen, gaat de deur open en rent dr. Delomalov naar buiten.

"Vreugdevolle gelegenheden, echt," zegt hij met een brede grijns. "De vrouw is klaar. Heeft vijftien pups gekregen. Wil je ze zien?"

"Natuurlijk," zegt Dragomir gretig.

"Ik ook," zeg ik.

Wat ik echt wil, is met Dragomir praten, maar ik weet niet zeker of hij zich op mijn woorden kan concentreren totdat hij zeker weet dat Winnie in orde is.

En ik *ben* natuurlijk mega nieuwsgierig naar de pups. Ik ben niet dood vanbinnen.

We volgen de dokter door de gang naar een kamer waar Winnie op een groot hondenbed ligt. Ze ziet er moe maar gelukkig uit - en ze is door haar nieuwe familie omringd.

De pups hebben hun ogen dicht en lijken een beetje op koala's, zowel qua uiterlijk als qua kleur - en elk is minstens vijf keer zo groot als hun vader.

Als de geslachten van de honden omgekeerd waren geweest, dan zou deze zwangerschap onmogelijk zijn geweest.

Ik zet Boner op de grond en hou zijn riem goed vast.

Mijn hart is met genoeg vreugde gevuld om een Tesla van genoeg stroom te voorzien om een ritje naar Disney World te maken. Sommige pups liggen al te drinken en Winnie likt een pup die dat niet doet. Ze ziet Dragomir en kwispelt met haar staart en wanneer haar blik op Boner valt, verandert het kwispelen in een regelrechte windmolen.

Boner jankt opgewonden en trekt aan de riem.

"Mag ik hem bij hen in de buurt laten?" vraag ik.

"Ja, maar voorzichtig," zegt Dragomir.

Ja, duidelijk. We zouden niet willen dat Winnie in de mamabeermodus gaat. Dat is enge shit.

Ik bereid me voor om Boner terug te trekken als dat nodig is en laat hem de pasgeborenen benaderen.

Winnie houdt hem nauwlettend in de gaten.

Boner ruikt aan een van de pups, likt er bijna eerbiedig aan, doet dan een stap achteruit en kijkt me verward aan.

"*Ma chérie*, hoe kunnen ze groter zijn dan *moi*? Zeg alsjeblieft dat ik zo'n dekhengst ben dat ik de wetten van het *lichaam* heb verbroken."

We staan allemaal een tijdje oeh en aah naar de

pups te roepen. Dan voegt Tigger zich bij ons en smeekt Dragomir om hem er een te geven.

"Ze gaan bij mij wonen totdat Winnie klaar is om afscheid van hen te nemen," zegt Dragomir streng. "Ik ga geen baby's bij hun moeder weghalen - zelfs niet voor jou."

Tigger rolt met zijn ogen. "Ik bedoelde niet nu."

Dragomir wrijft over zijn kin. "Je zult Caradog mee moeten nemen, zodat ik er zeker van kan zijn dat hij lief voor de pup zal zijn. Ik wil ook controleren of zijn inentingen up-to-date zijn."

Tigger ademt geërgerd uit. "Dat lijkt me duidelijk."

"In dat geval misschien," zegt Dragomir. "Hangt van je gedrag af."

Tigger schakelt voor zijn antwoord naar het Ruskoviaans over en de twee broers beginnen te kibbelen - maar het klinkt meer als goedmoedig bekvechten dan als een ruzie.

Ik trek aan Dragomirs mouw.

Hij kijkt me verontschuldigend aan. "Sorry daarvoor."

"Geeft niet. Kunnen we praten?"

Dragomir knikt en Tigger trekt een wenkbrauw op.

"Privé?" Ik kijk Tigger nadrukkelijk aan.

"Dr. Delomalov," zegt Dragomir. "Is er een plek waar Bella en ik wat privacy kunnen krijgen?"

"Kom," zegt de dierenarts en hij doet de deur open.

Ik duw Boners riem in Tiggers handen en volg de dokter, terwijl ik met mijn heupen voor Dragomir heen en weer wieg als een manier om hem voor ons gesprek te paaien.

Als we bij een grote houten deur komen, doet de dokter die open en stappen we een benauwd kantoor binnen.

Zodra de dokter vertrekt, doet Dragomir de deur op slot.

Ik vind de actie waanzinnig heet - en geruststellend.

Een man sluit zichzelf niet bij een vrouw op die hij van plan is te minachten.

Hopelijk.

Ik verzamel mijn moed en begin mijn tirade. "Het spijt me. Het was gemeen van me om je telefoontjes niet aan te nemen." En ik meen het. Het was echt vervelend toen ik dacht dat hij hetzelfde bij mij had gedaan.

Met geklemde kaken, sluit Dragomir de afstand tussen ons. "Nee. Ik ben degene die spijt heeft." Zijn stem is laag en ernstig. "Ik wilde je zo vaak over mijn erfgoed vertellen, maar ik bleef het uitstellen."

"Waarom?" De vraag is niet bitter. Ik ben echt nieuwsgierig.

Hij pakt mijn hand en knijpt er stevig in. "Omdat het altijd dingen in mijn leven verpest heeft. Ik wilde je er niet door kwijtraken. Ironisch, nietwaar? Ik was je bijna kwijt - omdat ik het voor je verborgen hield."

Mijn ademhaling neemt bij zijn warme aanraking

toe, maar ik negeer het - ik moet voor het volgende deel duidelijk spreken. "Ik neem aan dat je van mijn bedrijf in seksspeeltjes weet?"

Hij lacht. "Ik weet het al vanaf de dag nadat je me je naam had gegeven."

Ik staar hem aan. "Is dat zo?"

"Aangezien we nu alles opbiechten, kan ik het je net zo goed vertellen. Ik heb toegang tot het Ruskoviaanse equivalent van de CIA. Ik wilde meer over je weten - dus dat heb ik gedaan. Ik hoop dat je me die inbreuk op de privacy kunt vergeven."

"Nou, wat de inbreuk op de privacy betreft, heb ik bij jou hetzelfde gedaan," geef ik schaapachtig toe. "Wat zeg je ervan als we quitte staan? Over het rondneuzen en het weglaten van informatie."

Hij brengt mijn hand naar zijn lippen en kust de achterkant van mijn knokkels. "Ik ben het er helemaal mee eens."

Ik doe mijn best om me op iets anders te concentreren dan de tintelingen die ik tot in mijn kern voel. "Wacht. Dus als je al die tijd over mijn bedrijf hebt geweten, hoe is Marco er dan net pas achter gekomen?"

"Mijn ouders, dat weet ik zeker. Ze hebben ongetwijfeld dezelfde service gebruikt om na ons diner onderzoek naar je te doen."

Ik zucht. "Het klinkt niet alsof ze me leuk vonden."

"Beschouw het als een compliment."

Ik lach opgelucht. "Dus ze beslissen niet met wie je uitgaat?"

"Echt niet."

"Goed. En om het even zeker te weten - de persoon met wie je samen bent hoeft niet koninklijk te zijn, zoals jij?"

Hij schudt zijn hoofd. "Dat is wat mijn ouders zouden willen, maar ik niet. Het zit zelfs zo dat als ze je aardig zouden vinden, ik me zorgen zou maken."

Mijn glimlach wordt een grijns. "Ik wed dat ik ervoor zou kunnen zorgen dat ze me aardig gaan vinden als ik ze beter zou leren kennen."

Hij grijnst terug. "En ik wed dat de jouwe mij nog steeds leuker zullen vinden dan de mijne jou ooit zullen mogen."

Ik gnuif. "Dat is niet eerlijk. De mijne houden al meer van jou dan van mij. Ze zijn geen fans van mijn bedrijf - iets wat ik je nooit heb kunnen vertellen."

Zijn glimlach verdwijnt. "Negeer wat wie dan ook denkt. Je speeltjes zijn geweldig. Je hebt serieus talent en moet er trots op zijn." Hij omsluit mijn gezicht met zijn handen en zegt plechtig, "Ik wil dat je altijd jezelf bent en je hoeft je daar nooit voor te verontschuldigen."

Wacht eens even. Dat klinkt als een zin uit *Frozen*. Betekent dit dat hij ernaar heeft gekeken?

Voordat ik besef wat de fuck ik zeg, vliegen de woorden als vanzelf uit mijn mond.

"Ik hou van je."

Zijn gezicht wordt strak, zijn lichtbruine ogen

veranderen in een gouden tint van amber. "Ik hou ook van jou. Eekhoornchick..." Zijn zware stem is hees. "Je bent iemand die het waard is om voor te smelten."

Oh. Mijn. God.

Het is bevestigd. Hij heeft naar *Frozen* gekeken.

Mijn overvolle hart voelt alsof het een Olaf maakt.

Ik ga op mijn tenen staan, sla mijn armen om zijn nek en trek hem naar beneden voor een kus. Een waarvan ik hoop dat het de beste van zijn leven is. Het soort dat hem aan het einde van *zijn* favoriete film zal doen denken - in het bijzonder het moment waarop opa zegt: "Sinds de uitvinding van de kus zijn er vijf kussen geweest die de meest gepassioneerde, de meest pure waren. Deze liet ze allemaal achter zich. Het einde."

Alleen is onze kus niet puur. Het is geen PG, zoals *The Princess Bride*.

Misschien niet eens PG-13.

Dan komt Everest omhoog en Dragomir neemt het over en maakt met één veeg van zijn gespierde arm het rommelige bureau van de dokter leeg - en de waardering van onze film escaleert al snel naar triple X.

Epiloog

DRAGOMIR

Bella ziet eruit als een woeste Walkure en ze zwaait met haar rode lichtzwaard naar mijn hoofd.

Ik weer haar aanval met mijn blauwe lichtzwaard af en vonken vliegen er op de kruising van onze zwaarden vanaf. Voordat ze zich herstelt, geef ik een tegenstoot, mijn mes geeft een klap tegen haar schouder.

Ze gromt en laat haar borsten zien.

Fuck. Die borsten. Parmantig, perfect soepel, met die oh zo zuigbare tepels, ze-

Nee. Moet daar niet naar kijken.

Ze gebruikt haar vrouwelijke listen als een vorm van psychologische oorlogsvoering. Effectieve psychologische oorlogsvoering - ik ben de tel kwijtgeraakt van het aantal ongewenste erecties dat ik tijdens onze wedstrijden heb gekregen.

Nou, die hersenspelletjes kan ik ook spelen.

"Zit al op negenennegentig hits, eekhoornchick," zeg ik plagend. "Nog één en je zal moeten zwichten."

Met opengesperde neusgaten steekt Bella naar mijn buik.

Ik weer moeiteloos af. "Je laat je weer door je woede drijven." Ik weet heel goed dat dit de woede nog meer aan zal wakkeren en dat is de bedoeling. "Maak je geest kalm, zoals water in een put."

Ze rolt met haar prachtige blauwe ogen en maakt een behoorlijke schijnbeweging.

Als ik niet zoveel schermervaring had gehad - of als er meer van haar naaktheid te zien zou zijn - dan had ze me misschien te pakken gekregen. Zoals het nu is, weer ik haar opnieuw af, maar geef nog niet de laatste klap.

Als een kat speel ik graag met mijn mooie prooi. Ik vind dat dit tot alle voordelen van goedmaakseks leidt zonder echt ruzie te maken.

Tenzij je telt wat we momenteel doen.

Ze voert weer een uiterst effectieve aanval uit, vooral voor een beginner.

Fuck. Ik word misschien te verwaand. Die steek had me kunnen pakken - wat zou betekenen dat ik een maand lang exclusief coltruien zou moeten dragen, ook strakke en degene die jeuken.

Aan de andere kant, als *ik* win, moet zij de pups uitlaten - of de Chort Pack zoals we ze noemen, gedeeltelijk als een eerbetoon aan Bella's familienaam, maar vooral omdat het woord *chort* in zowel Russisch als Ruskoviaans *demon* betekent. Met de Chort Pack wandelen is een lot dat iedereen zou willen vermijden, want het lijkt veel op het hoeden van de spreekwoordelijke katten... als katten die aan het kattenkruid vol met amfetaminen zouden zitten.

Bella laat de rest van haar kleren verdwijnen.

Fucking fuck.

Al het bloed stroomt weg uit mijn hersenen.

Ik wil elke ronding likken, mijn tong over die verrukkelijke buik trekken, helemaal tot aan...

Ze valt zo woest aan dat haar lichtzwaard een centimeter van mijn oor af suist.

Prima. Als ze vies gaat spelen, dan zij het zo.

Met dezelfde toverspreuk als die zij had gedaan, laat ik mijn eigen kleren verdwijnen.

Haar ogen worden groot. Mijn eekhoornchick ontkent het, maar ze vindt de aanblik van mij naakt ook een afleiding.

Toch valt ze bekwaam aan, maar ik ben er klaar voor.

Ik voer een onberispelijke *passata sotto* uit en laat me onder haar lichtzwaard vallen. Mijn vrije hand ligt nu op de grond om me steun en evenwicht te geven en mijn ogen krijgen een prachtig zicht op haar mooie roze poes.

Moet nog een moment gefocust blijven.

Voordat Bella beseft wat er staat te gebeuren, strek ik mijn zwaardarm en maak de laatste steek.

Ze vloekt als een Russische zeeman.

Dat mijn eekhoornchick competitief is, is een enorm understatement.

Ik spring overeind. "Wat zei je daar?"

"Ik geef me over," bromt ze. "Ben je nu tevreden?"

"Dank je. Nu -"

Voordat ik mijn gedachte af kan maken, laat ze onze lichtzwaarden verdwijnen en vervangt ze de kamer door een open lucht.

Ah. Ik weet wat ze wil.

Ik grijp haar en vlieg als Superman met zijn Lois Lane, behalve dat ik al snel diep in haar begraven zit.

Wolken zweven om ons heen terwijl ze kreunt van genot.

Als we allebei klaarkomen, zweven we in de lucht, elkaar vasthoudend.

"Klaar om eruit te gaan?" mompelt ze, terwijl ze over mijn gezicht strijkt.

Ik kus een voor een haar vingers en doe dan mijn VR-bril af.

Aan de andere kant van de slaapkamer van mijn privévliegtuig doet ze ook haar headset af en klimt ze uit haar VR-pak.

Ik doe mijn pak ook uit. Wat we zojuist hebben getest, is het vroege prototype dat uit Project Morpheus is gekomen en als iedereen er net zoveel van geniet als ik, dan zal het een enorm succes worden.

"Denk eraan, niet uit het raam kijken," zeg ik tegen haar. "Het zal de verrassing verpesten."

Ze knikt, haar volle lippen in een lichte pruilmond.

"Oh, kom op. We landen over een paar minuten. Je kunt Ruskovia van bovenaf zien als we terug naar de Verenigde Staten vliegen."

"Misschien..."

Ondanks het orgasme dat ik haar zojuist heb gegeven, heeft ze er nog steeds een beetje last van dat ze heeft verloren, maar het zal haar uiteindelijk zoeter maken. Met de huidige regels - honderd treffers voor mij versus één voor haar - en de vooruitgang die ze boekt, is die overwinning onvermijdelijk.

Ik kan maar beter wat coltruien gaan kopen.

Ik kleed me eerst aan en wacht dan tot zij dat ook doet. Mijn ogen betreuren dat haar weelderige naaktheid uit het zicht verdwijnt, maar mijn brein is blij.

Ze is zo mooi dat ik gewoon zoals ze is niet om haar heen kan denken.

Zodra ze de verlovingsring omdoet die ik haar heb gegeven, maak ik de slaapkamerdeur open en zoals gewoonlijk stormt de Chort Pack als een horde Tasmaanse duivels de kamer binnen.

Boner en Winnie volgen hen, stralend van ouderlijke trots.

Nu ze groter zijn dan een gemiddelde bulldog, beginnen de schattige pups alles en nog wat waar ze hun pootjes op kunnen krijgen te vernietigen, maar ik staar er gewoon tevreden naar met een gekke grijns op mijn gezicht.

"Fu," zegt Bella als Mephistopheles - de pup die

we bij Tigger willen laten wonen - op Bella's naaldhakken probeert te kauwen.

Mephistopheles stopt.

Het duivelsgebroed heeft eerbied voor Bella - of in ieder geval is zij de enige persoon die hen zover kan krijgen dat ze zich gedragen, al is het maar voor een paar seconden.

"Afdaling begint," kondigt de piloot aan op de intercom.

Bella en ik doen op het luxe bed onze veiligheidsgordels om en de harige familie omringt ons met al hun liefde en warmte.

Als we landen, wacht ik tot Bella de zware kleding aantrekt die haar tegen de Ruskoviaanse kou zal beschermen en dan geef ik haar een blinddoek.

Met tegenzin bedekt ze haar ogen. "De verrassing kan het maar beter waard zijn."

"Ik hoop dat het zo is," zeg ik, pak dan haar schouders vast en leid haar voorzichtig het vliegtuig uit.

"Je kunt het nu zien," zeg ik terwijl ik haar precies goed positioneer.

Ze rukt haar blinddoek af en staart naar het bouwwerk voor ons.

Ik verwacht half dat ze haar favoriete film gaat citeren en zal zeggen: "Ik heb nooit geweten dat de winter zo mooi zou kunnen zijn," maar ze lijkt stomverbaasd.

Ik moet zeggen, zelfs *ik ben* onder de indruk en ik

was degene die dit in de eerste plaats heeft laten bouwen.

Een replica van het ijspaleis uit *Frozen* is dertig meter hoog en glinstert majestueus in het licht.

"Wauw," ademt ze en draait zich dan om en kijkt me aan. "Is dat…?"

"Ja, het is voor jou."

"Denk je dat we-"

"De bruiloft hier kunnen houden? Ja."

En terwijl ze stralend van vreugde haar armen om me heen slaat, stel ik me ons leven in de komende jaren samen voor: Bella in mijn armen, me in en buiten het bed uitdagend… onze kinderen die op Winnie's rug rijden… de talloze andere verrassingen die ik voor haar zal creëren.

Het is een glorieuze toekomst - en dan te bedenken dat het allemaal begon toen een chihuahua mijn hond aanrandde.

Voorproefjes

Bedankt voor het lezen van *Hardware*! Als je het verhaal van Vlad en Fanny leuk vond, overweeg dan om een recensie achter te laten.

Als je van *Hardware* genoten hebt, vind je de volgende boek misschien ook wel leuk:

- *Moeilijke code* – het verhaal van Fanny, de wereldvreemde codespecialist die de taak in haar maag gesplitst krijgt om seksspeeltjes te testen, en haar mysterieuze Russische baas, Vlad Chortsky, die zo grootmoedig is om haar te helpen.

Misha Bell is een samenwerking tussen het schrijfteam van man en zijn echtgenote, Dima Zales en Anna Zaires. Als ze niet bezig zijn om je als Misha te laten lachen, dan schrijft Dima sci-fi en fantasy en Anna schrijft duistere en eigentijdse romantiek.

Sla de pagina om om een preview van *Moeilijke code* te lezen!

Fragment uit Moeilijke code van
Misha Bell

Mijn nieuwe opdracht op het werk: speeltjes uitproberen. Yep, dat soort.

Nou, technisch gezien is het om de app te testen die het speeltje op afstand bestuurt.

Een probleem? De danseres die de hardware moet testen (zoals in de eigenlijke speeltjes) gaat zich bij een nonnenklooster aansluiten.

Een ander probleem? Dit project is belangrijk voor mijn Russische baas, de zwaarmoedige, overheerlijk sexy Vlad, ook bekend als de Spietser.

Er is maar één oplossing: zowel de software als de hardware zelf testen... met zijn hulp.

'Ik?' Met grote ogen doet hij een stap achteruit.

Ik ben nu vastbesloten, dus ik ga verder. 'Het is alleen maar logisch. Ik neem aan dat je erop vertrouwt dat je me niet in de haven zult gooien. De privacy van het project wordt niet aangetast. En, nou' - ik bloos verschrikkelijk - 'je hebt er de juiste onderdelen voor.'

Ongevraagd vallen mijn ogen naar de genoemde delen, dan kijk ik snel op.

De liftdeuren schuiven open.

'Laten we dit in de auto voortzetten,' zegt hij, terwijl zijn uitdrukking onleesbaar wordt.

Shit, shit, shit. Haat hij het idee? Haat hij mij, omdat ik het zelfs maar suggereer? Ugh, hoe ongemakkelijk zal het worden als hij nee zegt?

Sta ik op het punt om ontslagen te worden, omdat ik de baas van mijn baas probeerde te versieren?

We stappen weer in de limo, dit keer zitten we tegenover elkaar.

Hij laat de scheidingswand omhoogkomen. 'Voor de duidelijkheid: ik test de mannelijke partij, die zowel als gever als ontvanger fungeert, toch? Ik heb eerlijk gezegd nadat ik de app had geschreven al een van de stukken op mezelf getest, dus in theorie zou ik hetzelfde met de rest kunnen doen.'

Yes! Hij overweegt het. Ik wil op en neer springen, zelfs nu de blos die tijdens de wandeling vanaf de lift enigszins was weggetrokken weer in al zijn glorie terugkeert. 'Dat zou geen goede end-to-end-test zijn en dat weet je. Jij hebt de code geschreven, dat maakt je bevooroordeeld.'

Zijn neusvleugels trillen. 'Hoe dan?'

Op dit punt blozen zelfs mijn voeten. 'Je bent gewoon de ontvanger. Ik ben de gever en leg de testgegevens vast. Het is de juiste manier waarop deze dingen worden gedaan.'

Zijn wenkbrauwen gaan omhoog. 'Dat rekt de definitie van het woord "juist" tot ver buiten proporties uit.'

'Luister.' Ik probeer zijn accent zo goed mogelijk na te bootsen. 'Als je wilt stoppen, dan begrijp ik het.'

Een langzame, sensuele glimlach vormt zich om zijn lippen. 'Ik ga een uitdaging niet uit de weg.'

Kan mijn slipje echt smelten of is dat maar een gezegde?

———

Moeilijke code is nu verkrijgbaar. Ga naar mijn website www.mishabell.com/nl/ voor meer informatie en om je in te schrijven voor mijn releasemailing.

Over de auteur

Ik ben dol op het schrijven van humor (vaak de ongepaste soort), happy endings (beide soorten) en personages die eigenzinnig genoeg zijn om rare snuiters te worden genoemd (omdat... rare ballen). Als je van romance houdt die veel komedie en feel-good vibes bevat, ga dan naar www.mishabell.com/nl/ en meld je voor mijn nieuwsbrief aan.